Thomas Ehrenberger

Blutmoor

Der Autor
Thomas Ehrenberger ist in Klosterneuburg, in der Nähe von Wien, geboren und in Wien aufgewachsen. Schon früh hat er seine Begeisterung für Bücher entdeckt und auch Geschichten zu Papier gebracht. Hauptberuflich arbeitet er als Feuerwehrmann bei der Berufsfeuerwehr Wien und studiert nebenbei an der Universität.

Das Buch
Neuer Partner, neuer Fall: Sarah Spielmann ermittelt wieder in Wien
Zeit ist vergangen, seit Sarah Spielmann in ihrem letzten spektakulären Fall ihren damaligen Kollegen verloren hat. Nun liegt wieder ein heikler Fall auf ihrem Tisch: Als die Tochter des Innenministers entführt und deren Freund brutal ermordet wird, wird die erfolgreiche Ermittlerin auf Wunsch des Ministers mit ihrem neuen Kollegen Fred Heberstreit hinzugezogen. Tatsächlich scheint der Mörder immer einen Schritt voraus zu sein. Und als Sarah in ihrem Bett eine Moorleiche findet, ist klar, dass dieser Fall härter ist, als alles bisher Dagewesene …

Von Thomas Ehrenberger sind bei Midnight erschienen:
Bekenne deine Sünden
Blutmoor

Thomas Ehrenberger

Blutmoor

Kriminalroman

MIDNIGHT

MIX
Papier aus verantwortungsvollen Quellen
FSC® C083411
www.fsc.org

Originalausgabe bei Midnight
Midnight ist ein Digitalverlag
der Ullstein Buchverlage GmbH, Berlin März 2018

Umschlaggestaltung: zero-media.net, München
Titelabbildung: © FinePic®
Satz: Pinkuin Satz und Datentechnik, Berlin
Druck- und Bindearbeiten: CPI books GmbH, Leck
ISBN 978-3-95819-937-8

Camping

Das Wetter war den ganzen Tag über perfekt gewesen. Eigentlich konnte sich Amelia den Auftakt des Sommers gar nicht besser vorstellen. Der Campingplatz hatte im ersten Moment nicht sehr einladend auf sie gewirkt, doch erst einmal angekommen, musste sie ihre Meinung revidieren. Der erste Sommer ohne ihren Vater, keine Kontrolle oder Belehrungen. Die Tatsache, dass auch ihr Freund diese Wochen mit ihr verbringen würde, machte es noch besser. Maximilian war ihre erste Beziehung und gleichzeitig die ganz große Liebe. Auch wenn sie noch gar nicht so lange zusammen waren, fühlte Amelia eine tiefe Vertrautheit. Selbstverständlich war ihrem Vater dies ganz und gar nicht recht gewesen. Doch mittlerweile war sie zweiundzwanzig Jahre alt, konnte also selbst über sich bestimmen. Andere junge Frauen hätten ihren ersten Urlaub ohne Eltern schon bei der obligatorischen Maturareise gehabt, doch damals vor drei Jahren war daran nicht zu denken gewesen. Sie musste sogar stolz auf sich sein, dass sie die Matura unter den damaligen Umständen überhaupt bestanden hatte. Nicht nur der Wahlkampf ihres Vaters hatte ihr viel Energie abverlangt. Die plötzlich erkannte Krebserkrankung ihrer Mutter hatte Amelia den Boden unter den Füßen weggezogen. Schon von klein auf war die Bindung zu ihrer Mutter innig und stark. Ihren Vater sah sie oft wochenlang nicht, und wenn er dann einmal zu Hause war, hatte er selten Zeit für sie. Genau genommen konnte sie mit Fug und Recht behaupten, ihr Erzeuger war der gefühlskälteste Mensch, den sie kannte. Manchmal hatte sie das Gefühl, der Krebs kam ihm in erster

Linie sehr ungelegen, weil nun von ihm auch Mitleid und Sorge um die Familie abverlangt wurde. Dinge, die ihr Vater höchstens aus dem Duden kannte. Es hinderte ihn aber nicht, das größte Drama im noch jungen Leben von Amelia dahingehend medial auszuschlachten. Wann auch immer es ging, war ein Pressefotograf anwesend, der den um seine Frau sorgenden Mann ins rechte Licht rücken sollte. Ohne Rücksicht auf die Schmerzen ihrer Mutter gab es Interviews, Fotos und Geldspenden an das Privatkrankenhaus. In der Zeit vor dem Krebs, wie Amelia es für sich selbst nannte, war dieser Mann fast ein Fremder gewesen, sie hatte keine großen Gefühle für ihn gehegt. Doch ab diesem Moment lernte sie ihn zu hassen. Alles außerhalb der luxuriösen Wohnung im neunzehnten Bezirk in Wien war im Wahlkampf gleichbedeutend mit Öffentlichkeitsarbeit. Ihr werter Vater war auf diesem Gebiet ein Meister, hatte er sich doch sein ganzes Leben auf diese Zeit vorbereitet. Zumindest war es Amelia immer so vorgekommen. Mutter und Tochter mussten tapfer in die Kameras lächeln. Alles geschah ein Jahr vor ihrer Matura. Sie war gerade achtzehn Jahre alt geworden und das Ende der Tourismusschule war nun fast zum Greifen nah. Anfangs waren sie alle optimistisch gestimmt, bis auf die Ärzte. Da ihre Mutter selten klagte und niemanden zur Last fallen wollte, hatte sie sich erst nach einer langen Zeit und endlosen Diskussionen mit ihrer Tochter zu einer Untersuchung überreden lassen. Ein Pankreaskarzinom wurde erkannt. Leider viel zu spät, denn der Tumor hatte schon gestreut und breitete sich wie ein Waldbrand im Körper ihrer Mutter aus. Selbstverständlich versuchten sie jede mögliche Therapie, klammerten sich an jeden Strohhalm. Nicht so ihr Vater. Sachlich und nüchtern wie er war, hatte er die Chancen auf eine erfolgreiche Therapie abgeschätzt. Freunde von ihm, ebenfalls Ärzte, hatten seine Meinung gefestigt und er bereitete sich und seine Familie auf den baldigen Tod seiner Frau vor. Damit meinte er die Finanzen, das Begräbnis und die Presse. So weit man einen natürlichen Tod eben planen konnte.

Bedingt durch diese Herzlosigkeit hatte ihre Mutter auch schon bald den letzten Funken Hoffnung verloren und gab sich auf. Nur Amelia wollte es nicht wahrhaben und bekniete ihre Eltern, anderen Therapieformen eine Chance zu geben. Wenn sie heute über diese Zeit nachdachte, war sich Amelia sehr sicher zu wissen, wann der endgültige Bruch mit ihrem Vater begonnen hatte. Er war nämlich genau zu dieser Zeit im Wahlkampf und seine Partei hatte gute Chancen zu gewinnen, die Regierung zu bilden. Jetzt wollte er aber nicht etwa Kanzler werden. Sein Traum war es schon immer gewesen, den Posten des Innenministers zu bekleiden. Vielleicht hatte er schon deswegen damals in seiner Studienzeit die juristische Richtung gewählt. Auch dort konnte man Fälle nüchtern betrachten. Noch dazu war ihr Vater im ganzen Land als Hardliner bekannt. Doch ihre Mutter ging vor den Augen der Öffentlichkeit vor die Hunde. Es wurde von Tag zu Tag schlimmer und das ganze Land war live dabei, als sie bei einer Eröffnung bewusstlos zusammenbrach. Ihr Vater hatte einen dicken Scheck an eine Forschergruppe übergeben, die sich mit der Heilung von Krebs befasste. Medienwirksam wurde alles inszeniert und auch Amelia hatte anwesend zu sein. Ihre Vorbereitung auf die Matura war da nur eine unwichtige Nebensache. Es wurde aber trotzdem erwartet, dass sie diese mit Bestnoten absolvierte. Nachts weinte sie sich meistens in den Schlaf.

Ihre Mutter war also bewusstlos geworden und war von diesem Tag an auch nicht mehr aufgewacht. Drei Tage später war sie tot. Der aggressive Krebs hatte den Kampf in Rekordzeit gewonnen und ihr den einzigen Menschen genommen, den sie vor Maximilian wirklich geliebt hatte. Noch im Krankenhaus hatte ihr Vater als trauender Ehemann eine Pressekonferenz gegeben und vom Ableben seiner geliebten Frau berichtet. Amelia musste neben ihm stehen. Ab diesem Zeitpunkt gab es nicht nur einen tiefen Riss in der Beziehung zu ihrem Vater, es war ausgewachsener Hass.

Danach war ihr Vater wieder in seinen Alltag zurückgekehrt,

zumindest erkannte Amelia in den seltenen Momenten, in denen er zu Hause war und sich dabei aber nicht um wichtige Geschäfte kümmern musste, keine Trauer in seinen Zügen. Sie selbst versuchte sich auf den Abschluss der Schule zu fokussieren, was sie auch schaffte. Nur nicht mit den erwarteten Noten. Damit hatte sie ihren Vater enttäuscht. Er war wütend geworden und sie durfte nicht an der Abschlussreise teilnehmen. Wobei sie sowieso herzlich wenig Lust darauf gehabt hatte. Sie trauerte nach wie vor um ihre Mutter. Die meiste Zeit sperrte sie sich in ihrem Zimmer ein, wollte mit niemandem reden oder auch nur etwas essen. So hatten die letzten Ferien ausgesehen, denn schon bald danach begann sie ihr Studium an der Wirtschaftsuniversität.

Doch im Nachhinein war es ihre beste Entscheidung gewesen, sich an dieser Universität einzuschreiben. Hier hatte sie Maximilian kennengelernt, obwohl die Universität ein riesiger Komplex war, mit vielen tausend Studenten. Er war ein eher schlaksiger junger Mann, mit wunderschönen braunen Naturlocken und verträumten Augen, die unglaublich blau waren. Dieses Blau hatte Amelia noch nie gesehen, es war klar und hell wie Eis, doch strahlten sie Liebe und Wärme aus. Schon bei dem ersten Treffen im Hörsaal, als er sich zu ihr setzte, war es um sie geschehen. Sie hatte ihn nur schüchtern angelächelt und danach die Vorlesung damit verbracht zu versuchen nicht rot anzulaufen. Noch am selben Nachmittag waren sie zu einem kleinen Kaffeehaus gegangen und hatten sich ganz in Gesprächen verloren. Es schien ihr so, als ob sie Maximilian schon immer gekannt hatte. Von diesem Zeitpunkt an waren beide unzertrennlich und auch ein Paar. Sehr zum Missfallen ihres Vaters natürlich.

Jetzt war sie hier an diesem kleinen Campingplatz mit ihm, blickte auf den malerischen See, über ihnen funkelten die Sterne und der Vollmond erhellte die Nacht. Maximilian hatte ihr Zelt ein wenig abseits von allen anderen aufgebaut, eine Decke ausgerollt und darauf Rosenblätter gestreut. Während die anderen wild feiernd gut und gerne zweihundert Meter von ihnen entfernt waren, baute ihr Freund einen Ring aus Fackeln um das kleine Zelt und hatte auch seine Gitarre dabei. Es war vielleicht etwas kitschig, doch Amelia freute sich über diese romantische Geste. Insgeheim wartete sie aber auf etwas ganz anderes. Sie war von ihrem Vater streng erzogen worden, hatte den Großteil ihrer Kindheit in einem Klosterinternat für Mädchen verbracht. Jahrelange Gehirnwäsche hatte sie dazu veranlasst, um das männliche Geschlecht einen großen Bogen zu machen. So war es aufgrund ihrer sehr konservativen Erziehung bis jetzt nicht zum letzten Schritt gekommen. Sie und Maximilian hatten noch immer nicht miteinander geschlafen. Wo andere Männer sich vielleicht die nächstbeste Frau genommen hätten, war ihr Freund ruhig und geduldig geblieben. Er hatte es nicht nur verstanden, sondern ihr vor ein paar Wochen seinen Plan offenbart. Niemand wusste davon, also niemand außer ihr Tagebuch, dem sie alles anvertraute. Er hatte Flüge in die USA gebucht, nach Kalifornien. Von dort wollten sie dann nach Las Vegas. Jetzt endlich hatten sie ihren Bachelor in der Tasche und sie hatten keine Lust mehr, nach den Vorstellungen ihrer Eltern zu leben. Es war seiner Familie immer schon immer geplant gewesen, dass er in das Familienunternehmen einsteigt, da er es eines Tages übernehmen sollte. Gar nicht so schlechte Zukunftsaussichten, denn als Erbe der größten Bäckerei in Österreich würde er bald ein sehr reicher Mann sein. Doch Maximilian war schon immer ein sehr sensibler Mensch gewesen. Er liebte die Musik, wollte als Musiker bekannt werden und träumte auch gerne in den Tag hinein. Das Studium selbst war ein unerträglicher Zwang gewesen, doch auch seine Eltern kannten hier kein Pardon. Er hatte ihre Erwartungen zu erfüllen. So gesehen, ging es ihm ähnlich wie Amelia. Sie würde kein Unternehmen erben, doch ihr Vater war der einflussreichste Politiker in diesem Land. Abgesehen von den Immobilien und Grundstücken im Besitz der Familie, war er der mächtige Mann in der Partei. Wenn jemand die Geschicke steuerte, dann er. Seine Tochter hatte dabei als Musterschülerin und Vorzeigemädchen zu glänzen. Doch bald schon würden sie zusammen ihren Unterdrückern den Mittelfinger vor die Nase halten. In Las Vegas würde Maximilian sie heiraten wollen. Ganz bestimmt machte er ihr heute einen Antrag, zumindest hoffte Amelia es sehr. Immerhin hatte sie geplant, diese Sache mit dem Sex auch nicht für die Hochzeitsnacht aufzuheben. Doch noch saßen sie eng aneinandergekuschelt auf der kleinen Decke und blickten auf den See hinaus. Auch wenn es Sommer war, war die Nacht nun kühl geworden. Maximilian drückte sie enger an sich, doch er bemerkte ihr Frösteln.

»Alles in Ordnung mein Schatz?«, wollte er wissen.

»Alles ist perfekt, es ist nur ein wenig kühl.«

Er stand auf und holte eine Jacke aus dem Zelt. Damit ging er zu ihr zurück und legte sie ihr um die Schultern. »Ich will doch nicht, dass du dir Frostbeulen holst«, sagte er und musste dabei lachen.

»Wie zuvorkommend. Es ist wunderschön mit dir. Doch warum sind wir nicht bei den anderen?«, fragte sie ihn, auch wenn Amelia die Antwort insgeheim kannte.

Er wurde rot, was Amelia in der Dämmerung nicht sehen konnte. »Ja … Ich … also …«, stammelte er.

Beide waren auf den anderen konzentriert und auch Amelia wurde zusehends nervös. Sie blickte in das schmale Gesicht ihres Freundes und in seine blauen Augen. Dabei wäre es für sie vielleicht besser gewesen, die Umgebung zu betrachten.

***

Denn im Gebüsch hatte sich jemand versteckt. Schon seit einer geraumen Weile lag er dort und beobachtete die Szene. Es machte ihm nichts aus. Geduld war sozusagen eine seiner Tugenden. Man musste im Leben eine gewisse Form von Geduld haben, doch in seinem Fall brauchte man noch wesentlich mehr. Ein

Jäger musste oft stundenlang auf seine Beute lauern. Auch wenn sie dann im Blick war und das Blut in Wallung geriet, durfte man seinem Trieb nicht sofort nachgeben. Das Adrenalin hatte sich schon lange in seinem Blutkreislauf ausgebreitet und seine Sinne waren noch geschärfter als sonst. Er war ein Jäger und seine Beute hatte gar keine Ahnung von ihrem Schicksal. War es auch von Vorteil einen Plan zu haben, so wurde dieser in der Realität doch oft über den Haufen geworfen. Natürlich wusste er von diesem Jungen, doch dass er hier ein kleines Liebesnest ausgebaut hatte, damit war nicht zu rechnen gewesen. Vielleicht aber doch, denn er hatte sie schon so lange beobachtet und dieses Verhalten voraussehen müssen. Doch niemand war perfekt, auch wenn er nahe daran war. Genau genommen machte es ihm auch nicht viel aus. Dieser schmächtige Bursche würde ihn vor keine große Herausforderung stellen und auch nur eine weitere Kerbe sein. Er musste einfach nur ein wenig schneller sein, denn sonst würden etwaige Schreie nur wieder Zeugen anlocken. Zumindest waren die zwei ein gutes Stück im Abseits, die anderen Kids feierten ausgelassen mit lauter Musik, also hatte er auch hier einen Vorteil. Alles sprach für ihn. Das Töten lag ihm im Blut. Noch war er aber nicht am Zug, denn der Junge hatte sich wieder erhoben und kramte in seiner Hosentasche. Zögerlich nahm er einen sehr kleinen Gegenstand heraus und kniete sich hin.

***

Amelia bekam große Augen und auch wenn sie diesen Moment erhofft hatte, war sie nun atemlos. War es gerade wirklich so weit? Sie konnte es nicht glauben.

»Amelia, auch wenn wir beide noch jung sind, so wusste ich schon am ersten Tag, dass ich den Rest meines Lebens nicht von deiner Seite weichen möchte. Du warst der Funke von Leben und Hoffnung, der mich erst zu einem vollständigen Menschen machte. Egal was unsere Eltern sagen werden, ich werde alles geben, um dir ein schönes Leben zu bereiten. Nichts auf der Welt könnte mich glücklicher machen, als dich zur Frau zu haben. Amelia, willst du mich heiraten?« Sein Blick war nach oben zu seiner Angebeteten gerichtet.

Amelia keuchte und Tränen stiegen in ihre Augen. Ihr wunderschönes rotes Haar wurde von einem leichten Windstoß in ihr Gesicht geweht. Sie strich ihr Haar nach hinten. Die Tränen konnte sie nicht mehr zurückhalten. »Ja! Mit jeder Faser meines Körpers sage ich ja!«, antwortete sie und zog Maximilian hoch. Er streifte ihr den Ring über den linken Ringfinger und küsste sie zärtlich. Amelia zog ihre Hand nach oben zu seinem Kopf und presste ihre Lippen fester an seine. Innig küssten sie sich und die junge Frau lehnte ihren schlanken Körper an den ihres Verlobten.

***

Sein Herzschlag wurde nun schneller und er spürte die Erregung in ihm wachsen. Wenn die beiden nur wüssten, was ihnen gleich bevorstand, dachte er sich. Mit seiner linken Hand massierte er kurz seinen Schritt, doch dann schüttelte er seinen Kopf und konzentrierte sich wieder. Jetzt war keine Zeit für schmutzige Gedanken. Noch nicht zumindest. Er zog ein Tuch und eine Flasche aus seinem schwarzen Rucksack. Ganz langsam natürlich, denn er wollte keine Geräusche machen und seine Beute versehentlich warnen. Unweit hinter ihm lag sein Boot vor Anker. Der See war sehr groß und bot genügend Möglichkeiten, um ungesehen zu verschwinden. Alles war bereit. Das Liebespaar hatte es sich zwischenzeitlich auf der Decke gemütlich gemacht.

Er huschte gebückt hinter dem Gestrüpp hervor und kam lautlos näher. Seine Schritte waren geübt. Das Tuch hatte er sorgfältig mit einer Flüssigkeit getränkt und in seiner Jackentasche verstaut. Jetzt benötigte er beide Hände.

Maximilian bemerkte den Angreifer nicht. Schon stand der

Mann hinter ihm, riss mit seiner Linken den Kopf des Jungen an seinen Haaren nach hinten. Eine Klinge, die kurz im Mondlicht reflektierte, war das Letzte Bild im Leben des jungen Mannes.

Blut ergoss sich über die arme Amelia, ein großer Schwall von warmen Blut. Ihr Atem stockte und ihre Angst war zu groß. Sie kam noch nicht einmal dazu, einen Schrei auszustoßen.

Mit einer tödlichen Routine hatte er den Jungen ausgeschaltet und dann ließ der Killer die Waffe ins Gras fallen. Mit einer schnellen Bewegung hatte er das Tuch aus seiner Jackentasche geholt und presste es dem Mädchen über Nase und Mund. Mehrere Sekunden wehrte sie sich gegen den eisernen Griff, doch ihre Anstrengungen führten nur dazu, dass sie noch schneller benebelt war. Es dauerte nicht lange und sie verdrehte die Augen, ihre Arme wurden schlaff und sie lag bewusstlos im Blut von Maximilian. Er fesselte und knebelte sie, dann trug er die zierliche Person zu seinem Boot. Dort angekommen zog er ihr einen kleinen Stoffsack über den Kopf und träufelte noch ein paar Tropfen der Flüssigkeit an die Stelle ihrer Nase. Es sollte sie noch ein wenig länger betäuben. Mit dem Jungen war er schließlich noch nicht fertig.

***

Sarah war gerade von ihrem Lauftraining nach Hause gekommen. Sie sperrte die Wohnungstüre auf und musste sich immer wieder den Schweiß von ihrer Stirn wischen. Im Vorzimmer der kleinen Wohnung fiel ihr Blick wie jeden Tag auf das Foto von Peter. Es war nun schon über fünf Jahre her, dass ihr Kollege von einer Serienmörderin getötet wurde. Der gesamte Fall hatte hohe Wellen geschlagen. Sie hatte den Verlust des Freundes noch immer nicht verkraftet. Peter Horvath war ein väterlicher Freund gewesen und hatte sich immer um sie gekümmert. An seinem Tod gab sie sich immer wieder die Schuld. Sie war damals aus dem Verhörraum gelaufen, weil ihr die Verdächtige ins Gesicht gespuckt hatte. Wenn sie sich besser im Griff gehabt hätte, wäre Peter damals nicht alleine mit Metis gewesen. In ihrem Beisein wäre dieser Mord nicht möglich gewesen.

Noch einmal die Zeit zurückdrehen und nicht so reagieren. Daran dachte sie ebenso oft wie an Peter. Als der Fall abgeschlossen war, hatte Sarah für sich selbst entschieden, dass sie etwas ändern musste. Sie war damals hart mit ihrer Vergangenheit konfrontiert worden. Der Mann, der ihre Eltern vor Jahren von der Straße abgedrängt und dabei getötet hatte, wurde durch sie gerettet. Das Verbrechen war schon lange verjährt, womit er sein Leben weiterführen konnte. Und auch Sarah wollte mit diesen Dingen abschließen. Es musste weitergehen. So hatte sie beschlossen, sich in eine Therapie zu begeben. Man konnte nicht immer seine Gefühle verstecken und mit aller Kraft die Menschen um sich herum von sich stoßen.

Diese ganze Aufarbeitung war aus vielerlei Gründen zu einer Bewährungsprobe geworden. Die damaligen Haupttäter der Gruppe »der Schwarm« waren entweder tot oder in Haft, doch im Internet hatte es einen regelrechten Sport gegeben, den Ermittlern das Leben zur Hölle zu machen. Ihrem Vorgesetzten Bernar und seiner Frau wurden in regelmäßigen Abständen die Kreditkarten gesperrt, oder teure Produkte gekauft. Sarah sah sich immer wieder mit Pizzalieferungen konfrontiert. Oft zehnmal am Tag. Es ging sogar so weit, dass das Grab von Peter mehrmals verwüstet wurde. Sie selbst kümmerte sich als Einzige darum, denn seine Witwe hatte alles hinter sich gelassen und führte nun ein neues Leben.

Die Fangemeinde des Schwarms meldete Sarah zeitweise als vermisst, dann wurde immer öfter ihr Auto als gestohlen gemeldet. Dieses Problem konnte sie aber relativ leicht lösen. Durch einen Autoverkauf. Es genügte ihr völlig, mit dem Rad unterwegs zu sein, im dritten Bezirk hatte sie es nicht weit zur U-Bahn, falls sie mal weiter weg musste. Dienstlich stand ihr ohnehin ein Fahrzeug zur Verfügung. Auch diese Übergriffe ebbten aber mit der Zeit ab. Die Trolle in den Weiten der Internetwelt hatten sich womöglich andere Opfer gesucht oder waren erwachsen geworden. An das Fahrradfahren gewöhnte sie sich schnell und dann entdeckte Sarah auch noch die Freude am Laufen. Prinzipiell war sie eigentlich eher der Meinung, wer joggen geht, bestrafe sich selbst. Vorzugsweise nach den Feiertagen oder in der Woche nach dem ersten Januar. Sarah kam aber auf den Geschmack und wollte ihre Leistung weiter ausbauen.

Wenn sie nicht gerade über neuen Fällen brütete, dann verbrachte sie ihre Freizeit sehr häufig bei ihrem Psychotherapeuten. Mit seiner Hilfe rollte Sarah ihre Kindheit auf, den Unfall und die Zeit danach. Ihren Ekel vor Dreck, Keimen und Berührungen jeder Art nahmen sie auch in Angriff. Fast drei Jahre lang kam sie mindestens dreimal pro Woche und schloss auch schnell Vertrauen. Trotz all der Gespräche und dem autogenen Training, die Schuld am Tod von Peter suchte sie bis zum heutigen Tag bei sich. So eine Zukunft wollte sie für Fred, ihrem neuen Partner, selbstverständlich verhindern. So stand auf ihrer Agenda auch noch regelmäßig Kampfsport. Wenn man dieses Training einmal ernsthaft betrieb, verlor man ziemlich schnell die Scheu vor den Körperflüssigkeiten anderer Menschen. Oder man hörte damit auf. Sarah wollte es aber auch keinen Fall beenden oder sich selbst eine Niederlage eingestehen. In Verbindung mit der Therapie wurden die Ticks allmählich besser. Das Lauftraining war ebenfalls ein fixer Bestandteil am Morgen.

Sie zog ihre verschwitzten Sachen aus, warf sie in die Waschmaschine und ging unter die Dusche. An sich lag sie gut in der Zeit, doch selbst als das Wasser schon lief, konnte Sarah ihr Handy hören. Sie wusch sich nur notdürftig, stieg aus der Dusche, schlang sich ein Handtuch um den Körper und eilte zu ihrem Handy, das sie im Schlafzimmer liegen gelassen hatte. Das Schlafzimmer war funktionell eingerichtet. Klappte sie ihr Bett hoch, wurde daraus ein modischer Wandverbau und aus dem Raum ein Wohnzimmer. Gleich daneben war ihr Badezimmer, mit ein Grund, warum sie das Handy überhaupt hören konnte. Ihr Kollege Fred hatte sie in kurzer Zeit achtmal angerufen. Was nicht oft vorkam, zumindest nicht vor Dienstbeginn. Allerdings konnte man ihren Beruf als Kriminalbeamtin nicht mit einer Stechuhr starten oder beenden. Immer wieder kam es vor, dass sie oder ihre Kollegen drei Tage lang vierundzwanzig Stunden am Stück arbeiten mussten. Gelegentlichen Schlaf fanden sie dann nur auf einem Sofa in der Dienststelle, oder gleich auf dem Fußboden. Zu jeder Uhrzeit konnte man zu einem Fall hinzugezogen werden, man war eigentlich ständig auf Abruf. Für ein Familienleben natürlich nicht die allerbesten Voraussetzungen. Es war ein Grund, warum viele ihrer Kollegen geschieden oder gleich unverheiratet waren und die mehr werdenden Ermittlerinnen sahen sich immer wieder dazu gezwungen, sich zwischen Kind oder Karriere zu entscheiden. Noch war dieses Thema für Sarah in weiter Ferne, zumindest ihrer Meinung nach. Vor einem Jahr hatte sie aber ihren Freund kennengelernt. Christoph war neununddreißig Jahre alt und Entomologe. Als sie sich damals bei einem Laufwettbewerb kennengelernt hatten, fand sie ihn auf Anhieb sympathisch. Er war im Ziellauf umgeknickt und hatte sich den rechten Knöchel verletzt. Er riss sich bei diesem Missgeschick das Seitenband und sein Knöchel schwoll gleich auf die doppelte Größe an. Sie selbst war ein gutes Stück hinter ihm und hatte den Vorfall zunächst nicht bemerkt. Als sie ihn mit schmerzverzerrtem Gesicht in Richtung Ziel humpeln sah, blieb sie stehen und griff ihm unter die Arme. Eher unter seinen linken Arm, denn andere Anwesende kamen nicht auf die Idee ihm zu helfen. Er selbst war nur ein kleines Stück größer als Sarah, doch als er sein männliches Ego gekränkt sah, lehnte er die Hilfe zunächst ab. Sarah hatte diesen Einwand ignoriert und ihn kurzerhand mit sich mitgeschleift. Zusammen humpelten sie über die Ziellinie und Sarah lieferte Christoph bei einem Sanitäter ab. So war ihr erstes Treffen abgelaufen. Sie hatte eigentlich schon weitergehen wollen, da der arme Mann ja versorgt werden musste, als sie alles auf eine Karte setzte. Sarah ging zum Sanitäter zurück und fragte, ob er Zettel und Stift für sie hätte. Der nickte etwas verblüfft und reichte ihr Christophs Patientenformular und einen Stift. Sie notierte ihre Nummer, zwinkerte Christoph zu und ging. Noch am selben Abend meldete er sich bei ihr.

Immer wenn Sarah an diese Geschichte dachte, musste sie schmunzeln. Eigentlich war ihr Leben aktuell in einer ganz guten Bahn. Wenn da nicht diese Anrufe in Abwesenheit gewesen wären. Fred rief sicher nicht ohne Grund an.

Sarah wählte seine Nummer.

»Sarah? Na endlich, was hast du gemacht?«, sagte Fred und er klang nervös.

»Ich war laufen und dann duschen. Tut mir leid, wenn ich nicht immer sofort ans Handy gehe.«

»Komm ins Büro, hier ist die Kacke am Dampfen.«

»Mein Gott, schon um diese Uhrzeit so melodramatisch? Was ist los?«, wollte Sarah wissen.

»Beweg deinen Arsch hierher. Ich kann nicht am Telefon darüber reden.«

Dann legte Fred plötzlich auf. Was sehr ungewöhnlich für ihn war. Eigentlich war er ein ziemlich freundlicher Mensch, auch wenn er sich in technischen Dingen besser auskannte als im zwischenmenschlichen Bereich.

Sie beeilte sich damit, sich abzutrocknen und anzuziehen. Fred klang viel zu gestresst, als dass Sarah sich länger als unbedingt notwendig Zeit lassen wollte. Ihr Verstand hatte schon zu arbeiten begonnen. Die Fälle der letzten Jahre waren zwar anstrengend, doch niemals war so eine Nervosität spürbar gewesen. Etwas musste passiert sein. Ihre schulterlangen Haare, die noch feucht von der Dusche waren, band sie schnell zu einem Pferdeschwanz. Sie war noch nicht mal dazu gekommen, die Waschmaschine anzuwerfen, schon war Sarah wieder aus ihrer Wohnung verschwunden. Vom hauseigenen Abstellraum holte sie ihr Fahrrad. Es hatte schon bessere Zeiten gesehen, aber Sarah gab nicht viel auf supermoderne Rennräder. Für ihre Zwecke genügte das Rad vom Flohmarkt völlig. Sie trat kraftvoll in die Pedale und schlängelte sich durch den Wiener Morgenverkehr. Eine heikle Sache. Hier hatte prinzipiell jeder Vorrang und Radfahrer waren auf der Beliebtheitsskala bei den Autofahrern ganz weit unten. Schlechter angeschrieben waren wohl nur die Fiaker. Doch statt sich im Autor über den Stau zu ärgern, konnte Sarah nun in beeindruckendem Tempo zu ihrer Dienststelle radeln. Zum Glück wohnte sie auch nicht sehr weit weg und brauchte in ihrem sportlichen Tempo nur knapp zwanzig Minuten. Ein wenig verschwitzt stieg sie an ihrem Ziel vom Rad und schob es durch den Haupteingang in das Gebäude.

Das Landeskriminalamt Ost war erst vor Kurzem renoviert und sogar um einen kleinen Abstellraum für Räder erweitert worden. Im Ministerium musste man damals wohl Geld übergehabt haben, Sarah war solche Zuwendungen eher nicht gewohnt. Wie in so vielen staatlichen Einrichtungen wurde in erster Linie eisern gespart und rationalisiert, was das Zeug hielt. Seit die Gruppe rund um Herrn Düchtel zu Dützig aber die Stadt auf den Kopf gestellt hatte, war man selbst in der politischen Ebene zur Einsicht gekommen. In weiterer Folge führte auch die erhöhte Angst vor Terror zu einer Aufrüstung im Polizeidienst. Nicht jede Maßnahme war relevant für ihre Abteilung, aber man konnte ja nicht alles haben. Zumindest war der Aufzug neu gemacht worden, denn ihr Büro befand sich in der dritten Etage und nach ihrem Lauftraining und der Anfahrt mit dem Rad hatte Sarah gerade keine Lust die Treppe zu nehmen. Der Aufzug wartete schon auf sie und sie fuhr nach oben.

Als sich im dritten Geschoss die Aufzugstüren öffneten, konnte sie schon mehrere Personen wild diskutieren hören. Fred war zufällig aus der kleinen Kaffeeküche gekommen und hatte eine Tasse in der Hand. Er erblickte sie, noch bevor sie ihn rufen musste. Mit einem knappen Kopfdeuten zeigte er ihr an, ihm in die Kaffeeküche zu folgen.

»Hey, was ist los? Du warst ganz schön nervös am Telefon.«

»Hör mir zu, da drinnen ist die Hölle los. Der Innenminister ist da, mit seinem Leibwächter. Dein Freund, der Staatsanwalt, ebenfalls. Er kommt sich so richtig wichtig vor. Baumeister ist auch dabei. Jemand hat die Tochter vom Minister entführt.«

Sarah schluckte kurz. Eigentlich hatte sie eher weniger mit Entführungen zu tun, doch der Innenminister galt als ein Mann, der jedem seinen Willen aufzwang. Zusätzlich war er auch ihr höchster Vorgesetzter. Baumeister war ihrem früheren Chef Bernar gefolgt und eigentlich ein sehr ruhiger Mensch. Meist hielt er die Hand schützend über seine Mitarbeiter und Sarah hatte überraschenderweise von Anfang an einen guten Draht zu ihm gehabt. Obwohl er schon auf die Sechzig zuging, war Simon Baumeister ein sehr sportlicher Mensch, braun gebrannt und mit blonden Haaren. Er wirkte wesentlich jünger und hätte man ein Fachbuch über den berühmten Wiener Schmäh schreiben wollen, sein Name wäre vorgekommen. So ziemlich alle Menschen fraßen ihm aus der Hand.

So hatte er sich auch sehr schnell die Freundschaft und den Respekt von Sarah gesichert. Allmählich färbte sein Verhalten auch auf sie ab.

»Hast du schon nähere Informationen?«, wollte Sarah von Fred wissen.

»Komm einfach mit, es gibt da nämlich noch etwas, doch da solltest du lieber die Bilder vom Tatort sehen!«

Das klang gar nicht gut. Es gab also auch einen Tatort. Damit vermutlich auch eine Leiche. Als sie hinter Fred herging, bemerkte sie seinen kraftvollen Körperbau. Noch vor fünf Jahren war er ein schmächtiger IT-Nerd gewesen, der gerne in albernen Shirts durch die Gegend lief. Im Zuge der Ermittlungen bei dem Schwarm-Fall war er für Sarah zu einem Freund und Partner geworden. Da man aber nicht so einfach die Sparte wechseln konnte, musste Fred die Ausbildung durchlaufen. Polizeiakademie, Streifendienst mit Chargenkurs. Vorschrift musste sein, doch kaum hatte er alles erledigt, war er schon mit Sarah im Dienst. Aktuell seit knapp drei Monaten. Durch die intensive Ausbildung war es auch wichtig, Sport zu treiben, was man ihm jetzt deutlich ansehen konnte. Nur seine albernen Shirts trug er immer noch. Diesmal war es etwas mit Star Trek, Sarah kannte sich damit eher weniger aus. Jeder abfällige Kommentar dazu spornte ihn aber nur noch mehr an. Eigentlich machte es Fred aber sympathisch. Sarah machte sich nur hin und wieder einen Spaß daraus, seine Passion ein wenig lächerlich zu machen.

Der große Menschenauflauf fand im Büro von Simon Baumeister statt. Ohne anzuklopfen öffnete sie die Tür und trat in den Raum. Fred folgte ihr.

Der Staatsanwalt Handler erblickte Sarah und sein ohnehin schon roter Kopf färbte sich noch ein weniger stärker. Ein knappes Nicken war seine Begrüßung und Sarah gab sich alle Mühe ihn zu ignorieren. Insgeheim hoffte sie, ihn noch ein klein wenig mehr zu provozieren.

Schon seit dem Schwarm-Fall rund um die Serienmörderin Metis waren Sarah und der Staatsanwalt sich nicht grün gewesen. Wobei das vermutlich die Untertreibung des Jahres war. Prinzipiell zogen sie alle am gleichen Strang und wollten Verbrecher dingfest machen. Doch Sarah mochte die überhebliche Art des Mannes so gar nicht und wusste, wie sie ihn provozieren konnte. Innerhalb des Ermittlerteams wusste man um diesen Umstand. Baumeister hatte ihr schon mehrmals ins Gewissen geredet, eigentlich wollte Sarah auch vernünftig sein, doch kaum war der Typ da, konnte sie nicht aus ihrer Haut.

Jetzt war aber nicht der Zeitpunkt für Machtkämpfe. In der Mitte des Büros stand ein Mann in einem grauen Anzug. Er war nicht sonderlich groß, hatte einen kleinen Wohlstandsbauch wie man so sagte und sein Haupthaar war im Begriff einer Glatze zu weichen. Die Augen waren gerötet, seine Haut fahl. Er hatte wenig Schlaf bekommen und vermutlich auch geweint. Dennoch strahlte er Autorität aus, auch ohne sie zu demonstrieren.

Es schien viel mehr seine natürliche Art zu sein. Vor ihr stand niemand geringerer als der Innenminister. Auch sein Kopf hatte sich ihr zugewandt und nun genoss Sarah seine Aufmerksamkeit. Er drehte sich ganz zu ihr und grüßte sie mit einem kräftigen Handschlag.

»Schön Sie hier zu haben«, sagte er mit kontrollierter Stimme.

Sein Griff war fest. Doch er schüttelte ihre Hand nicht länger als unbedingt notwendig.

»Wie ich Ihrem Vorgesetzten schon erklärt habe, wird mein treuer Freund und Leibwächter Roux meine persönliche Verbindung zu Ihrer Abteilung sein. Ich erwarte mir Kooperation. Damit das klar ist.«

»Entschuldigen Sie, aber wobei erwarten Sie unsere Mitarbeit?«, wollte Sarah wissen.

Den Riesen im hinteren Teil des Raumes bemerkte Sarah erst jetzt. Er hätte sogar Peter überragt, musste an die zwei Meter groß sein. Seine Schultern waren breit gebaut und sein ganzer Körper wirkte durchtrainiert. Seine Frisur hatte einen militärischen Schnitt. Noch dazu mit der Sonnenbrille, die er nicht abgenommen hatte, sah er aus wie das Klischee eines Leibwächters.

»Sie sollen meine Tochter finden, hat Ihnen noch niemand etwas gesagt?«, fragte der Innenminister harsch.

»Ich bedaure. Auch wenn ich mich damit unbeliebt mache, aber seit wann sind wir für Vermisstenfälle zuständig?«

Baumeister reichte ihr einige Fotos. Sarah betrachtete sie kurz und musste sich räuspern.

»Also Mord und Entführung?«, wollte sie wissen.

Auf den Bildern war der Körper eines jungen Mannes zu sehen. Er war etwa Mitte Zwanzig, mit lockigem Haar und unglaublich blauen Augen. Damit waren die schönen Dinge des Anblicks aber auch schon aufgezählt. Sein Bauchraum war durch einen geraden Schnitt geöffnet worden und seine Därme lagen auf einer blutdurchtränkten Decke. Unterhalb des Kehlkopfes war ein Loch, vermutlich der Ursprung der Blutung. Sein

Gesichtsausdruck wirkte auch im Tod noch irgendwie überrascht.

»Wo ist der Tatort?«, fragte Sarah und studierte das Bild.

»Stausee Ottenstein. Dort war die Tochter Amelia Brock mit Freunden auf einem Campingurlaub. Sie hatte sich gestern Morgen noch gemeldet. Danach war Funkstille. Heute gegen die Mittagszeit wurde die Leiche gefunden. Vermutlich geschah der Angriff in der Nacht. Die Leiche ist auf dem Weg in unsere Rechtsmedizin. Auch die Zuständigkeit wurde von Innenminister Brock schon geklärt. Sie haben diesen Fall ganz offiziell«, antwortete ihr Baumeister.

»Gut zu wissen. In Niederösterreich wird man nicht sonderlich begeistert sein«, sagte Sarah und blickte in die Runde.

»Hören Sie mir mal zu. Ich interessiere mich nicht für Ihre Probleme und wer oder was sich zuständig fühlt. Den Schwarm haben Sie auch in den Griff bekommen. Sie haben eine Ausbildung beim FBI. Wer auch immer das hier getan hat, muss krank sein«, sagte der Innenminister.

»Deswegen sind Sie hier ja auch die Vorzeigeprofilerin«, sagte Handler in einem sehr spöttischen Tonfall.

»Ich bin Kriminalistin. Sie meinen Verhaltensanalytikerin, aber auch dies ist nicht meine Berufsbeschreibung. Ermittlerin gefällt mir zum Beispiel besser. Als nächstes wollen wir mal alle Beweise sichern, bevor wir uns voreilig festlegen. Wenn Ihre Tochter um Mitternacht verschwunden ist, also mal angenommen, dann ist sie jetzt fast acht Stunden abkömmlich.«

»Gut erkannt, Frau Ermittlerin.«

»Danke, Herr Staatsanwalt. Haben Sie schon eine Lösegeldforderung bekommen? Oder anonyme Drohungen im Vorfeld?«, wollte Sarah von Brock wissen.

»Bisher noch keine Forderungen, und Drohungen bekomme ich täglich. Doch bis jetzt waren sie nur gegen meine Person gerichtet. Bevor Sie mich fragen, ich habe viele Feinde. Denken Sie dieses Monster hat meiner Amelia etwas angetan?«

Seine Sorge war echt, das erste Mal, dass er Gefühle zeigte. Sarah zuckte mit den Schultern. »Schwer zu sagen, aber immerhin haben wir kein Foto mit zwei Leichen. Sind die Eltern des Jungen schon verständigt worden?«

Fred nickte. »Ich habe sie hierher bestellt. Sie leben in Wien und ihnen gehört eine große Bäckereikette. Aber ich habe nicht gesagt, was genau passiert ist. Seine Dokumente wurden erst bei der Ermittlungsarbeit gefunden. Wir haben sie selbst erst jetzt erhalten.«

»Name?«, fragte Sarah

»Maximilian Albrecht.«

Sie betrachtete noch immer die Bilder. Etwas an der Leiche war seltsam. Sie würde aber die Untersuchung der Rechtsmedizin abwarten müssen. Auch das gesamte Umfeld war für eine Entführung gar nicht so gut gewählt. Sie kannte den See. Er war groß, verwinkelt, aber man brauchte ein Boot. Damit konnte man Aufmerksamkeit erregen. Überhaupt in der Nacht, denn da waren normalerweise weniger Boote unterwegs.

»Versprechen Sie mir, dass Sie meine Tochter lebend zu mir zurückholen!«

Sarah sah den Minister an. Von solchen Versprechen hielt sie wenig. Man konnte einfach nicht wissen, wie die Situation sich entwickelte. »Ich werde alles geben, jetzt sollten Sie aber lieber nach Hause gehen. Es könnte vielleicht schon eine Forderung an Sie geben.«

Man konnte sehen, wie wenig es diesem Mann gefiel, von Sarah Ratschläge erteilt zu bekommen. Das Gesicht des Staatsanwalts färbte sich in ein noch dunkleres Rot. Der Innenminister sah zu seinem Leibwächter. Der nickte fast unmerklich.

»Sie haben recht. Roux wird wieder zu Ihnen kommen. Keine Geheimnisse, er kennt Amelia seit sie geboren wurde.« Damit verabschiedete sich der Minister mit einem Kopfnicken in die Runde und Roux folgte ihm wie sein Schatten.

Staatsanwalt Handler blickte den beiden nach und kam anschließend auf Sarah zu. In seiner Hand hatte er eine Akte. »Hier ist eine persönliche Kartei von Amelia Brock. Ihr Vater war so frei, sie uns zu geben.«

»Eine Kartei über die eigene Tochter. Ein richtiger Herzensmensch. Dort möchte ich mal Weihnachten erleben«, kommentierte Sarah.

Die Akte nahm sie ihm aus der Hand und versuchte den Anwalt so gut als möglich zu ignorieren. Der Inhalt war aber dennoch hilfreich. Fotos von einer jungen, sehr hübschen Frau. Schlank, rote Haare und ein hinreißendes Lächeln. Vermutlich hatte sie viele Verehrer. Was es nicht besser machte. Damit stieg der Pool an Verdächtigen natürlich an.

»Kann ich sonst noch etwas für Sie tun, Frau Ermittlerin?«, wollte Handler wissen.

»Wo Sie es sagen, Sie könnten die Türe beim Rausgehen leise schließen. Ich habe ein wenig Kopfschmerzen und bin da immer lärmempfindlich.«

Jetzt wurde die Gesichtsfarbe dunkel und vermutlich würde gleich ein Vulkan explodieren oder der arme Anwalt einen Schlaganfall erleiden.

Baumeister rettete die Situation und nahm Handler an der Schulter. »Kommen Sie doch mit, wir hätten ohnehin noch ein paar Dinge zu besprechen.«

Fred hatte die ganze Aktion verfolgt und dabei versucht, nicht zu lachen. Kaum waren sie alleine, sah er Sarah an. »Musst du den Kerl immer so provozieren? Du würdest dir selbst einen Gefallen tun, wenn du ein wenig kooperativer wärst.«

»Schon klar, ich war doch eh noch nett. Wir sollten jetzt lieber an die Arbeit gehen. Du willst sicher nicht der sein, der dem Innenminister die Todesnachricht seiner Tochter übermitteln darf.« Sie stand auf und ging ebenfalls zu Tür. »Kommst du ins Büro? Der Boss will uns bestimmt nicht länger als notwendig hier haben.«

Fred nickte und folgte ihr.

Sie teilten sich einen größeren Raum, dort standen zwei PCs und eine große Magnettafel. Diese steuerte die Ermittlerin an. In der Mitte, ganz oben, fixierte sie das Porträtfoto von Amelia. Links auf der Seite das Tatortfoto von Maximilian. Der ganze Umstand war besorgniserregend. Die junge Frau verschwunden, der junge Mann aufgeschlitzt wie ein Tier. Als hätte man ihn ausnehmen wollen.

Die Türe wurde geöffnet und Simon Baumeister steckte seinen Kopf rein. »Gut gemacht, Kollegin Spielmann. Vielleicht könnten wir diesen lächerlichen Kleinkrieg in Zukunft sein lassen.«

Sarah ging nicht weiter auf seine Sticheleien ein. »Wir müssen uns den Tatort ansehen, wir fahren gleich los. Aber eine Frage: Fehlten Organe?«, wollte Sarah wissen.

»Ja. Leber und Herz. Zumindest was man auf den ersten Blick durch die Leichenbeschau vor Ort sagen konnte. Wie kommen Sie darauf?«, gab Baumeister zurück.

»Ist noch zu früh. Aber da gab es mal Fälle in der Schweiz. Ich habe davon gelesen. Schon länger her und wurden nie aufgeklärt.«

»Warum nicht?«

»Müssen Sie die Kollegen dort fragen. Die Opfer waren Prostituierte. Sowohl männlich als auch weiblich. Deshalb war es sicher auch schwer, ein Täterprofil zu bekommen. Auch, weil die männlichen Leichen übler zugerichtet waren als die Frau. Falls dies überhaupt noch möglich war. Ich glaube, man vermutete damals einen Fernfahrer.«

Zwei ahnungslose Augenpaare blickten sie an. Sarah seufzte kurz. »True Crime Doku. Vor ein paar Wochen habe ich es rein zufällig gesehen.«

Fred musste kurz lachen. »Rein zufällig, klar.«

»Jaja, also es wurden zwei Männer und eine Frau in der Schweiz ermordet. Was sie gemeinsam hatten, war die Methode ihres gewaltsamen Ablebens. Leider konnte man in dieser Doku natürlich nicht in die Ermittlungsakten sehen, doch es wurde so ähnlich beschrieben. Im Netz konnte ich dann noch ein paar Informationen finden. Bei den Männern kam es zu einem Overkill, sie wiesen viele Stichwunden auf. Der eigentlich tödliche Stich war aber einer in den Hals. Wie dem auch sei, sie haben lange einen Mann vermutet, der beruflich viel unterwegs ist. Komisch war nur die Gegend der Leichenfunde.«

Sie wartete kurz ab, doch immer noch wussten die beiden Kollegen nichts Näheres.

»Alle Opfer waren in einem Wald, gleich bei einem See, abgelegt worden. In dieser Doku gab es nun neue Ansätze. Angeblich treibt sich in den Wäldern der Schweiz ein Mann herum. Er soll dort leben und vermutlich eine psychische Störung haben. Sogar ein Phantombild hat man dann gezeigt. Keine Ahnung mehr, wie die darauf gekommen sind.«

Ihr Chef nickte kurz. »Ich frage mal nach, vielleicht hat der Fall wirklich etwas mit unserem zu tun. Ihr klemmt euch jetzt hinter das Verschwinden von Fräulein Brock. Ach, und die Eltern des armen Jungen werden vermutlich bald hier sein. Redet erst noch mit ihnen, dann könnt ihr zum Tatort aufbrechen.«

Sarah schnaufte kurz. Gespräche mit Angehörigen waren nicht ihre Stärke. Sie konnte den Schmerz sehr gut nachempfinden, denn sie hatte ihre Eltern auch auf eine tragische Weise verloren. Leider brachte es aber ihr Job mit sich, den Hinterbliebenen Auskunft geben zu müssen. Solange sie nicht da waren, wollte Sarah sich aber mehr Gedanken über den aktuellen Fall machen.

Warum musste dieser Maximilian sterben? Amelia wurde zumindest nicht am selben Ort getötet. Sarah wollte auch lieber davon ausgehen, dass sie noch lebte. Also musste sie wichtig sein. Der Täter, oder auch die Täter, wollten sie lebend. Einzig die Tatsache, dass es noch immer keine Lösegeldforderung gab, machte sie nervös.

»Sag mal Sarah, was denkst du? Es sieht bei dem Toten zwar aus, als hätte ein Alien sich seinen Weg aus seinem Körper gesucht, aber irgendwie wirkt es, als hätte der Killer einen Plan gehabt.«

»Brust.«

»Was?«

»In Filmen bahnen sich Aliens ihren Weg immer aus der Brust. Aber sonst hast du nicht so unrecht. Wir müssen den Tatort sehen. Eine Person zu töten und eine andere zu entführen legt für mich im Moment nur einen Schluss nahe: Amelia war das Ziel und der süße Maximilian war ein nicht kalkulierter Störfaktor.«

»Wie sagte Clausewitz: Kein Plan übersteht den Feindkontakt. Oder so«, murmelte Fred.

»Die erste Feindberührung, außerdem meinen viele Historiker, das Zitat sei von Moltke«, antwortete Sarah.

»Wow, heute habe ich wohl Geschichtsunterricht.«

»Die Rechnung kriegst du später, ich helfe gerne. Also was mir aber auffällt, ist der Tatablauf. Ein einziger Stich, dann der Schnitt. Senkrecht vom unteren Ende des Brustbeins, bis hinunter zu seinem Bauchnabel. Dafür braucht man Übung. Sein Opfer ist ausgeblutet und ich wette in diesem Moment hat er sich um Amelia gekümmert. Aber die Entführung hat nicht gereicht. Maximilian war tot und es war doch wahrscheinlich, von einem zufällig auftauchenden Zeugen erwischt zu werden. Dennoch hat er hat ihn aufgeschlitzt. Es ist wie ein Ritual.«

Beide wussten, was ein Ritual bedeutete. Serienkiller haben Rituale bei ihren Morden. Sie arbeiten sich von Opfer zu Opfer hinauf, zu dem perfekten Mord. Zumindest nach ihrer Sicht der Dinge. Manche Tötungsarten gingen den Killern zu schnell oder waren vielleicht auch zu kompliziert. Es ging immer um die Befriedigung. Sollte sich ein Killer auf eine Art festgelegt haben, so mordete er im Normalfall immer nach dem gleichen Muster. Diese Menschen konnten gar nicht anders. Es war wie ein Zwang. So als *musste* dieser hier sein Opfer ausweiden. Sie sollten sich unbedingt die Fallakten aus der Schweiz für einen Abgleich besorgen.

Natürlich wusste Sarah noch nicht, ob es sich um einen männlichen Täter handelte. Doch statistisch gesehen mordeten Männer häufiger. Und: zwei Menschen so schnell zu überfallen, ohne dass jemand Notiz davon nahm, war ungewöhnlich und sagte manches aus: Er war schnell, routiniert und wurde mutiger. Das war gefährlich, gleichzeitig machten diese Menschen dann auch Fehler. Hoffentlich verlor er nicht die Nerven und tötete auch noch Amelia.

»Fred, besorg mir alles über diesen Ort, das Mädchen und auch diesen Burschen. Kannst du ihr Handy orten? Nicht dass ich wirklich Hoffnung hätte. Dann schau mal zu den ungeklärten Morden. International. Sagen wir, die letzten zehn Jahre. Dieser Mord ist mir viel zu glatt verlaufen, als dass ich an einen Anfänger glauben möchte.«

»Es könnte aber auch ein verschmähter Liebhaber sein, ein Stalker«, wandte Fred ein.

»Wir sollten nichts ausschließen. Aber der Täter war nicht in Rage. Ein verliebter Romeo wäre ausgetickt und dann hätten wir wahrscheinlich auch noch eine tote Julia.«

Fred nickte und setzte sich hinter seinen Computer. Da war er in seinem Element. Mit seiner großen Technikaffinität hatte er sich zu einem tollen Polizisten gemausert. Und dank seines überdurchschnittlich hohen IQ hatte er alle Kurse in Rekordzeit bestanden. Selbst in der Akademie hatte er seine Lehrer verblüfft. Er beherrschte die Gesetzte schneller als alle anderen seines Jahrgangs. Körperlich hatte er auch sein Bestes gegeben und war bei allen Überprüfungen im oberen Drittel. Sie war eigentlich ganz schön stolz auf ihn. Nur die Sache mit den Schießeinheiten, da war Fred verbesserungswürdig, um es vorsichtig zu formulieren. In diesem Fall wollte sie ihn aber noch unter ihre Fittiche nehmen.

»Du armes Ding. Wer hat dich bloß in seiner Gewalt?«, sagte Sarah mehr zu sich und blickte dabei auf das Foto von Amelia.

Dunkelheit

Amelia wachte auf. Ihr erstes Gefühl war eine unglaubliche Kälte. Ihr war eiskalt und ihre Muskeln zitterten heftig. Dazu kamen furchtbare Kopfschmerzen und eine Übelkeit, die sie noch nie erlebt hatte. Sie trank normalerweise niemals Alkohol, doch so musste sich ein Kater aus der Hölle anfühlen. Der Mund war trocken und sie hatte einen gewaltigen Durst. Sie war nackt und es war stockdunkel um sie herum. Wo war Maximilian?

Dann kamen ihre Erinnerungen wieder hoch. Sie sah das Messer und dann das viele, viele Blut. Es spritzte aus Maximilians Hals wie eine Fontäne. Sein ungläubiger Blick und das Röcheln nach Luft. Warmes Blut auf ihrer Haut, in ihrem Gesicht. Dieses Röcheln, sie hatte so etwas noch nie gehört. Amelia schluchzte auf. Tränen rollten über ihre Wangen. Ansonsten war da nur Dunkelheit in ihrer Erinnerung. So wie hier. Wo auch immer sie gelandet war. Sie war allein und fror erbärmlich.

Langsam tastete sie sich blind ab. Etwas Schweres war um ihren Hals, das konnte sie spüren. Ihre Finger fuhren zitternd um dieses Ding. Es war hart, rau und hatte schon die Haut auf ihrem Hals aufgescheuert. Vermutlich war es aus Eisen. Eine üble Vorahnung stieg in ihr auf. Sie tastete sich an dem Eisenring weiter und fühlte einen Ring in ihrem Nacken. Wo auch immer sie war, jemand hielt sie wie ein Tier gefangen.

Den Raum musste sie trotzdem erkunden. Vielleicht war irgendwo Wasser. Sie hatte zu große Angst, um nach jemandem zu rufen. Amelia stand vorsichtig von der Pritsche auf, auf der sie gelegen hatte. Langsam, mit wackeligen Beinen, setzte sie einen

Fuß vor den anderen. Die Angst stieg in ihr auf, wer auch immer Maximilian getötet hatte, er war vielleicht ganz in ihrer Nähe. Der Boden war ebenfalls kalt und sie konnte Fliesen spüren. Amelia versuchte zuerst eine Wand zu finden, um erkennen zu können, wie groß der Raum war. Sie zählte ihre Schritte vom Bett weg. Drei kleine Schritte nach vorne. Dann drehte sie sich nach links. Zehn vorsichtige, eher kleine Schritte weiter geradeaus und ihre Finger ertasteten eine Wand. Auch hier waren Fliesen. So schritt sie den Raum ab. In seiner Länge waren es dreißig Schritte und zwanzig in der Breite. Ihre Kette war in der Mitte des Bodens befestigt. Mehrmals versuchte sie es mit festem Ziehen. Es war zwecklos. Der Eisenring war mit einem Vorhängeschloss an ihrem Hals fest verschlossen. Ihre Bemühungen waren ganz einfach nutzlos. So würde sie sich nicht befreien können.

Bei ihrer Erkundung hatte sie auch eine Stahltür bemerkt. Auf ihrer Seite gab es keinen Griff, also konnte sie noch nicht einmal daran rütteln. Ihr Durst machte sie langsam verrückt. Wer auch immer sie entführt hatte, hätte sie doch nicht hierhergebracht, um sie dann in einem Verlies verdursten zu lassen, dachte sie. Die Kopfschmerzen wurden auch immer schlimmer und sie begann stärker zu weinen.

Sie schleppte sich wieder zu ihrer Pritsche und stieß sich schmerzhaft das Schienbein an. »Verdammte Scheiße! Ist hier niemand? Hilfe!«, schrie sie in Panik. Die Dunkelheit gab ihr aber keine Antwort. Sie sank auf ihrem Schlafplatz zusammen und weinte bitterlich. Die Kopfschmerzen waren so unerträglich, dass sie sich erbrach. Widerlicher, saurer Geschmack war nun in ihrem Mund und noch nie in ihrem Leben hatte sie sich so sehr etwas Wasser herbeigesehnt. Sie suchte nach etwas, um sich zuzudecken. Nichts. Doch sie fand eine Flasche. Was mochte sie enthalten? Der Durst war stärker als ihre Angst. Sie öffnete die Flasche, führte sie vorsichtig an ihre Lippen und nahm einen kleinen Schluck. Sie schmeckte nichts. Vermutlich war es tatsächlich Wasser. Gierig trank sie die Flasche leer. So musste es einem Überlebenden auf hoher See gehen, wenn er gerettet worden war und endlich sein Durst gestillt wurde. Schwindel setzte ein. Amelia realisierte zu spät, dass der Mistkerl ihr etwas in das Wasser gegeben hatte. Dann verlor sie das Bewusstsein.

***

Die Polizei wusste also schon von seinem kleinen Coup. Was auch nicht anders zu erwarten war. Allerdings wäre es deutlich leichter gewesen, wenn der Typ nicht dabei gewesen wäre. Sei es drum. Er war schon mit ganz anderen Situationen fertig geworden, doch zum ersten Mal seit sehr langer Zeit spürte er wieder diesen Kitzel. Doch es war diesmal anders, denn sein jetziges Opfer hatte er schon so lange in seinem wachsamen Auge. Ihre Unschuld, die Haarfarbe und ihr Aussehen, alles war diesmal perfekt. Sie war endlich reif, auch wenn dieser kleine Wicht sie beinahe beschmutzt hätte. Seinem Blick entging natürlich nie etwas und so konnte er eingreifen. Dieser Urlaub war sein Startzeichen, sie endlich zu holen. Jedoch war er damit noch nicht am Ende angelangt. Für die Ermittler hatte er sich schon lange einen Plan zurechtgelegt. Endlich würde alles so perfekt ablaufen, wie er es wollte.

Die Polizei war der Meinung, er wüsste nicht, was sie vorhatten. Klarerweise war es nicht mehr eine Vermisstensache für die. Für ihn ein weiterer Mord, nichts Besonderes, aber als Bonus würde man ihm jetzt noch einen zusätzlichen Anreiz liefern. Die Schlampe von Polizistin war ihm schon vor Jahren aufgefallen. Wenn sie dachte, diese Amateure von reichen Bonzen waren ihr persönlicher Alptraum, dann würde sie noch ihr blaues Wunder erleben.

Er wusste, wer das Mädchen war und er hatte gehofft, nein fast prophetisch vorhergesehen, dass man diese Spielmann beauftragen würde. Sie und ihr Partner waren schon lange auf seinem Radar. Das Spiel konnte endlich beginnen. Wer würde der bessere Jäger sein?

Amüsiert lächelte er. Es war an der Zeit, eine Botschaft zu übermitteln. Mal sehen, wie gut die feine Dame wirklich war.

Er betrachtete den Bildschirm seines Smartphones. Es zeigte ein grünliches Bild einer Art Zelle.

Das Mädchen hatte die Flasche getrunken. So hatte er noch ein wenig Zeit, bevor er sich wieder um sie kümmern musste. Sie sollte ja nicht einfach verdursten. Im Gegenteil, sie musste noch ein wenig aufgepäppelt werden. Ihr großer Auftritt stand noch bevor. Schon sehr früh hatte er gelernt, dass es immer auf den richtigen Zeitpunkt ankommt. Und auf Geduld. Er musste unwillkürlich wieder lächeln, in Gedanken an die kleine Überraschung für diese Ermittlerin.

***

Eine junge Kollegin unterbrach Sarah und Fred bei ihrer Recherche. Sie klopfte an, öffnete die Bürotür und informierte sie, dass die Eltern von Maximilian soeben angekommen waren. Sarah atmete tief durch und bereitete sich in Gedanken auf das unangenehme Gespräch vor. Vermutlich würde sie sich niemals mit diesem Teil ihrer Arbeit anfreunden können, leider hatte sie aber nicht wirklich eine Wahl. Sie strich sich ihr Haar zurecht, nahm sich einen Notizblock und auch ein Foto des Opfers. Natürlich jenes, auf dem man nur sein Gesicht sehen konnte. Die Eltern mussten nicht noch unnötig traumatisiert werden.

In einem mit Glaswänden umgebenen Bereich für Besucher hatten ein Mann und eine Frau Platz genommen. Sie wirkten beide sichtlich nervös, die Frau hatte tränengerötete Augen. Vermutlich hatte sie schon eine Vorahnung. Wann hieß es auch etwas Gutes, wenn man von einem Streifenwagen abgeholt und zur Kriminalpolizei gebracht wurde? Beide waren adrett gekleidet, er in einem dunkelblauen Anzug und weißem Hemd. Auf eine Krawatte hatte er verzichtet. Die Dame trug ein schlichtes Kleid, eine große Perlenkette und hatte eine Sonnenbrille in ihrer auftoupierten Frisur. Mehrere Ringe prangten an ihren Fingern und jeder einzelne wirkte so, als würde er mehr kosten als ein Jahresverdienst von Sarah.

Die Kriminalbeamtin trat zu dem Paar und begrüßte sie mit einem ruhigen Tonfall. »Vielen Dank, dass Sie so schnell gekommen sind. Ich bin Sarah Spielmann und das hier ist mein Kollege Fred Heberstreit.«

Schon lange hatte sie sich abgewöhnt, einen Dienstgrad vor ihrem Namen zu nennen. Meistens sagte er den Leuten nichts und sie hatte die Erfahrung gemacht, dass man ohne Titel oder Dienstbeschreibung schneller eine Vertrauensbasis schaffen konnte. Dadurch entstand keine zusätzliche Anspannung. Baute man unnötigen Druck auf, machten diese Menschen zu. Das war eher dann notwendig, wenn man einen Verdächtigen verhörte.

»Was ist mit unserem Sohn? Keiner will uns etwas sagen und auf seinem Handy kommt man gleich in die Mobilbox«, brauste sein Vater auf.

Da es keinen richtigen Moment gab, brachte es Sarah hinter sich. »Herr und Frau Albrecht, es tut mir sehr leid Ihnen mitteilen zu müssen, dass Ihr Sohn gestern Nacht Opfer eines Gewaltverbrechens wurde.«

Stille.

Ungläubigkeit und Entsetzen in den Gesichtern.

»Heißt das … wollen Sie sagen …«, stockte die Mutter.

»Ihr Sohn ist leider verstorben, mein herzliches Beileid«, sagte Sarah und hielt dabei dem Blick des Vaters stand.

Frau Albrecht fing zu weinen an und vergrub ihren Kopf in den Armen ihres Mannes. Sein Gesichtsausdruck wirkte versteinert, jegliche Farbe war aus seinem Gesicht gewichen. Sarah gab ihnen die Zeit, diese Nachricht erst einmal zu verarbeiten.

»Gibt es schon einen Täter? Wissen Sie, wer meinem Sohn das angetan hat?«, wollte Herr Albrecht wissen. Er schien gefasst zu sein.

»Wie ist es … also was hat man mit ihm …«, schluchzte seine Frau.

»Wir müssen noch die Obduktion abwarten. Daher kann ich Ihnen noch nicht mehr dazu sagen. Aktuell klären wir die Umstände ab und dazu hätten wir leider auch ein paar Fragen an Sie«, sagte Sarah.

Fred stand neben ihr und hatte dem Paar gerade eine Box mit Taschentüchern gereicht.

»Mein Sohn hatte keine Feinde. Er war sehr brav und ging studieren. Gerade erst hat er seinen Bachelor gemacht. Unser Familienunternehmen hätte er dann übernehmen sollen. Da hat man keine Zeit für Unfug.« Langsam wurde der Mann zornig.

Sarah hatte das schon oft erlebt. Trauer schlug manchmal rasant in Zorn um.

»Sicher hat dieses kleine Luder was damit zu tun. Sie hat unserem Max doch den Kopf verdreht und zu allerlei Unsinn angestiftet«, so seine Mutter.

»Amelia Brock?«

»Ja genau die. Ich habe ihr noch nie getraut. Natürlich weiß ich wer ihr Vater ist, aber bei uns braucht er sich nicht aufspielen. Wir konnten diese Familie noch nie leiden.«

Offensichtlich waren sich die Eltern nicht sonderlich grün, aber eine innere Stimme warnte Sarah davor, in dieser Situation nachzufragen. Der Mann hatte gerade vom Ableben seines Sohnes erfahren und würde nicht rational handeln. Sie überlegte, was die Eltern wirklich über das Leben ihres doch schon erwachsenen Sohnes wussten.

»Hat er noch bei Ihnen gelebt?«, wollte Fred wissen.

»Nein, er hat eine kleine Wohnung im sechsten Bezirk. Die musste er sich aber selbst erhalten. So lernen die Kinder Verantwortung zu übernehmen«, sagte der Vater.

»Es wäre für uns sicherlich sehr hilfreich, wenn wir uns in der Wohnung umsehen könnten. Haben Sie einen Schlüssel für uns?«

Synchron nickten beide und die Frau begann in ihrer Handtasche zu kramen. Da Sarah noch nicht am Tatort gewesen war und auch die gefundenen Wertsachen noch nicht sichten konnte, musste sie jede Möglichkeit nutzen, um an Informationen zu kommen. Menschen hatten in der Regel immer ein mehr oder weniger großes Geheimnis. Man musste nur danach suchen und ein junger Student hätte seine Eltern sicher nicht in alles eingeweiht. Vielleicht würde sie die Vergangenheit des Jungen einen Schritt weiterbringen.

»Hatte Ihr Sohn sicher keine Feinde? Neider? Gab es vielleicht seltsame Anrufe oder Drohungen in letzter Zeit?«, hakte Sarah nach.

»Nein, nichts dergleichen. Ich habe Ihnen doch schon gesagt, er war ein anständiger junger Mann. Die Hoffnung für unser Unternehmen. Er studierte extra Wirtschaft. Sehen Sie, ich bin ein einfacher Bäcker, habe unsere Kette von einer einzigen Bäckerei aufgebaut. Er sollte eine Marke aus unseren Filialen machen. Nach Europa wollten wir expandieren.«

»Davor wollte er wohl noch mal Urlaub machen? Eigentlich untypisch für junge Leute aus gut betuchtem Haus. So ein Campingplatz meine ich.«

»Max ist ein bodenständiger Mensch. Er wurde von uns so erzogen. Wir sind Arbeiter, haben alles selbst geschaffen. Keiner hat uns was geschenkt. Das wollte ich ihm immer vermitteln«, antwortete der Vater. Zorn schwang wieder in seiner Stimme mit.

Die Informationen bestätigten Sarah in ihren Vermutungen bisher sogar. Der Unglückliche war wohl einfach nur zur falschen Zeit am falschen Ort gewesen. Wie so oft bei Gewaltdelikten, die nicht in der eigenen Familie stattfanden. Es war sogar wahrscheinlich, dass die Opfer ihre Peiniger sehr gut kannten, wenn nicht sogar verwandt waren. Mal war es ein Mann, der seine Schwiegermutter erschlug, weil er Jahre des Psychoterrors nicht mehr ertrug. Dann wieder eine Frau, die ihrem untreuen

Gatten einen Denkzettel in Form eines abgeschnittenen Penis verpasste. Ganz davon abgesehen, welche Alltagsgewalt hinter verschlossenen Türen stattfand. Prügelnde Väter gab es noch immer zu Hauf und viele der Opfer trauten sich nicht zu reden. Aus Angst und Scham. Seltener standen Täter und Opfer in keiner Beziehung zueinander.

War jetzt aber ein Täter unterwegs, der sich willkürlich seine Opfer aussuchte, wurde es schwierig. Meistens hatten aber eben jene Serientäter auch ein Profil, bevorzugten einen gewissen Typ und gingen nach einem Schema vor. Wenn sich Sarah die Toten in der Schweiz ins Gedächtnis rief, so konnte sie ein gewisses Muster erkennen. Natürlich war es keineswegs bestätigt, dass diese Morde etwas mit ihrem aktuellen Fall zu tun hatten. Die Entführung war aber wieder etwas anderes.

»Vielen Dank. Hier haben Sie meine Karte. Wenn Ihnen noch etwas einfällt, oder Ihnen etwas komisch vorkommt, rufen Sie mich jederzeit an. Ich muss mich jetzt leider von Ihnen verabschieden.«

»Wann können wir unseren Sohn sehen?«, fragte Herr Albrecht.

»Er wird gerade in die Rechtsmedizin überstellt. Dort wird man sich dann sofort mit Ihnen in Verbindung setzten. Aber wenn Sie es wollen, dann lasse ich Sie hinbringen.«

»Danke, wir finden uns alleine zurecht. Versprechen Sie mir lieber, diesen Bastard zu finden. Lieber tot als lebendig!«, sagte der Vater.

Bevor Sarah etwas erwidern konnte, hatte sich das Paar erhoben und steuerte den Aufzug an. Die Frau weinte immer noch und Sarah sah sich an die Zeit erinnert, als ihre Eltern bei diesem furchtbaren Verkehrsunfall ums Leben gekommen waren.

Fred wischte sich über das Gesicht. Man konnte ihm ansehen, dass dieses Gespräch auch ihm sehr zugesetzt hatte. Es war nie leicht, diese Emotionen zu ertragen. Dann musste man seine eigenen Gefühle ganz weit hinten in seinem Herzen einschließen und hoffen, dass einen diese schrecklichen Dinge nicht in den Träumen verfolgten. Dies gelang nicht jedem. Sarah kannte einige Kollegen, die mit Alkoholproblemen zu kämpfen hatten, oder von ihren verständnislosen Partnern verlassen worden waren. Es ging auch einfach jeder Mensch anders damit um. Schließlich waren sie auch alle nur aus Fleisch und Blut. Manchmal bekamen sie Furchtbares zu sehen. Dann musste man abschalten, wenn man nach Hause kam. Das war gar nicht so leicht, warum Sarah auch gerne alleine war. Bis sie Christoph gefunden hatte.

Der Tag war nun schon weiter vorangeschritten, doch es war immer noch genug Zeit, um zum Tatort zu fahren. Das war auch Fred bewusst. Sie gingen sich ihre Unterlagen und die Dienstwaffen, eine Glock 17, holen und die Autoschlüssel des Dienstwagens. Man musste hierbei penibel Buch führen, am Ende dachte sich ein Bürohengst der Kontrollaufsicht noch, dass ein Beamter damit in den Urlaub fahren würde.

In Österreich gab es für alles eine Liste und dann eine Liste für die Liste. Die musste man wiederum viermal ablegen und dann eine Kopie an den Chef übergeben. Sarah, die in den USA aufgewachsen war, hatte schon aufgehört, sich darüber zu ärgern. Bürokratie war hier manchmal alles.

Die Fahrt selbst würde gut zwei Stunden in Anspruch nehmen, falls sie also auch wieder bei Tageslicht nach Hause wollten, mussten sie sich beeilen. Sarah und Fred fuhren mit dem Aufzug in die Garage zu den Fahrzeugen. Mit eingeschaltetem Blaulicht ging es so schnell wie möglich ins Waldviertel zu dem Seegebiet. Die Spurensicherung hatte dort bereits mit ihrer Arbeit begonnen, also konnte Sarah sicher schon ein paar Antworten bekommen. Zumindest hoffte sie es. In diesem Gebiet, so weitläufig wie es war, musste man nicht unbedingt auffallen. Misstrauische oder neugierige Nachbarn waren da oft ein Segen, doch hier würde es keine geben. Wenn sie Glück hatten, war der Täter dumm oder ungeschickt genug gewesen, um eine Spur zu hinterlassen. Auch wenn ein Serienmörder organisiert vorging, oftmals machten sie dann Fehler, wenn ein Plan nicht nach ihren Ritualen verlief. Dann mussten sie umdisponieren und meistens neigten sie dann zu weiteren Fehltritten. Das war ihre Hoffnung.

Die Fahrt selbst war zu Beginn äußerst mühsam. Die tägliche Staufalle auf der A23 war auch heute wieder eine Geduldsprobe. Die Kolonnen rückten nur langsam vorwärts und auch mit Blaulicht war kaum ein Vorbeikommen möglich. Lastwägen, die mal eben die Spur wechselten, oder Autofahrer, die das Prinzip der Rettungsgasse noch immer nicht verstanden hatten, blockierten den Verkehr. Selbst von dem blitzenden Lichtsignal auf dem Dach ihres Wagens ließen sich die anderen Verkehrsteilnehmer nicht aus der Ruhe bringen. Generell schien es in Mode gekommen sein, die Autos ohne Blinker und Rückspiegel auszuliefern, dachte Sarah genervt. Selbst als sie das Martinshorn aktivierte, reagierten die wenigsten. Um ihren Frust etwas abzubauen, drückte sie noch zusätzlich die Hupe. Was die Situation natürlich auch nicht sonderlich verbesserte. Als sie dann genug von den Fahrweisen der anderen Lenker hatte, beschloss Sarah es auf ihre Weise zu lösen. Immer wieder scherte sie aus, überholte oder presste sich in die spärlichen Lücken. Dabei holte sie aus dem Wagen heraus, was nur möglich war. Fred versteifte sich in seinem Sitz und er sah immer wieder unsicher zu Sarah. So schaffte sie es aber, diese Stauhölle wesentlich schneller hinter sich zu lassen. Bald schon waren die beiden unterwegs in das nördliche Waldviertel.

Tatort

Durch den Stau hatten sie wie erwartet tatsächlich etwas mehr als zwei Stunden gebraucht. Auf dem Weg dorthin hatte Fred immer wieder versucht ein Gespräch zu beginnen, aber weil Sarah immer noch genervt war, blickte sie ihn meistens nur finster an, oder gab einsilbige Antworten. Irgendwann hatte Fred ein Einsehen gehabt und sich mit seinem Handy beschäftigt. Kurz vor dem Ziel erhielt er noch einen Anruf von seinem Freund.

Elian Dubois war ein Franzose, der in Wien an der Theresianischen Akademie unterrichtete. In seiner Heimat war er ebenfalls schon Lehrer gewesen und hatte die Fächer Mathematik und Französisch studiert. Ein wichtiger Grund für sein Engagement war auch die Tatsache, dass man an dieser Schule nicht nur auf Deutsch, sondern auch auf Französisch lehrte. Somit musste er noch nicht einmal Deutsch sprechen. Da er aber Fred kennen- und lieben gelernt hatte, bemühte er sich schon sehr bald, auch seine Sprache zu beherrschen. Dabei war er ein großes Talent. Nach kurzer Zeit war es ihm schon möglich eine Unterhaltung zu führen. Die speziellen wienerischen Ausdrücke waren selbst für Sarah immer wieder ein Problem, doch auch hier machte er sensationelle Fortschritte. Sie selbst hatte schon bald seine Bekanntschaft machen dürfen. Doch Fred hatte die Beziehung vor anderen sehr lange geheim gehalten. Zumindest in der Arbeit, denn Homophobie war immer noch allgegenwärtig bei der Polizei. Erst kürzlich hatte er es im kleinen Rahmen, also nur in ihrer Abteilung, kundgetan, mit überraschendem Ergebnis. Die meisten Kollegen wussten, oder vermuteten es ohnehin schon länger. Niemand hatte sich abfällig geäußert. Man konnte richtig erkennen, wie eine große Last von ihm abgefallen war. Seit diesem Moment war Fred wesentlich fröhlicher und nicht mehr so in sich gekehrt. Natürlich kam jetzt auch Elian immer wieder auf einen Sprung vorbei. Wenn man sich schon nicht zu Hause sehen konnte, dann wenigstens im Dienst.

Sarah machte es ungefähr genauso. Christoph kam immer wieder mal zu ihr, dann holten sie sich einen Kaffee und redeten über Gott und die Welt. Da Christoph Entomologe war, verbrachte er sehr viel Zeit in der Natur, um spezielle Insekten zu erforschen. Auch wenn sie sich bemühte, interessiert zu wirken, mit diesem Beruf konnte sie sich nicht anfreunden. Alles, was mehr Beine als sie selbst hatte, durfte gerne weit weg von ihr existieren. Dies war auch ein Grund, warum sie keine Haustiere hatte und nur selten bei ihrem Freund übernachtete. Er hatte drei Vogelspinnen und verschiedene andere Insekten in Terrarien. Selbst Kakerlaken hielt er. Sogenannte Fauchschaben, die er dann auch immer mal wieder in die Hand nahm, um arglosen Besuchern dieses Fauchen zu demonstrieren. Wann immer Sarah sich angewidert abwendete, betonte er den Nutzen der Tiere. So hatte Christoph fast keinen Biomüll, denn damit wurden einige seiner Tiere gefüttert. Wie man Ungeziefer als Haustiere halten konnte, war Sarah nach wie vor ein Rätsel. Sollten sie jemals eine gemeinsame Wohnung haben, würde er sich zwischen ihr und den Tierchen entscheiden müssen.

Fred und Sarah erreichten eine kleine Zufahrt, nachdem sie die letzte halbe Stunde durch eine Waldstraße gefahren waren. Dort befand sich ein Parkplatz und es wimmelte nur so von Polizisten.

Ein Kollege der Spurensicherung war zufällig gerade vor Ort und begrüßte die beiden. Rasch holte er zwei Einweganzüge, die sie sich über ihre Kleidung zogen. Man wollte ja nicht neue Spuren an einen Tatort bringen, oder vorhandene kontaminieren. Als sie sich ausgerüstet hatten, wurden sie zum eigentlichen Tatort geleitet. Der Weg war mit Holzbrettern aufgebaut worden. Eine Technik der Spurensicherung, um eventuelle Fußspuren nicht zu zerstören. Sarah bemerkte aber den ausgetrockneten Zustand der Wiese und erkannte, dass die Chancen für Abdrücke mehr als schlecht standen. Doch man sollte die Hoffnung niemals aufgeben. Ihre Kollegen fanden oftmals Spuren, auf die selbst die klügsten Täter nicht gekommen waren.

Eine Frau begrüßte sie. Sie war beiden Ermittlern nicht bekannt, was aber auch an der Zuständigkeit lag. Diesen Fall hatten sie ja nur auf Anweisung des Innenministers. Normalerweise waren Fälle durch das jeweilige Bundesland getrennt, auch wenn man sich natürlich gegenseitig half.

»Guten Tag! Ich bin Natalie Hold, bitte nennt mich Natalie. Ihr seid aus Wien? Kriminal Ost?«, stellte sie sich vor.

Gut vorbereitet war sie, dachte sich Sarah. »Ja, ich bin Sarah und das ist Fred. Danke für eure Hilfe. Was haben wir?«

»Die berühmte Spielmann? Von der Sache mit diesem Schwarm haben wir alle gehört. Tut mir sehr leid wegen eurem Kollegen. Furchtbare Sache.«

»Danke. Wirklich schlimm, das stimmt schon«, antwortete Sarah.

»Okay, also folgt mir. Wollt ihr lieber die schlechte Nachricht zuerst hören, oder die schlechte Nachricht?«

Sarah verdrehte die Augen. »Bitte die schlechte.«

»Wer auch immer es war, niemand hat etwas gesehen oder gehört. Es gibt keine Überwachungskameras und der Betreiber des Platzes hat kein fremdes Auto gesehen.«

»Klingt toll, dann hätte ich jetzt gerne die schlechte Nachricht«, antwortete Fred.

»Wir haben keine Fußspuren, Fasern oder irgendetwas. Bis jetzt zumindest. Es gibt einen Fleck auf dem Boden. Vermutlich vom Blut des Opfers. Doch selbst, wenn der Mörder sich dabei auch verletzt hätte, wären die Proben verunreinigt und würden nicht helfen.«

Damit hatte Natalie sicher recht. Man konnte so keine eindeutige Zuordnung erreichen.

»Rund um den Tatort haben wir Wasser oder Wald und Sträucher. Wir drehen jetzt jeden Grashalm einzeln um, aber das wird leider Zeit in Anspruch nehmen.«

»Die haben wir aber nicht. Amelia, die Tochter des Innenministers, wurde entführt«, sagte Sarah.

»Schon klar, aber ich kann leider auch nicht zaubern. Wenn ich raten müsste, würde ich sagen, dass unser Entführer mit einem Boot gekommen ist. Sonst hätte er mit dem Mädchen an den anderen Campern vorbeischleichen müssen. Oder durch den Wald, doch die logischere Alternative ist ein Ruderboot.«

Klar, mit so einem Boot hätte er auch keinen Lärm gemacht. Es würde ebenfalls für einen kräftigen Täter sprechen. Rudern war körperlich sehr anstrengend, aber sicherlich die logischste Erklärung in der aktuellen Situation.

Nach einem kurzen Fußmarsch über die provisorischen Planken erreichten sie den eigentlichen Tatort. Es war ein Bild wie aus einem Horrorfilm. Die Wiese war mit Blut getränkt und auch am Zelt waren Spritzmuster zu sehen. Der Stich musste direkt eine Arterie getroffen haben. Anhand der Bilder mit Sicherheit die Hauptschlagader.

Sarah wollte die Ergebnisse der Obduktion so schnell wie möglich bekommen. Auf dem Boden musste eine Decke gelegen haben. Hier war ein quadratischer Fleck im Gras zu sehen, der wie eine kleine Insel in einem Meer aus Blut wirkte. Sie konnte sich die beiden verliebten Jugendlichen richtig vorstellen. Nichts ahnend hatten sie hier gesessen und sich womöglich verliebt in die Augen geblickt. Vermutlich wurden sie zu diesem Zeitpunkt schon längst beobachtet.

»Sind irgendwelche Wertsachen verschwunden?«, wollte Sarah wissen. Noch immer blickte sie sich um. Überall wurde emsig fotografiert, eventuelle Beweise in Tüten gepackt und das Gestrüpp durchsucht.

»Der Rucksack des Toten war im Zelt und es sieht nicht danach aus, dass etwas fehlt. Wir haben alles eingepackt und protokolliert. Ihr könnt es gerne nach Wien mitnehmen, vielleicht fällt den Angehörigen etwas auf. Bei der Vermissten ist es so eine Sache, aber es wäre schon verdächtig, wenn eine junge Frau ganz ohne Handy unterwegs ist, oder?«

Also hatte der Entführer auch ihr Handy. Wenn es aktiv war, konnte man es orten. Doch hätte ihr Vater nicht etwas erwähnt, wenn er sie schon erreicht hätte? Vermutlich schon. Sobald sie zurück waren, würde Sarah die Überwachung der Rufnummer in Auftrag geben.

»Sonst noch etwas?«, fragte Sarah.

»Nichts, was auf den ersten Blick einen Durchbruch darstellen würde. Aber wir werden wie gesagt sicher einige Zeit brauchen, um alle Beweise zu sichten«, antwortete Natalie.

»Gut, wir werden noch die Verbindungsnachweise von beiden Kids benötigen.«

Fred nickte und notierte es sich auf seinem Notizblock.

»Oh, genau, eines habe ich doch noch. Tut mir leid, ihr könnt euch vorstellen wie hektisch das Ganze heute ist.«

»Was denn?«, wollte Sarah wissen.

»Amelia Brock, sie hatte ein Tagebuch«, damit übergab sie ihr ein schwarzes Buch.

Es war nicht unbedingt typisch, doch womöglich enthielt es wichtige Informationen.

»Fred, du fährst bitte, dann kann ich das Tagebuch lesen. Schickt mit bitte die Tatortfotos auf meine Mail-Adresse.«

Sie drückte der Leiterin der Spurensicherung ihre Visitenkarte in die Hand und ging zurück zum Auto, ohne sich zu verabschieden. Sie hatte schon begonnen, die ersten Seiten zu lesen.

»Ja, ähm, dann melde ich mich.« Natalies Kopf war ein wenig rot angelaufen und sie konnte nur mit Mühe ihre Wut unterdrücken.

»Danke, und geben Sie nichts drauf. Heute ist meine Partnerin noch gut aufgelegt«, versuchte Fred die Wogen zu glätten, bevor er Sarah folgte.

Als sie im Auto saßen und Fred wieder Richtung Wien fuhr, drehte er sich kurz zu ihr. »Sollen wir gleich zur Rechtsmedizin fahren?«

»Wichtig wäre es natürlich, aber Doktor Ende hätte sich schon bei mir gemeldet, wenn er Informationen für uns hätte. Wer weiß, wann der Leichnam zu ihm gekommen ist. Fahren wir mal zurück ins Büro und durchforsten den Rucksack. Bis wir dort sind, sollte ich das Tagebuch gelesen haben.«

»So schnell?«

»Klar, ich lese noch viel schneller, wenn ich will. Konzentriere du dich lieber auf die Straße. Ich würde gerne lebend ankommen. Bringt der kleinen Amelia sicher auch mehr.«

Wo auch immer die Tochter von Minister Brock war, die Zeit lief ihnen davon.

Sarah rutschte unruhig hin und her, bemüht etwas in den Aufzeichnungen zu finden. Warum hatte er das Handy, aber keine anderen Sachen mitgenommen? Die ganze Sache wurde immer mysteriöser. Bei einem Detail war sich Sarah aber sicher: Amelia war kein Zufallsopfer. Der Täter wollte sie haben. Pech für den armen Maximilian Albrecht, dass er auch vor Ort gewesen war.

Der Weg nach Wien ging fast schneller als zuvor die Reise ins Waldviertel. Auf dem größten Parkplatz Europas, der im Sinne der Erfinder eigentlich eine Autobahn sein sollte, aktivierte Fred auch das Blaulicht, nur fuhr er bei Weitem nicht so aggressiv wie Sarah. Die Autos wichen diesmal aber netterweise auch aus. Sarah blätterte im Tagebuch von Amelia, war aber schon zum Ende gekommen.

»Hast du eigentlich mal Hunger? Ich habe noch gar nichts gegessen und wenn wir verhungern, hilft es auch niemanden«, beendete Fred die Stille im Auto.

»Gute Idee. Ich habe da ein bisschen was gefunden. Wir müssen den Minister dann noch anrufen.«

Fred steuerte das Büro der Kriminalabteilung Ost an. Auf dem Weg lag eine gute Bäckerei, die auch warme Snacks im Angebot hatte. Die Ironie dahinter erkannte Sarah erst, als sie vor dem Geschäft hielten. Es war die Bäckerei Albrecht. Sie kauften sich etwas zu Essen und waren nun endlich auf dem Weg zurück in ihr Büro. Mittlerweile war es schon früher Abend und Sarah hatte langsam wirklich Hunger.

Nachdem alle administrativen Tätigkeiten für das Zurückbringen eines Dienstwagens erledigt waren, fuhren sie mit dem Fahrstuhl in den dritten Stock.

Im Büro angekommen, fingen sie an zu essen. Fred hatte sich zwei Extrawurstsemmeln gekauft. Sie waren schon Bestandteil einer erfolgreichen Krimiserie in Österreich und bei den Wienern auch in der Realität sehr beliebt. Sarah holte ihre süße Variante heraus.

»Wow, heute ernährst du dich also mal gesund. Ein Punschkrapfen und ein Energydrink, Respekt«, kommentierte er ihr Mittag- und Abendessen.

»So essen Sieger.«

Sie trank einen großen Schluck und biss von ihrem Punschkrapfen ab. Dieses süße Gebäck war ein österreichischer Klassiker. Ursprünglich war es eine reine Resteverwertung von hartem Biskuit. Vermutlich war es das noch immer, aber es schmeckte gut. Ein Teil des Teiges wurde mit Kakao oder Marmelade und Rum gemischt. Dann zwei Schichten normales Biskuit, umhüllt von einer rosaroten Glasur. Darin war früher auch Punsch. Heute gab es natürlich nur ein künstliches Aroma. Alles in allem war diese Süßspeise eine Kalorienbombe vom Feinsten.

»Eine Henkersmahlzeit für Diabetiker. Wie schaffst du es nur, deine Figur zu halten? Nur vom Zusehen wiege ich jetzt drei Kilo mehr.«

»Gute Gene.«

In Wahrheit vergaß Sarah immer wieder zu essen. Oft war sie mit ihrer Arbeit so beschäftigt, dass sie sich einen Kaffee nach dem anderen gönnte und dabei das Hungergefühl ausblendete. Zusammen mit ihrer neuen Obsession, dem Laufen, und den Fahrradfahrten zur Arbeit hatten die wenigen Kalorien gar keine Chance an ihre Hüften zu kommen. Der Zuckerschub gab ihr allerdings wieder etwas Kraft und sie öffnete ihren Posteingang. Natalie Hold war von der schnellen Truppe und hatte ihr schon einige Fotos geschickt. Sarah wählte sie aus und sendete sie zum Drucker.

»Willst du was Interessantes wissen?«, begann Sarah. »Die beiden wollten vermutlich heiraten. Sie hatten sich Flüge nach Las Vegas organisiert und Amelia rechnete ganz fest mit einem Antrag.«

»Wow, ob die Eltern das wussten?«

»Was denkst du?«

»Eher nicht, nehme ich an.«

Da war sich Sarah auch ziemlich sicher. Amelias Vater würde mäßig begeistert sein, und wenn man die Reaktion der Eltern von Maximilian in Betracht zog, wäre wohl keine der elterlichen Parteien erfreut gewesen darüber. Doch jetzt wusste Sarah immerhin etwas Neues und diese Information hatten sie, Fred und vermutlich der Mörder. Ansonsten standen nur viele Anfeindungen gegen ihren Vater in diesem Tagebuch. Es musste eines von vielen sein. Vielleicht würde der Minister einer Begutachtung ihres Zimmers zustimmen. Anscheinend hatte sie ihm seinen Umgang mit ihrer Mutter nicht verziehen. Es konnte aber natürlich auch andere Gründe geben.

Sarahs Handy klingelte. Es war Christoph. »Hey, tut mir leid. Wir haben einen neuen Fall bekommen«, begann sie das Gespräch.

»Oh, hallo! Ich wollte eigentlich fragen, ob du zu mir kommst? Wir könnten Essen gehen.«

»Sorry, ich werde hier noch ein bisschen brauchen. Also die nächsten Tage.«

»Klingt ja nicht sehr gut. Etwas sehr Schlimmes?«

»Nicht am Telefon. Aber ja, wird mich in Anspruch nehmen.«

»Okay, ich muss mich wieder um meine ach so ekelhaften Insekten kümmern. Melde dich!«

»Viel Spaß noch. Ich rufe dich an, wenn ich etwas Luft habe.«

Damit legte sie auf. Christoph war wirklich ein Glücksfall. Nach der ganzen Zeit hatte er sich noch nie darüber beschwert, dass sie sich oft tagelang nicht meldete.

Die nächsten Stunden verbachten sie damit, die ausgedruckten Bilder aufzuhängen, verschiedene Theorien zu dem Tatablauf zu ersinnen und im Internet nach allen möglichen Spuren zu recherchieren. Auf den Auszug der Telefonlisten würden sie auch warten müssen, denn der Antrag wurde erst bearbeitet.

Da die Mutter von Maximilian den Schlüssel nicht dabei gehabt hatte, würden sie sich nochmals mit ihnen treffen müssen. Sein Handy war leider ausgeschaltet, aber vielleicht fanden sie in Unterlagen in seiner Wohnung den Pincode. Eventuell hatte der junge Mann dort Nachrichten gespeichert, die etwas mehr Aufschluss gaben.

Die Idee mit dem Boot war für Sarah am wahrscheinlichsten. Sie hatte noch kurz die Leiterin der Spurensicherung angerufen, damit die Büsche wirklich gut durchsucht wurden. Sie vermutete, dass der Angreifer sich dort versteckt gehalten hatte. Sonst waren alle Plätze gut einsehbar und er wäre entdeckt worden. Der Angriff war mit Sicherheit aus dem Hinterhalt geschehen. Den Fotos nach zu urteilen hatte der Junge keine Spuren eines Kampfes in seinem Gesicht. Nur der Stich in die Kehle, dann der Schnitt in seinem Abdomen. Die Attacke war sicher plötzlich von hinten gekommen. Der Täter hatte so etwas nicht zum ersten Mal gemacht, da war Sarah sich sicher.

Es wurde schon dunkel, als das Telefon auf ihrem Schreibtisch läutete. Sarah ging ran. Es war Doktor Ende.

»Hallo Sarah. Also wir haben den Leichnam erhalten und mit

der ersten Besichtigung begonnen. Wollt ihr dabei sein? Dann kommt rüber.«

»Wir machen uns auf den Weg.«

Sarah legte auf und deutete Fred, ihr zu folgen. »Die Rechtsmedizin, wir sollen bei der Obduktion dabei sein.«

Damit gingen die Ermittler wieder zu ihrem Dienstwagen. Für den Weg zur Rechtsmedizin würden sie wieder das Blaulicht benötigen, denn sie lag im achten Bezirk und die Strecke dorthin war die meiste Zeit durch den Verkehr mehr als nur überlastet. Der Abendverkehr hatte schon längst eingesetzt und ohne dieses Licht würden sie ewig brauchen. Wieder setzte Sarah sich ans Steuer. Fred fuhr ihr viel zu vorsichtig und sie wollte endlich ein paar Antworten. So ging es wesentlich rasanter zur Rechtsmedizin in der Sensengasse.

Dort angekommen konnten sie sich zum Glück auf den Parkplatz des Instituts stellen, denn in dieser Gegend gab es einfach keine Stellplätze für Autos. Fred und Sarah gingen zur Anmeldung und trugen sich in ein Formular ein. Danach wurden sie zu Doktor Ende gebracht, wo sie auch einen Kittel und eine chirurgische Haube bekamen. Auch hier galt: Kontaminieren von Beweismitteln streng verboten.

»Ich freue mich, dass ihr es noch geschafft habt!«, begrüßte der Arzt die Ermittler.

»Klar, wenn der Arzt ruft, dann eilen wir heran«, antwortete Sarah.

Ende ging mit ihnen in den Autopsiesaal. Dort standen zwei Metalltische. Einer davon war mit der Leiche von Maximilian Albrecht belegt, vor ihm stand ein anderer Mann. Er hatte einen blauen Zweiteiler an. Es wirkte wie eine OP-Kluft. Der Mann hatte eine Glatze und trug einen gepflegten schwarzen Vollbart. Dieser machte ihn sicherlich älter als er war. Fred und Sarah vermuteten einen Assistenzarzt.

»Darf ich euch meinen Nachfolger vorstellen? Doktor Bastian

Wehring. Hier haben Sie die beiden Ermittler der Kriminalabteilung Ost.«

»Sarah Spielmann und Fred Heberstreit. Freut mich wirklich sehr«, begrüßte sie der Arzt.

Er klang sehr freundlich und hatte ein strahlendes Lächeln aufgesetzt. Jetzt bemerkte Sarah seine tätowierten Unterarme. Viele bunte Motive verzierten seine Haut. Sehr ungewöhnlich, aber es sah gut aus. Sarah fand den Arzt schon jetzt sympathisch.

»Es ist so, Doktor Wehring wird schon in Bälde meine Nachfolge antreten. Mein Ruhestand ist zum Greifen nahe. Daher finde ich es auch besser, wenn ich mich in die zweite Reihe stelle und Sie gleich miteinander warm werden«, sagte Doktor Ende und lächelte etwas wehmütig.

»Zu viel der Ehre, Herr Kollege. Bitte, nennen Sie mich Bastian. Bei Doktor Wehring glaube ich dauernd, mein Vater steht hinter mir.«

Kurzes Höflichkeitsgelächter erfüllte den Saal. Etwas makaber, da man doch vor einem Mordopfer stand. Sarah war dem Seziertisch nähergetreten und konnte damit auch die Figuren auf Bastians Haut sehen. Er hatte verschiedene Comicabbildungen auf beiden Händen. Aktuell stachen ihr Clever&Smart ins Auge. Sie musste schmunzeln. Ihr Freund Christoph sammelte diese Comichefte, daher kannte Sarah sie.

»Mögen Sie Clever&Smart?«, er hatte ihren Blick bemerkt.

»Nein, mein Freund mag sie. Ich kann mit Comics nicht viel anfangen. Aber sehr nette Tattoos.«

»Danke! Aber jetzt widmen wir uns lieber der Arbeit«, damit zeigte er auf Maximilian. »Der Junge hat wenigstens nicht gelitten. Die Waffe war ungefähr zwanzig Zentimeter lang. Ich vermute mal mehr als zwei Klingen. Eher drei. Ist leider nicht so leicht zu sagen. Der Täter wusste, was er tat. Er griff ihn von der rechten Seite an, stach von oben zu und zog die Klinge zu sich. Dem Winkel nach ist unser Mörder Rechtshänder.«

»Wieso sollte er die Waffe zu sich führen?«, wollte Fred wissen.

Eine berechtigte Frage. Diesen Stich so anzusetzen wäre gefährlich, denn wenn man nicht trifft, rammt man sich das Messer vielleicht selbst in den Bauch. Zusätzlich verfehlte er damit das Herz.

»Prinzipiell ein guter Einwand. Aber falls Sie an das Herz denken, völlig irrelevant. Der Stich hat die gemeinsame Halsschlagader, die Luftröhre, Speiseröhre und den rechten Lungenflügel schwer verletzt. Abgesehen von dem plötzlichen Blutverlust wäre er in seinem eigenen Blut ertrunken. Mit dieser Verletzung schreit man auch nicht mehr um Hilfe. Jedoch gibt es einen Grund für dieses Verhalten. Abgesehen von dem praktisch sofortigen Tod des Opfers wollte der Täter das Herz nicht verletzen.«

»Woher wollen Sie das wissen?«, fragte Fred.

»Weil es nicht mehr da ist.«

Sarah hatte diese Information bereits von Baumeister bekommen. Doch sogar da hatte sie es nicht überrascht. Zu sehr hatte das Bild am Tatort sie an ein ausgeweidetes Tier erinnert.

Fred wurde schlagartig blass.

»Herz und Leber wurden recht grob entfernt. Daher auch der Schnitt über den Bauchraum. Hier wurde vermutlich eine einschneidige Klinge verwendet. Ziemlich scharf, aber jedes gute Jagdmesser kann in Frage kommen.«

Diese Details waren nicht der große Durchbruch. Solche Messer gab es zu hunderten und es kam viel mehr auf den Schliff an. Der Täter würde seine Waffe vermutlich selbst schleifen. Etwas anderes war da schon das erste Messer. Es hinterließ ein rundes Loch und war etwa zwanzig Zentimeter lang. Mit mehr als einer Klinge. Sarah notierte sich diese Auskunft.

»Warum nimmt er die Organe mit? Ist es so ein Sammelzwang, wie ihn viele Täter haben?«, zeigte sich Fred verwundert.

Serienmörder sammelten oft eine Art von Trophäen ihrer Opfer. Unterwäsche, Haarlocken, Schmuck oder auch immer mal wieder Körperteile. Hier hatte Sarah eine andere Vermutung.

»Er isst seine Opfer.«

Fred riss die Augen auf und starrte ungläubig. Bastian hingegen nickte nur zustimmend, als hätte er damit gerechnet.

»Sehe ich auch so. Herz und Leber sind Organe, die in der Regel gerne gegessen werden. Man verbindet hierbei auch viele Rituale. Kindersoldaten in Afrika sind schon oft gezwungen worden, in das rohe Herz ihres Opfers zu beißen. Damit sollen sie dann seine schwindende Kraft aufnehmen«, führte der junge Mediziner weiter aus.

»Sie meinen, der Typ ist ein Kannibale? Wie Hannibal Lecter?« Fred konnte es immer noch nicht fassen.

»Na ja, ob er jetzt ein Psychotherapeut wie dieser Doktor Lecter ist, kann ich nicht beurteilen. Außerdem ist es nur mal eine erste Vermutung. Wir haben relativ wenig Anhaltspunkte. Aber es liegt zumindest recht nahe«, mischte sich Doktor Ende ein.

»Gehen wir mal davon aus, dass auf seiner Speisekarte menschliche Organe stehen, da stellt sich mir die Frage: Warum?«, Fred hatte wirklich ein Problem damit, sich dies vorzustellen.

»Sexueller Kannibalismus ist eine Erklärung. Eine Form der paraphilen Neigung von Nekrophilie. Man nimmt das Opfer in sich auf, geht damit eine Bindung ein. Viel schlimmer ist aber die Tatsache, dass Amelia eventuell noch lebend in den Händen eines solchen Menschen ist«, gab Sarah zurück.

Zusammen gingen sie noch einige Theorien durch, doch Sarah fühlte sich in ihrer Vermutung bestätigt. Sie wollte langsam wieder zurück in die Kriminalabteilung, denn es wurde schon dunkel. Sie hatten länger gebraucht als geplant. Irgendwann würden sie auch einmal schlafen müssen und es gab noch viele Dinge zu erledigen. Gleich morgen wollte sie in die Wohnung von Maximilian und auch irgendwie in das Zimmer von Amelia. Dazu musste aber erst einmal der Minister gefragt werden.

Die Ermittler verabschiedeten sich und machten sich auf den Weg zurück. Keiner wollte so recht von seinen Sorgen um Amelia sprechen. Es gab aber sicher einen Grund, warum gerade sie lebendig entführt wurde. Die Taten mussten nicht zwangsläufig von einem derart gestörten Verbrecher stammen. Vielleicht wollte ein Entführer, dem es nur ums Geld ging, seine Pläne so verdunkeln. Wirklich daran glauben konnte sie aber nicht.

Es war schon nach zehn Uhr am Abend und der Verkehr hatte sich beruhigt. Ohne Blaulicht kamen sie trotzdem sehr schnell wieder zurück zu ihrer Dienststelle. Als sie wieder im Büro waren, setzte Fred sich augenblicklich an seinen Computer.

»Willst du nicht auch langsam mal nach Hause?«, wollte Sarah wissen.

»Noch nicht, ich will mal mein Glück mit den Handys versuchen. Vielleicht kann ich sie aufstöbern oder das Handy des Jungen zum Laufen bekommen.«

»Dazu brauchst du den PC?«

»Also viele Infos bekommt man nur durch die sicheren Dateien des Anbieters.«

»Richtig, man nennt es dann Hacken, wenn man ohne Erlaubnis schnüffelt.« Sarah grinste.

Fred blickte sie kurz an. »Vielleicht gehst du mal ein bisschen schlafen. Ich surfe einfach so im Internet und wenn ich dabei zufällig an Informationen komme, ist es ja nicht so schlimm«, dabei zwinkerte er ihr zu.

Fred hatte recht. Es brachte jetzt nichts. Gleich morgen würden sie die Wohnung durchsuchen und vielleicht auf Hinweise stoßen. Jetzt konnte sie nichts mehr tun.

»Dann mach mal nicht so lange. Wir werden wenig Freizeit haben, die solltest du mit deinem Freund verbringen. Wir sehen uns morgen in alter Frische!«, damit verabschiedete sich Sarah.

»Yes, Ma'am! Ich bin auch bald dahin.«

Müde holte sich Sarah ihr Fahrrad und radelte nach Hause.

Chancenlos

Sie war vielleicht mal hübsch gewesen. Nicht unbedingt nach den Maßstäben der Modeindustrie. Noch nicht einmal nach irgendwelchen anderen. Aber sie hatte eine natürliche Art, wirkte einfach irgendwie schön. Hätte sie andere Eltern gehabt, wäre ihr Leben vielleicht nicht in diese Richtung gedriftet. Wäre ihr Stiefvater nicht mal betrunken zu ihr ins Bett gestiegen und hätte sie danach jahrelang missbraucht. Wäre sie älter gewesen als zwölf und hätte sich wehren können. Wäre sie nicht von ihrer zugedröhnten Mutter verprügelt worden, weil sie der Meinung war, Astrid hätte sich an ihren Freund rangemacht. Vielleicht wäre sie dann nicht abgerutscht.

Die Einrichtungen waren alle unterschiedlich und doch gleich. Überall konnte man an Drogen kommen und wenn man dann ein Mädchen wie sie war, die vor allem älteren Jungs gefallen wollte, gab es immer Möglichkeiten.

Mit vierzehn hatte Astrid ihre erste schnelle Nummer für zwanzig Euro gehabt. Da hatte sie auch schon relativ große Brüste, aber sie waren fest und straff. So wie ihre ganze jugendliche Haut. Bald bemerkte sie, dass wesentlich ältere Herren es auf junge Mädchen abgesehen hatten. Ganz wie ihr Stiefvater. Astrid war zu diesem Zeitpunkt auch schon lange über Gras und Alkohol hinausgewachsen. Heroin und Meth waren ihre Freunde und die wollten gekauft werden. Der Vorteil bei diesen alten Perversen war, dass sie Kohle hatten. Einen Quickie um die zweihundert Euro, Blow Job um etwa siebzig. Alles kein Problem. Durch diese Typen kam sie auf Sexpartys und verdiente so in einer Nacht mehr als manche Menschen im ganzen Monat.

Schon bald lernte sie noch etwas: Wenn man alles mit sich machen ließ, gab es noch mehr Geld. Astrid kannte keine Tabus. Mochte man es härter, oder vielleicht dreckig. Alles kein Problem, solange die Bezahlung stimmte.

Mit zarten siebzehn Jahren war sie schon ein alter Hase im Geschäft, dröhnte sich den ganzen Tag zu und konnte sich sogar eine kleine Wohnung leisten, die gleichzeitig auch ihr eigenes Bordell war. Bis sie die nächste Lektion lernen musste. Im berüchtigten Stuwerviertel in Wien gab es kein Anschaffen ohne Zuhälter. Der stellte sich schon bald bei ihr vor. Trat ihr die Tür ein und seine Prügel waren ungleich schlimmer als die ihrer verkorksten Mutter. Fast einen Monat lang konnte sich Astrid nur flüssig ernähren und kein Freier wollte sie haben.

Geldreserven kannte sie nicht. Ihr ganzer Verdienst wurde immer in Stoff umgewandelt. Die Sucht machte aber keine Pause. Sie brauchte immer was zum Drücken. Da kümmerte sich dann ihr Zuhälter um sie und brachte ihr richtig gutes Zeug. Bis sie wieder arbeiten konnte, legte er das Geld dafür aus. Sie konnte es ja abarbeiten. Eine wirkliche Wahl hatte sie da nicht. Doch es war der Anfang vom Ende ihrer Unabhängigkeit. Also der beruflichen, denn die Drogen diktierten eigentlich ihren Alltag. Kaum war sie halbwegs wiederhergestellt, stand sie in kurzem Kleid, High Heels und Strapsen auf der Straße und verkaufte ihren Körper für keine hundert Euro in der Stunde. Das ganze Geld musste sie ihrem Zuhälter abliefern. Wenn man nicht spurte oder zu wenig Kundschaft hatte, setzte es Hiebe. Oder Schlimmeres.

Auch wenn die Mädchenhändler heute aus anderen Ländern waren, so durfte man die alten Wiener Zuhälter nicht unterschätzen. Sie wurden Strizzi genannt. Eine verharmlosende Form, doch dieser Eindruck täuschte. Ein beliebtes Mittel war es, einem Mädchen Würfelzucker »zu geben«. Dabei wurde die

Kante des Zuckerstücks mit dem Feuerzeug angeschmolzen. So ergab sich eine Art Klinge. Damit zog man ihr dann über das Gesicht. Natürlich war diese Form der Bestrafung ein Mittel der letzten Wahl. Eine Prostituierte mit einer großen Narbe war nicht gut fürs Geschäft.

Astrid war nun schon fast vierzig, und seit sechsundzwanzig Jahren im Geschäft. Das Meth hatte ihre Haut entstellt und die Narbe des Würfelzuckers über ihrer Wange machte ihr Erscheinungsbild nicht besser. Man sah einfach die Spuren der Drogen. Mittlerweile blieben ihr nicht einmal mehr die Plätze im Stuwerviertel. Sie musste auf die nahe Hauptallee ausweichen und dort auf Gäste des Vergnügungsparks hoffen. Diese waren meist sturzbetrunken und die schnelle Nummer gab es dann hinter einem Busch. Ihre Konkurrentinnen waren Frauen aus Nigeria. Mit denen war nicht gut Kirschen essen, das hatte Astrid schon auf die harte Tour gelernt.

Sie war gerade mit einem besoffenem Jungen fertig geworden und wollte wieder aus dem Unterholz nach vorne auf die Straße gehen. Da stand ein Mann vor ihr.

»Hast du Zeit für mich?«

»Klar Baby, für hundert Euro sogar eine ganze Stunde nur für dich«, hauchte Astrid.

»Gut, hier das Geld.«

Sie nahm den grünen Schein entgegen und machte sich auf den Weg zurück in diese kleine Lichtung zwischen den ganzen Büschen. Durch Zufall hatte sie diese Stelle einmal bemerkt. Seitdem ging sie mit ihren Kunden immer hierher. Man war praktisch nicht zu sehen. Ein gutes Versteck, wenn die Polizei mal wieder anrückte.

»Soll ich ihn in den Mund nehmen?«, fragte sie und kniete sich vor dem Mann hin.

Noch bevor er antworten konnte, fingerte sie an seiner Hose herum. Jeder Mann wollte zuerst einen geblasen bekommen. Sie machte diesen Job ja schon lange genug.

Bevor sie seinen Schwanz aus der Hose holte, blickte sie noch mal nach oben.

Astrid wurde an ihren blonden Haaren gepackt und der Kopf nach hinten gezogen. Ehe ein Schrei Aufmerksamkeit erregen konnte, sauste ein Messer in ihren Hals und Blut sprudelte hervor. Überrascht und voller Ungläubigkeit versuchte sie nach dem Loch in ihrem Hals zu greifen, doch der Mann zog ihr die Hände weg. Sie konnte nicht sehen, wie er einen Behälter unter den Blutfluss hielt. Der Todeskampf dauerte aber nur wenige Sekunden. Bald schon hatte sie die Kraft verlassen und das Leben war aus ihrem Blick gewichen.

Der Mann legte sie ins Gras und zog ihr das Kleid hoch. Mit einem geübten Schnitt öffnete er ihren Bauchraum, holte den Darm hervor, um an die Leber und das Herz zu gelangen. Beide Organe packte er schnell in einen Beutel. Aus seinem Rucksack holte er einen Beutel aus schwarzem Kunststoff und hob ihre Leiche routiniert hinein. Die ganze Aktion hatte nur wenige Minuten gedauert. Sein Fahrzeug war nicht weit weg und im Schutze der Nacht trug er den Beutel dorthin.

Home sweet Home

Sarah war gemütlich nach Hause geradelt. So konnte sie sich auch noch weiter Gedanken um Amelia machen. Wohin sie wohl gebracht wurde? Sie hoffte sehr, am nächsten Tag ein Lebenszeichen des Entführers zu erhalten.

Was hatte es mit der Heirat auf sich? Sollten sie sich verlobt haben, dann war der Ring mit Amelia verschwunden. Nichts deutete darauf hin. Fred würde mit Sicherheit bald mehr in Erfahrung bringen.

Sie hatte ihre Wohnung erreicht und brachte ihr Rad im dafür vorgesehenen Raum unter. Da es keinen Aufzug gab, musste sie wie immer den Weg über die Treppe nehmen. Ihre Wohnung war gleich bei dem Stiegenaufgang und schon als Sarah ihre Wohnungstüre sah, begann ihr Herz schneller zu schlagen. Die Tür stand einen Spalt offen und auf den ersten Blick erkannte Sarah die Spuren eines Einbruchs. Wer auch immer hier gewesen war, hatte sich keine Mühe gegeben, leise einzudringen. An mehreren Stellen war etwas wie ein Brecheisen angesetzt, die Türe brutal aufgebrochen worden.

Sie griff nach ihrem Handy und setzte einen Notruf ab, gab aber bekannt, eine Kollegin zu sein. Dann rief sie Fred an.

»Was los, Prinzessin? Schon Sehnsucht nach dem Hacker-Gott?«

»Bei mir wurde eingebrochen. Kannst du schnell zu mir kommen?«

Fred erkannte sofort den Ernst der Lage. »Klaro, bin unterwegs. Notruf abgesetzt?«

»Hab ich. Tu mir einen Gefallen, kannst du meine Waffe mitnehmen?«

»Mach ich. Bis gleich«, sagte er und legte auf.

Sarah hatte sich abgewöhnt ihre Waffe mitzuführen. In der Öffentlichkeit mit einer Pistole herumzulaufen half weniger dabei, dass sich andere Menschen sicher fühlten. Man musste sich dann immer wieder ausweisen und es gab genug Gestalten, die so etwas gerne in ihren Besitz bringen wollten. Wenn es ihr möglich war, ließ sie die Dienstwaffe mittlerweile in dem dafür vorgesehenen Safe in ihrer Abteilung. Jetzt wäre eine Waffe aber ganz nützlich gewesen. Sarah konnte nicht wissen, ob noch jemand in ihrer Wohnung war, sie beschränkte sich darauf, mit ihrem Handy ein Foto von der Türe zu machen und auf die ersten Kollegen zu warten. Diese waren nach nur wenigen Minuten da. Wenn jemand aus den eigenen Reihen Probleme hatte, war man versucht schnell zu helfen. Zwei junge Männer von einer Polizeistreife kamen die Stufen hinaufgelaufen.

»Hi Leute. Spielmann, Kripo Ost.«

»Abend Frau Kollegin! Was is' passiert?«, grüßte der Uniformierte. Dabei versuchte er sich lässig zu geben. Er hatte kurze blonde Haare und war von schlanker Statur. Er wirkte fast noch zu jung für den Dienst bei der Polizei.

»Schön, also hier hast du meinen Ausweis.« Sarah reichte ihm ihren Dienstausweis. »Jetzt gib mir deine Waffe und Taschenlampe. Du da hinten bleibst auch hinter mir.«

»Moment mal. So geht das nicht«, protestierte der Blonde.

Sein Kollege war einen guten Kopf größer als er und hatte schwarze Haare. Beide bildeten ein interessantes Duo, dachte sich Sarah. Natürlich wollte er ihr die Waffe nicht geben. Er musste ja auch die Verantwortung übernehmen. Allerdings war sie ihm als Chefinspektorin übergeordnet und das machte sie sich jetzt zu Nutze.

»Das war keine Bitte. Her damit. Ich habe keine Lust mich mit der Streife zu streiten.«

Sein helles Gesicht wurde langsam rot, aber er biss sich auf die Lippen, entriegelte den Sicherheitsmechanismus des Halfters und händigte ihr die Waffe aus.

»Deinen Ausweis behalte ich, bis ich meine Waffe wiederhabe«, presste er hervor.

»Den kannst du sogar abzeichnen, wenn du Lust hast. Gib mir noch deine Taschenlampe.«

Sarah nahm beides an sich und drückte mit dem Fuß die Tür auf. Immer darauf bedacht, möglichst keine Spuren zu verwischen, ging sie vorsichtig an der Wand entlang. Ihre Wohnung war nicht sonderlich groß und ein neuer Geruch überrannte Sarah wie ein Güterzug. Es roch nach Moder und faulem Wasser. Aber auch nach Verwesung. Während sie die anderen Gerüche nicht so zuordnen konnte, wusste sie sehr genau wie verwesendes Fleisch roch. Jeder, der es einmal in die Nase bekommen hatte, würde es für den Rest seines Lebens wissen. Rechts um die Ecke, nach der Küchenzeile, war ihr Bett heruntergeklappt. Was komisch war, denn sie meinte es eigentlich wie immer eingefahren zu haben. Das Licht der Taschenlampe streifte etwas Schwarzes auf ihrem Bett. Langsam Schritt sie vorwärts. Und dann sah sie, was dort lag.

In Embryohaltung zusammengekrümmt lag eine Leiche. Ihre Haut war schwarz, als wäre sie gegerbt, und sie hatte lange, rote Haare. Noch nie hatte Sarah so etwas gesehen. Das Bett war durchnässt und darauf war etwas wie schwarze Erde verteilt. Schnell überprüfte sie noch das Badezimmer dahinter, aber es war niemand in ihrer Wohnung. Wer auch immer die Leiche in ihr Bett gelegt hatte, war verschwunden.

Der schwarzhaarige Polizist hinter ihr begann zu würgen. Vermutlich hatte er noch nicht das Vergnügen mit einer verwesenden Leiche im Hochsommer gehabt. Sie schob ihn wieder aus der Wohnung, damit er nicht noch auf eventuelle Beweise kotzte.

»Hier, deine Waffe. Sichert bitte das Stockwerk und holt einer die Kamera aus dem Auto? Macht Fotos vom Treppenhaus und der Eingangstür auf der Straße.«

Sie drehte sich wieder um, damit signalisierte sie den jungen Kollegen in Uniform auch, dass sie jetzt besser ihren Anweisungen folgten. Danach schaltete sie alle Lichter in der Wohnung an, sehr wohl mit ihrem Ellenbogen, um keine eventuellen Fingerabdrücke zu verwischen.

Sie bemerkte gleich, wie sauber ihre Wohnung war, mit Ausnahme der Leiche in ihrem Bett.

Wieder wählte sie eine Nummer. Diesmal aber von der Spurensicherung. Das Top-Team. Dann alarmierte sie noch die Rechtsmedizin, damit die Leiche begutachtet wurde.

Schon nach fünfzehn Minuten waren Dutzende Polizisten vor Ort und sicherten alle möglichen Spuren. Die Nachbarn wurden aus den Betten geholt und befragt, fleißig Fotos gemacht und die Leiche sorgfältig in einen Leichensack gepackt.

Fred war aber noch immer nicht da. Sie rief ihn nochmals an.

»Wo steckst du? Du glaubst nicht, was gerade passiert ist. Jemand hat mir eine Leiche ins Bett gelegt«, sagte sie ungehalten.

»Alter Schwede, Sarah. Ich bin gerade unterwegs zu einem anderen Tatort. Ich weiß, deine Wohnung und so, aber wenn schon das Top-Team da ist, dann komm du doch mal eben zum Judenplatz in den ersten Bezirk.«

»Wieso zum Teufel? Hast du mir nicht zugehört? Eine. Leiche. In. Meinem. Bett.«

»Ist angekommen. Der neue Doc ist auch unterwegs zu mir. Liebesgrüße von unserem Hannibal. Die sollen dich mit einem Funkwagen hierherschaffen.«

Fred legte einfach auf und Sarah kochte vor Wut. Eine Kollegin der Kriminalpolizei für Einbruchsdelikte war gerade gekommen.

»Hey, ich muss weg. Sichert hier bitte alles und dann warten zwei Polizisten hier, bis ich wiederkomme«, wies Sarah sie an.

»Aber halt mal …«

Aber den Protest bekam Sarah gar nicht mehr mit. Sie war schon auf dem Weg nach unten und suchte sich einen Funkwagen mit einer Besatzung, die gerade nichts zu tun hatte. Die beiden jungen Polizisten, die als Erstes gekommen waren, standen unten zufällig herum.

»Mitkommen. Ich muss zum nächsten Mord. Hier deine Waffe und her mit meinem Ausweis.«

»Wir haben Anweisung ...«

»... mich zu einem Tatort zu bringen. Ich habe wirklich keine Zeit, um mich mit euch herumzustreiten.«

Die beiden Beamten schluckten ihren Ärger hinunter und Sarah hatte schon im Fahrzeug Platz genommen und sprach über den Fahrzeugfunk mit der Leitstelle. Diese teilte ihr die Adresse des Leichenfundortes mit. Sie stiegen ein, drehten das Blaulicht auf und fuhren so schnell als möglich zu der von Sarah genannten Adresse.

Als sie ankamen, war es schon bald Mitternacht. Da der nächste Tag ein Werktag war, gab es nicht sehr viele Nachtschwärmer. Eigentlich war diese Gegend für feierwütige Menschen bekannt. Gleich beim Judenplatz gab es ein Kino und ein Bierlokal. Jetzt war alles abgesperrt und es wimmelte auch schon von Journalisten. Kaum hatte der Streifenwagen angehalten, stieg Sarah aus und suchte nach Fred. Einige Reporter drehten sich um und erkannten sie.

»Frau Spielmann, was sagen Sie zu diesem Mord?«

»Ich bin gerade erst gekommen. Soll ich hellsehen können?«

»Aber die Botschaft an Sie!«, bekräftigte eine andere Journalistin.

»Scheiße, welche Nachricht? Für die ganz Dummen: Ich bin gerade erst gekommen. Nehmt das und erfindet eine Story, wie sonst auch immer«, fuhr Sarah sie an und ging weiter. Sie hatte jetzt keine Zeit, um sich mit diesen Hyänen rumzuschlagen. Diese Schmierfinken würden sich ihre Geschichte so und so zurechtlegen. Wieder einmal waren sie ziemlich schnell an einem Tatort, was vermuten ließ, dass sie interne Informationen zugespielt bekamen.

Der Judenplatz in Wien war ein geschichtsträchtiger Ort. Um 1420 wurde dort eine Wiener Synagoge niedergebrannt. Auf diesen Überresten steht nun das heutige Wien, aber um an die Opfer der Schoah zu gedenken, hatte eine Künstlerin im Auftrag der Stadt ein Denkmal errichtet. Dieses stand über jener Synagoge. Ein zehn mal sieben Meter Kubus aus Stahlbeton mit knapp vier Meter Höhe, die Außenflächen erinnerten an die weißen Seiten von Büchern. Damit sollte an die mehr als fünfundsechzigtausend Opfer der österreichischen Juden gedacht werden, die unter dem NS-Regime ermordet wurden. Dieses Mahnmal war nun von dem Killer entehrt worden. Sarah hatte sich durch die Gaffer gekämpft und dabei ihre Ellenbogen eingesetzt. Wenn sie etwas mehr hasste als Reporter, waren es Schaulustige.

Eine nackte Frau lag vor dem Kubus. Sie lag auf dem Rücken und ihre Arme waren zur Seite gestreckt, die Beine gerade. Damit wirkte sie, als wäre sie gekreuzigt worden. Auf ihrem Kopf hatte sie eine schnabelförmige schwarze Maske. Es war eine, wie sie die Serienmörderin Metis vor fünf Jahren auch getragen hatte. Das Kreuz erinnerte Sarah sofort an das erste Opfer des Schwarms. Fred stand mit Bastian, dem neuen Rechtsmediziner, um die Frau. Fotos wurden gemacht, die Haut abgetupft, um eventuell Haare oder Fasern zu finden. Mit Klebestreifen, ähnlich einem Tesafilm. Sofort bemerkte Sarah das Loch in ihrer Kehle und den aufgeschlitzten Bauch. Die Därme waren wieder in den Bauchraum gelegt worden.

»Jetzt hat er also nicht einmal Angst davor entdeckt zu werden«, sagte Sarah als sie näherkam.

»Muss ziemlich dicke Eier haben. Oder er ist verrückt«, meinte der Rechtsmediziner.

»Hey, Sarah. Was war jetzt bei dir zu Hause los?«, fragte Fred besorgt.

Er konnte sehen, wie sich Sarah nur mit Mühe beherrschen konnte. Sie war noch nicht wirklich zum Nachdenken gekommen und fühlte sich einfach betäubt. Jemand war in ihrer Wohnung gewesen. Dort eine Leiche zu deponieren war eine Kriegserklärung, dessen war sich die Ermittlerin bewusst.

»Wie soll es mir gehen? Drei Leichen innerhalb von mehr oder weniger vierundzwanzig Stunden. Ein Todesopfer liegt verwest in meinem Bett. Also wie denkst du, geht es mir dabei?« Ihre Wut stieg hoch.

Im Hintergrund wechselten sich Geschichten von wilden Verschwörungen mit dummen Fragen einiger Reporter ab. Sarah bemerkte in der Meute einige der schlimmsten Skandalreporter. Leider wurde so manches Magazin gratis in der U-Bahn ausgeteilt. Hohe Reichweite bei niedriger Qualität. Ja, so konnte man Stimmung machen. Leider traf es bei Ermittlungen auch immer wieder zu, dass eben jene Medien nicht viel Wert auf ein ordentliches Verfahren legten.

Sie konstruierten sich gerne ihre eigene Realität und verschiedene Versionen einer Geschichte. Natürlich mit dem Ziel, eine möglichst reißerische Story zu liefern. Dabei ignorierten sie gerne die Tatsache, dass alle Menschen Rechte hatten, oder erst schuldig waren, wenn dies von einem Gericht bestätigt wurde. Bewusst oder auch unbewusst wurden damit auch Feindseligkeit und Angst gegenüber Polizei und Justiz geschürt. Mit ein Grund, weshalb Sarah keine Lust hatte sich mit Journalisten herumzuschlagen.

»Eine Leiche? Bei dir in der Wohnung?«, jetzt hatte sich Wehring eingemischt. Er schien es nicht glauben zu können.

»Ja, Liebesgrüße von unserem Killer.«

»Ganz sicher, dass es von ihm ist? Woher soll er wissen, wo du wohnst?«, hakte der Arzt nach.

»Nein, eine osteuropäische Einbrecherbande hatte zufällig eine verweste Leiche übrig und sie mir ins Bett gelegt. Statt etwas zu stehlen, wollten sie mal was anderes versuchen.« Sie verdrehte die Augen. »Natürlich war er das. Es ist eine Nachricht, eine Kriegserklärung, wenn ihr so wollt«, brauste Sarah auf.

»Die wäre?«, Fred stellte die Frage schon etwas vorsichtig. Bastian Wehring stand jetzt aber leicht trotzig vor Sarah.

»Ich weiß wo du wohnst!«

Sarah kniete sich neben die Leiche. Es waren schon Bilder von ihr mit Maske gemacht worden. Sie zog sich Einweghandschuhe an und streifte die Maske ab.

Das Gesicht darunter war ein trauriger Anblick. Die Augen waren vor Schreck geweitet, die Haut hatte Narben von zu häufigem Crystal Meth Konsum.

Sarah kannte das Endergebnis dieser Droge durch ihren Beruf viel zu gut. Immer wieder tötete ein Junkie einen anderen, um an seinen Stoff zu kommen. An der Wange zeichnete sich eine rosa Narbe ab. Sie war sehr dünn, aber führte vom Mund bis zum Ohr.

»Wollen wir wetten, das arme Ding war eine Nutte?«, fragte Wehring.

»Wie kommst du darauf?«, wollte Sarah wissen.

»Die Narbe hier. Sieht für mich so aus, als hätte ihr ein Zuhälter Zucker gegeben. Leider habe ich in meiner Zeit als Assistenzarzt viele solche Wunden gesehen. Ich habe für Frauenhäuser und Non-Profit Organisationen misshandelte Frauen und auch Prostituierte ehrenamtlich versorgt.«

Danach erklärte er Fred und Sarah, wie die Sache mit dem Zucker ablief. Damit wurde ihre Laune nicht gerade besser. Allerdings war es eine Methode der alten Schule. Verbrecherbanden aus China oder Tschetschenien kannten diese Art der Bestrafung nicht. Von den alten Strizzis in Wien waren nicht mehr viele übrig. Vielleicht konnten sie so zumindest die Identität der Frau klären. Womöglich gab es ja auch jemanden, der sie vermisste.

Sarah rieb sich die Augen. Es war allmählich ein wirklich langer Tag für sie und ihr Körper forderte Tribut. Insgesamt drei

Leichen und ein entführtes Mädchen. Die Leiche in ihrem Bett unterschied sich von den anderen. Denn die war verwest.

»Wie schnell kannst du die Leiche in meiner Wohnung untersuchen?«

Doktor Bastian Wehring sah sie kurz an. Sein Gesicht zeigte mäßige Begeisterung. »Vermutlich muss ich heute eine Nachtschicht einschieben. Bei drei Leichen werde ich aber Verstärkung brauchen.« Er seufzte und holte sein Handy aus der Hosentasche. Dann ging er ein Stück zur Seite, um einen Anruf zu tätigen. »Wieso genau die Leiche aus deiner Wohnung, Sarah?«

»Wer auch immer unser Täter ist, er will mir damit etwas mitteilen. Nicht nur dass er weiß wo ich wohne, er legt mir eine *verweste* Leiche ins Bett. Verstehst du? Wieso nicht diese Leiche hier? Lieber das Risiko eingehen und zwei Leichen in Wien verteilen. Noch dazu in der Wohnung einer Polizistin. Was, wenn ich zu früh nach Hause gekommen wäre, oder hier zu viele Menschen im Lokal gegenüber gewesen wären? Diese alte Leiche soll mir sagen: Ich mache das schon sehr lange und ihr habt mich nie erwischt.«

Fred nickte, es klang in der verdrehten Welt eines Serienkillers womöglich logisch. »Das Lokal hat am Sonntag geschlossen. Das Kino diesmal auch, weil es einen Wasserschaden durch die Wohnung darüber gab. Der Technikraum hat ordentlich etwas abgekriegt. Kann alles Zufall sein, oder …«, erklärte Fred die Umstände.

»… oder unser Täter ist richtig gut informiert. Er plant sehr genau. Wir sollten vorsichtig sein, sein Spiel hat gerade erst begonnen.«

***

Die letzten Tage waren für ihn sehr lange gewesen. Zwei Menschen töten, das Mädchen entführen und dann noch die Leiche ausgraben. Dann noch alles in Position bringen und dabei keine

Spuren hinterlassen. Auch ein Jäger konnte einmal müde werden. Genau genommen unterschätzen die Menschen in der heutigen Zeit die Bedeutung von Schlaf. Nur wenn man ausgeruht war, konnte man große Dinge vollbringen. Erst dann agierte der Geist hellwach. Ihm war dies in seiner Jugend auch nicht bewusst gewesen. Erst als er älter wurde und seine Kunst verfeinert hatte, wurde es ihm klar. Heute setzte er nicht nur auf den Schlaf selbst, sondern auch auf Meditation.

Noch konnte er aber nicht einschlafen. Das Mädchen musste essen und die Wirkung der Betäubung hatte langsam nachgelassen. Zurück in seinem Reich hatte er sofort nachgeschaut. Sie lag immer noch zusammengekauert auf der kleinen Pritsche. Ihre nackte Haut erregte ihn. Wenn er später das Licht anmachen würde, konnte er sie noch besser über die Kamera an der Decke sehen. Der Nachtsichtmodus war eine nette Sache, aber natürlich nicht dasselbe. Sie hatte eine herrliche elfenbeinweiße Haut. Im Kontrast zu den roten Haaren wirkte sie noch umwerfender. Sommersprossen zierten ihr Gesicht und sogar ihre Brüste. Sie waren nicht sehr groß, aber passten perfekt zu dieser zierlichen Figur.

Ihr musste kalt sein, aber wenn er ihr eine Decke gestattete, dann würde er sie nicht mehr so oft nackt sehen. Das Mädchen regte sich und versuchte sich aufzusetzen. Pünktlich. Das Essen war fertig und sie musste etwas zu sich nehmen. Da er heute wenig Zeit hatte, konnte er die Leber des Jungen nur grob anbraten. Keine exquisite Kochkunst, doch man musste genügsam sein. Es gab Zeiten, da hatte er nur Insekten zu essen gehabt.

Den Lichtschalter aktivierte er an der Tür zu dem kleinen Gefängnis. Wie das ganze Gebäude hatte er diesen Raum selbst gebaut, es war ein ganzes Stück Arbeit gewesen. Doch mir harter Arbeit kannte er sich aus.

Die Kleine fuhr erschrocken hoch und hob die Hände schützend vor die Augen. Im Inneren des Raumes waren Neonröhren mit einer hohen Lumenzahl verbaut. So konnte man Menschen sehr gut foltern. Licht- und Schlafentzug. Sehr wirkungsvolle Methoden. Die von ihm eingebaute Gegensprechanlage würde seine Stimme verfremden und ihr noch mehr Angst einjagen.

»Guten Morgen, mein Täubchen!«

Sie blickte mit panischen Augen um sich, wollte die Quelle der mechanischen Stimme finden. Er konnte sie sehen. Neben der Türe war ein Display installiert. Er konnte die ganze Zelle sehen. So konnte man sich niemals vor ihm verstecken und eventuell eine Flucht versuchen.

»Essenszeit!«

Damit schob er durch die Klappe am Boden eine Schüssel mit der Leber und eine kleine Flasche mit Wasser. Sicherlich würde sie nicht wissen, was sie da zu essen bekam. Ironie liebte er ganz besonders. Gemästet durch ihren Freund. Herrlich.

Das Herz und den Rest der Leber würde er jetzt genießen. Rotwein hätte gut dazu gepasst, doch in der nächsten Zeit würde er einen klaren Kopf brauchen. Somit verbot er sich Alkohol und stieg auf Wasser um.

Es war gut gewesen, sie aushungern zu lassen. Langsam näherte sich das Mädchen der Schüssel aus Stahl, begutachtete das Essen darin und verzog angewidert das Gesicht. Das Wasser untersuchte sie noch misstrauischer, was er ihr aber nicht verübeln konnte. Zur Abwechslung würde sie nicht betäubt werden. Zu viel war auch nicht gut. Man konnte ihren Ekel fast schon körperlich spüren. Ihren Hunger aber ebenfalls.

Sie wog ihre Alternativen ab, doch diese waren dünn gesät. Also griff sie mit ihrer Hand in die Schüssel und aß zögerlich ein Stück der Leber. Sie musste sich bemühen, nicht zu erbrechen.

Armes Kind, war keine Leber gewöhnt. Würde sie aber bald.

Nun würgte sie das Essen rasch hinunter, um nur ja keinen Geschmack in ihrem Mund zu haben. Immer wieder spülte sie Wasser nach, ignorierte wohl ihre Angst vor einer neuerlichen Betäubung.

***

Das Essen war widerlich. Amelia hatte Innereien schon immer gehasst. Daher gab es sie auch nicht auf ihrem Speiseplan. Als das Licht aktiviert wurde, dachte sie im ersten Moment, sie müsste erblinden. Es war furchtbar grell, aber vermutlich auch weil sie eine gefühlte Ewigkeit in absoluter Dunkelheit verbracht hatte. Der Raum war aber nun, nachdem sich ihre Augen langsam an das Licht gewöhnt hatten, gut zu erkennen gewesen. Tränen liefen ihr über das Gesicht, aber nicht, weil sie weinen musste. Dieses grelle Licht brannte in ihren Augen und es tat weh. Sie sah jetzt, was sie bereits ertastet hatte: Der Raum selbst war bis oben zur Decke gefliest. Er musste etwas über zwei Meter hoch sein. In der hinteren, linken Ecke war ein Loch im Boden, bei ihrer Erkundung hatte sie es nicht bemerkt. Somit war aber ihre Frage nach dem Klo beantwortet. Ihr schauderte. Die Fliesen waren blutrot. Es war wirklich die Farbe, nicht etwa Blut. Sie hockte in einem roten Raum und dann ertönte diese Stimme. Sie war mechanisch und verzerrt. Es klang als würde Satan persönlich mit ihr reden. Was wohl gar nicht so weit hergeholt war. Dann kam das Essen. Es roch ekelerregend. Eine Flasche Wasser war dabei. Sie zögerte, denn nur allzu gut konnte sie sich an die letzte Flasche erinnern. Doch Hunger und Durst waren stärker. Schließlich wusste sie nicht, wann es wieder etwas gab, und ihr Zeitgefühl war von Dunkelheit und Ohnmacht ausgelöscht worden.

Mit jedem Bissen spürte Amelia wie sie auch mehr Energie bekam. Sie wusste nicht einmal mehr, wann sie das letzte Mal etwas gegessen hatte. Obwohl sie Leber wirklich hasste und das Fleisch kaum herunterbekam, füllte sie ihren leeren Magen. Die Portion war nicht sehr groß, schnell hatte sie die Schüssel geleert. Als sie fertig war, übermannte sie Wut und Verzweiflung. Mit einem Schrei nahm sie die Schüssel und schlug damit auf die Türe ein.

Bilder von Maximilian tauchten vor ihrem inneren Auge auf.

»Du mieses Schwein! Weißt du eigentlich, wer mein Vater ist? Lass mich raus!«

Die einzige Antwort war ein extrem lauter und hoher Ton. Vor Schreck hielt sie sich die Ohren zu und fiel auf die Knie.

Dann ging das Licht aus. Wieder völlige Dunkelheit.

***

Sarah wählte die Handynummer von Christoph. Es war nun schon nach Mitternacht und sie wollte nur noch ins Bett. Zu Christoph, denn ihre Wohnung würde sie jetzt verkaufen müssen. Sie konnte sich nicht vorstellen, jemals wieder einen Schritt in sie zu setzen. Sie hasste so schon jede Art von Besuch. Selbst Christoph war bisher nur einmal kurz bei ihr zu Hause gewesen. Sonst trafen sie sich immer bei ihm und wenn sie dann mal eine gemeinsame Nacht hatten, fand sie nur bei ihm statt. Selbst der Gedanke an die Insekten war immer noch besser als andere Menschen in ihrer kleinen Wohnung. Diesen Tick hatte sie noch nicht ablegen können. Und jetzt? Wie sollte sie sich jemals wieder dort wohlfühlen? Am liebsten wäre sie gleich zurückgefahren und hätte die Bude in Brand gesteckt. Das Bett mit der Leiche. Ein wahr gewordener Alptraum für Sarah.

Ihr Freund meldete sich nicht. Vermutlich schlief er schon. Sie ging wieder zu Fred und Bastian zurück. Der Arzt begutachtete gerade die Hände und Fingernägel der Toten. Sarah konnte sich vorstellen, dass er nichts finden würde. Nicht einmal Maximilian, ein junger und kräftiger Bursche, war dazu gekommen, sich zu wehren. Warum also eine alternde Prostituierte, die sicherlich vollgepumpt mit Drogen war.

»Ich habe mal den Dreck unter den Nägeln hervorgeholt und gesichert. Vielleicht finden wir was bei der Analyse. Herz und Leber sind entfernt worden. Fred meinte, die Leiche aus deiner Wohnung ist ein Statement? Dann holen wir uns den Bastard.

Doktor Ende wartet schon in der Sensengasse auf mich. Wir packen die Leiche ein und fahren los.«

»Sehr gut. Ein paar Polizisten sollen noch Namen und Telefonnummern von Zeugen aufnehmen, morgen gehen wir alle durch. Nachdem wir mit der Wohnung von dem Jungen und dem Zimmer von Amelia fertig sind. Fred, eine Frage hätte ich noch«, sagte Sarah und blickte dabei recht verlegen drein.

»Lass mich raten, eine kuschelige Nacht im Leichenbett ist nicht so deins und dein Prinz schnarcht schon tief und fest?«, Fred musste schmunzeln und fand sich furchtbar witzig.

»Unglaublich. Wie witzig. Hast du schon daran gedacht, Comedian zu werden?«

»Jetzt wo du es sagst. Eigentlich schon, aber wer passt dann auf dich auf? Obdachlos wie du bist«, sagte Fred und lachte.

»Leck mich«, antwortete Sarah und zeigte ihm die Zunge.

»Oh mein Gott. War das gerade ein Anflug von Freundlichkeit? Ich geh gleich mal zu den Reportern. Endlich eine echte Schlagzeile.«

»Also, muss ich mir jetzt weiter deine dummen Witze anhören, oder darf ich auf deinem Sofa schlafen?«

»Logisch. Wozu hat man Freunde? Dann würde ich sagen, wir machen uns auf den Weg.«

Fred war ein guter Kerl und Sarah war echt froh darüber, nicht alleine sein zu müssen. Nicht wirklich ihre Art, doch der heutige Tag war sehr an ihre Substanz gegangen und wenn sie mit ihrer Theorie recht hatte, wurden sie vielleicht beobachtet.

»Sag mal, wenn die Leiche in deinem Bett eine Nachricht war, was ist dann mit der toten Frau da hinten?«

»Die Maske von Metis und das Ganze am Judenplatz, vor einem Denkmal? Vermutlich weil ich Jüdin bin und ich nicht die beste Erinnerung an den Schwarm habe.«

»Dachte ich mir auch schon«, meinte Fred und blickte zu Boden.

»Wir sollten sehr gut auf uns aufpassen. Wer auch immer es

ist, er will uns daran erinnern, was mit Peter passiert ist.« Sarah biss sich auf die Lippe und sah schnell weg. Tränen stiegen in ihre Augen und Wut brodelte hoch. Dieses Monster hatte seine Angriffe sehr gut geplant und ganz gezielt in ihre Wunden gebohrt. Hier hatte sie es nicht mit einem Anfänger zu tun. Sowohl wegen der Morde als auch auf der psychologischen Ebene. Ein hochfunktionaler Psychopath mit einer sehr speziellen Paraphilie. Extrem ungewöhnlich.

Zusammen gingen sie zu Freds Wagen. Er war mit seinem Privatauto zum Einsatzort gefahren und stand nur wenige Meter entfernt. Trotzdem hatten beide Ermittler das Gefühl, als würde man sie auf jedem Schritt beobachten.

Die Fahrt dauerte um diese Uhrzeit nicht lange. Sie kamen zu Freds neuer Wohnung, er lebte dort erst seit einem halben Jahr. Zusammen mit Elian hatten er sich hier ein wirklich schönes Nest gemacht. In Wien eine Dachgeschoßwohnung zu beziehen war angesichts der sommerlichen Temperaturen eine ziemlich mutige Angelegenheit. Aber es war geschmackvoll eingerichtet. Sarah selbst bewohnte lieber eine minimalistische Wohnung, doch die Bilder und Skulpturen von verschiedenen Künstlern passten sehr gut in das Reich von Fred. Sein Prunkstück war aber zweifelsohne eine Skulptur von Darth Vader. Der Schurke aus Star Wars hatte einen Ehrenplatz im Wohnzimmer. Die Figur war in Lebensgröße und hatte wahrscheinlich ein Vermögen gekostet.

»Du müsstest mal seine Laserschwerter im Schlafzimmer sehen«, begrüßte sie Elian.

»Du bist noch munter?«, fragte Sarah überrascht.

»Fred hat mir geschrieben, dass wir Besuch bekommen, also habe ich noch schnell das Gästezimmer hergerichtet.« Elian hatte nicht einmal den Hauch von einem Akzent.

Sarah war ernsthaft froh, endlich in ein Bett zu kommen. Fred führte sie in das Gästezimmer.

»Wenn du was brauchst, ruf nach mir.«

»Danke, wirklich. Ich schulde dir was«, sagte Sarah.

»Jaja, das Frühstück geht auf dich. Keine Punschkrapfen, was Anständiges!«, antwortete Fred und zwinkerte ihr zu.

Diese Nacht fiel Sarah in einen sehr unruhigen Schlaf. Immer wieder mischten sich Szenen von Leichen mit Bildern von der Maske und Metis und Peter.

Spurensuche

Noch bevor Fred oder die Alarmfunktion auf ihrem Handy Sarah wecken konnte, hatte das schon der rasende Kopfschmerz erledigt. Im ersten Moment wusste sie aber nicht, wo genau sie eigentlich war. Doch schon bald kamen die Erinnerungen wieder zu ihr. Ihr Partner klopfte zaghaft an die Zimmertüre und Sarah öffnete sie. Der Geruch von Kaffee und Croissants stieg in ihre Nase und weckte ihren Appetit. Der letzte Tag war ja nicht unbedingt von einer ausgewogenen Mahlzeit geprägt gewesen.

Nachdem sie Fred um eine Schmerztablette gebeten hatte, nahm sie an dem kleinen Tisch bei der Küchenzeile Platz. Es wirkte wie eine Bar, war aber kein schlechter Ort um ein Frühstück zu genießen. Es gab neben Kaffee und Croissants auch noch Brötchen, oder besser gesagt Semmeln. Da waren die Wiener ganz genau. Wurst, Käse und sogar Obst. Elian und Fred hatten offensichtlich vor, eine ganze Kompanie zu versorgen. Anfangs aß sie noch ohne Begeisterung, doch mit jedem Bissen merkte Sarah, wie hungrig sie wirklich war. Die Stärkung war notwendig, sie konnte ihrem Partner gar nicht genug dafür danken. Selbst ihre Kopfschmerzen waren fast verschwunden. Ein Zeichen, dass ihr Körper vielleicht ab und zu auch ein vernünftiges Essen benötigte.

Heute musste sie auch Christoph anrufen und sich selbst mit dem Gedanken anfreunden, in der nächsten Zeit mehr davon in einer Wohnung mit Vogelspinnen zu verbringen. Nun machten sie sich aber auf den Weg in die Dienststelle. Die Wohnung von

Maximilian würde hoffentlich neue Aufschlüsse bringen. Sollte seine Mutter noch immer keinen Schlüssel finden, würde sie die Tür eben aufbrechen lassen. Das erinnerte Sarah an ihre eigene Wohnungstür. Gestern hatten sich die Ereignisse überschlagen, doch nun musste sie sich auch noch darum kümmern. Dann wären da noch die Obduktionsergebnisse von den Leichen. Die konnte Sarah gar nicht mehr abwarten. Denn immer noch tappten sie im Dunkeln.

Sie fuhren mit Freds Wagen und Sarah schrieb in dieser Zeit ihrem Freund eine Nachricht. Christoph hatte ihr erzählt, dass er aktuell wieder viel für seine Arbeit mit den Insekten in der freien Natur unterwegs war. Also war es gut möglich, dass es dauern konnte, bis sie eine Antwort bekam. Eigentlich hatte er sie mitnehmen wollen, doch Sarah wollte diese Erfahrung nicht unbedingt mit ihm teilen. Stundenlang durch Wiesen oder Büsche streichen und dabei Ungeziefer einsammeln, stand nicht auf ihrer Prioritätenliste. Trotzdem musste sie schmunzeln. Wenn Christoph das Wort »Ungeziefer« gehört hätte, wäre er sicherlich eingeschnappt.

Da sie früh aufgestanden waren, zeigte die Uhr gerade einmal halb acht, als sie im Büro eintrafen. Doch kaum angekommen, gesellte sich auch schon Simon Baumeister, ihr Chef, zu ihnen. Eigentlich war er ein sehr entspannter Vorgesetzter und Sarah konnte ganz gut mit ihm. Noch nie war er laut geworden, oder hatte Unzufriedenheit mit ihrer Arbeitsweise signalisiert. Doch schon als er ohne anzuklopfen das Büro betrat, wussten beide Ermittler, dass etwas nicht stimmte.

»Alle gut ausgeruht? Ja? Also, ich fasse den gestrigen Tag zusammen: Wir haben insgesamt drei Todesopfer, von denen uns zwei unbekannt sind. Eine entführte Frau. Der oder die Täter schaffen es sogar, in die Wohnung meiner Kriminalbeamtin einzudringen und dort eine verweste Leiche ins Bett zu legen. Sagen Sie nichts, wir haben sicher eine Fülle an Hinweisen«, sagte er in einem süßlichen Ton. Seine Miene war dabei eingefroren. Abwechselnd schaute er Sarah und Fred an. Gleichzeitig schüttelten sie den Kopf.

»Natürlich nicht, kein Problem. Hinweise haben wir ja dank der Gratis-Zeitung in allen U-Bahnen und den anderen öffentlichen Verkehrsmitteln.«

Fred sah Sarah achselzuckend an.

»Oh, tut mir leid. Habe ich Ihnen die Überraschung verdorben? Sogar ihre Wohnung hat es in dieses Klatschmagazin geschafft. Den ›Ripper von Wien‹ nennen sie den Psycho. Die Polizei könne nicht einmal ihre eigenen Beamten schützen. Schon um sechs Uhr, als ich noch friedlich in meinem Bett lag, neben meiner lieben Frau, rief mich der Innenminister an. Sie können sich denken, wie erfreut er über die aktuellen Entwicklungen war. Sie fahren jetzt sofort zu ihm, in seine Privatwohnung. Dort wartet sein Lakai, dieser Franzose Roux Lala oder wie auch immer er heißen mag.« Seine Stimme war stetig lauter geworden.

»Legrande«, warf Sarah ein und biss sich sofort auf die Lippe.

»Danke Frau Lehrerin. Für die Handys der Kids haben wir Experten, die Obduktionen sind noch nicht fertig, also dürfen Sie sofort zu Ihrem neuen besten Freund fahren. Er ist ab jetzt offiziell in Ihrem Team. Gratuliere.«

Sie sahen sich entgeistert an. »Chef, also mal halblang. Wir können nicht einfach so von außerhalb …«, begehrte Fred auf.

»Ihre Meinung zählt genauso viel wie meine. Falls es Ihnen aber Unannehmlichkeiten bereitet, so können Sie sich gerne eine andere Abteilung suchen. Streifendienst zum Beispiel.«

Damit stürmte er aus dem Büro, die Türe riss er so heftig auf, dass sie in der Wand eingeschlagen wäre, hätte es keinen Türstopper gegeben.

»Dann fahren wir mal los«, seufzte Sarah und ging.

In allen Städten dieser Welt gibt es gute und weniger gute Bezirke, um zu leben. Dann gibt es Orte, wo die Leute wohnten, die nicht mit Sorgenfalten ihren Kontostand betrachten mussten.

Etwa genau dort hatte der Minister Brock sein Haus stehen. Eine Villa, die sehr pompös am Ende einer Straße thronte. Der Weg selbst war relativ steil, was daran lag, dass er beim Kahlenberg wohnte. Eine sehr nette Gegend mit Ausblick über ganz Wien. Man konnte es durchaus schlechter treffen.

Sarah und Fred stellten den Wagen vor der Einfahrt des Hauses ab und betätigten die Klingel am Einfahrtstor. Summend öffnete es sich. Ein rotes Blinklicht auf einer der Überwachungskameras zeigte ihnen, dass sie schon erwartet wurden. Die Eingangstüre wurde geöffnet und die große Gestalt von Roux Legrande erschien darin. Mit einem Kopfnicken begrüßte er die Polizisten und deutete ihnen, einzutreten. Schon im großzügigen Vorzimmer empfing sie ein übel gelaunter Innenminister.

Von außen war das Haus schon sehr beeindruckend. Es schien eher altmodisch, mit seinem Erker und Säulen in der Front. Wenn man sich dem Anwesen näherte, konnte man auf der Seite sogar eine Zeichnung auf der Fassade sehen. Es schien eine Szene aus einer sehr alten Zeit zu sein. Vielleicht hatte es was mit der Familiengeschichte zu tun. Im Haus selbst bemerkte Sarah die exklusiven Fliesen aus weißem Marmor, kunstvolle Holzvertäfelung an den Wänden. Sie konnte nur kurz Eindrücke sammeln, denn Herr Brock fuhr sie gleich an:

»Endlich sind Sie hier. Was treiben Sie eigentlich? Meine Tochter ist verschwunden und die Stadt wird mit Leichen zugepflastert!«

»Es tut uns leid, wir geben uns jede erdenkliche Mühe …«, versuchte Sarah zu antworten.

Mit einer herrischen Handbewegung unterbrach er sie. »Erzählen Sie mir nichts. Ich will keine Ausreden, ich will meine Tochter haben. Lebend! Roux wird Sie ab sofort begleiten. Mein Kind ist in der Hand eines irren Serienkillers. Haben Sie schon die Zeitungen gelesen?«

»Der Ripper von Wien. Ein origineller Name«, entgegnete Sarah.

»Originell? Denken Sie es geht mir darum? Völlig egal, was es kostet. Sie haben alle Ressourcen zu Ihrer Verfügung. Finden Sie meine Tochter. Wenn nicht, können Sie Ihre Marke auch gleich abgeben. Dann mache ich Ihnen beiden das Leben zur Hölle!«

Sein Gesicht war gerötet vor Zorn, doch Sarah erkannte auch seine Erschöpfung. Vermutlich hatte er nicht geschlafen, was sie verstehen konnte. Zusätzlich war dieser Mann ein Machtmensch, gewohnt zu bekommen, was er wollte. Alles lief immer genau nach seinen Vorstellungen. Einmal nicht die Zügel in der Hand zu haben musste eine Katastrophe für ihn sein. Roux selbst hatte sich im Hintergrund gehalten. Sollte er diese Angewohnheit beibehalten, würden sie doch ganz gut auskommen. Welche andere Wahl hatte sie auch schon?

»Wenn wir wirklich zugreifen können, auf alle Mittel, dann brauchen wir ein größeres Team. Internetüberwachung und ebenfalls die Handys. Rund um die Uhr. Das Handy Ihrer Tochter ist verschwunden und aktuell deaktiviert, doch wir können sie orten, wenn es wieder angeschaltet wird. Dann brauchen wir Zutritt zu dem Zimmer Ihrer Tochter und einen Beschluss, um uns in der Wohnung von Maximilian Albrecht umzusehen. Ein paar Polizeischüler für Recherchetätigkeiten. Vielleicht finden wir in der Vergangenheit etwas. Außerdem müssen wir ja noch Nachforschungen wegen der Opfer betreiben«, nutzte Sarah die Gunst der Stunde.

Fred schluckte. Doch Minister Brock nickte nur und zückte sein Handy. »Ich kümmere mich darum. Das gesamte obere Stockwerk gehört Amelia. Fühlen Sie sich wie zu Hause. Roux, du schreibst dir auf, was Sie mitnehmen. Ich will genauen Bericht.«

Roux nickte knapp. »Oui, ich kümmere misch darum.«

Sein Akzent war ausgeprägter als der von Elian. Sarah notierte sich geistig, sich auch diesen Roux vorzunehmen. Wenn sie schon mit ihm arbeiten musste, dann wollte sie wissen, wer er war. Bisher bemühte er sich aber, nicht im Weg zu stehen und deutete ihnen an, die Treppen hinaufzugehen.

Das Schlafzimmer war eher unspektakulär. Es gab keine wirklich persönliche Note, man konnte fast glauben, dass es ein Gästezimmer war. Wäre da nicht der Schreibtisch gewesen. Dort klebten Bilder von jungen Frauen und Männern, mehrere Aufnahmen zeigten auch Maximilian. Niemals waren die beiden zusammen auf einem Bild. Anscheinend sollte auch ihr Vater nichts wissen. Einer der Gründe, warum Sarah ihm noch nichts von dem Tagebuch erzählt hatte. Außerdem war es für sie immer noch ein wenig seltsam, warum das Handy verschwunden war, nicht aber andere Dinge. Wie eben jenes Tagebuch. Sie sahen sich um, doch einzig ein prall gefüllter Kleiderschrank und der Laptop waren für sie interessant. Fred nahm ihn an sich, nachdem er Fotos davon gemacht hatte. Immer schön alles ablichten, eine der obersten Regeln von Polizeiarbeit.

Sarah nahm ihr Handy und rief Baumeister an. Nach kurzem Klingeln hob er ab.

»Chef, wir brauchen hier auch die Spurensicherung. Einen Laptop beschlagnahmen wir.«

In diesem Moment öffnete Fred eine kleine Schublade, unterhalb des Schreibtisches. Darin fanden sich Briefe und ein Wohnungsschlüssel.

»Wir machen uns auf den Weg zur Wohnung von Maximilian Albrecht. Mir scheint, als hätte Fred gerade den Schlüssel gefunden.«

»Sie machen sich auf zur Rechtsmedizin. Dort wird ein Team auf Sie warten und die Durchsuchung der Wohnung übernehmen. Ihr Schlüssel wartet dort auch schon auf Sie. Es ist die Kollegin von gestern. Mich hat der Innenminister informiert, wir dürfen aus dem Vollen schöpfen. Eine Gruppe ist unterwegs«, sagte Baumeister. Damit legte er auf. Sehr glücklich hatte er nicht geklungen, aber vermutlich würde der Minister nicht sonderlich freundlich gewesen sein.

»Fred, wir sollen zur Rechtsmedizin. Hier wird eine Gruppe der Spurensicherung alles auf den Kopf stellen. Packen wir den

Laptop ein und diesen Schlüssel. Ich wette, der gehört ihrem Prinz«, sagte sie.

»Genau daran dachte ich auch. Die Briefe? Ich würde sie lieber gleich mitnehmen.«

»Gute Idee.«

»Ah, wo'in geht es nun?«, mischte sich Roux ein.

»Wohin Sie gehen ist mir egal. Wir müssen jetzt ein paar Morde aufklären und da haben Zivilisten keinen Zutritt.« Sarah sah ihn dabei nicht einmal an. Sie ging schon wieder aus dem Zimmer.

»Aber, Wolfgang …«

»Sie können in die Dienststelle kommen, es gibt immer noch Gesetze in diesem Land. Hobbyermittler dürfen nicht machen was sie wollen.«

Ihre herablassende Art prallte an Roux ab. Er fixierte beide Ermittler kurz mit ausdruckslosem Gesicht, zuckte mit den Schultern und ging einfach.

Fred und Sarah setzten sich wieder in den Wagen und fuhren zu Doktor Wehring. Hoffentlich war man dort schon schlauer. Dieser französische Riese war Sarah noch immer ein Rätsel. Langsam aber sicher nervte sie seine Anwesenheit. Das Letzte, was sie bei diesem Fall brauchen konnte, war eine außenstehende Person, die auf eigene Faust ermittelte.

»Was macht dir Sorgen?«, wollte Fred wissen.

»Dieser Schoßhund vom Minister. Und natürlich, dass wir nichts von Amelia gehört haben. Kein gutes Zeichen.«

Fred nickte. »Wie werden wir diesen Roux los?«

»Langeweile. Er soll sich Bilder von gesuchten Verbrechern ansehen, und jemand soll ihn befragen, wer als Feind des Ministers in Frage kommen könnte.«

»Wird sicher eine lange Liste.«

»Vermutlich. Hält ihn uns länger von Leib«, Sarah zwinkerte Fred zu.

Die Moorleiche

In der Wiener Rechtsmedizin angekommen, mussten sich Sarah und Fred jeweils in einen Einwegoverall zwängen. Kurz zuvor konnte Sarah ihren neuen Wohnungsschlüssel entgegennehmen. Um ihr Zeit zu ersparen, war ein Polizist ebenfalls zur Rechtsmedizin geschickt worden.

Sie händigte den gefundenen Schlüssel aus, doch sollte er nicht passen, war auch schon die Feuerwehr informiert worden. Die würden die Türe dann aufbrechen müssen. Was jetzt nicht mehr in Sarahs und Freds Aufgabenbereich lag. Durch die Vielzahl der Orte und Probleme mussten sie ganz einfach die Arbeit aufteilen. Es galt nach wie vor Amelia lebend zu finden. Wer auch immer sie hatte, vielleicht lebte sie noch.

Bastian wartete schon vor dem Sezierraum auf die beiden. Nach einer kurzen Begrüßung gingen sie hinein und direkt zu der Leiche, die man Sarah in ihr Bett gelegt hatte.

»Die hier ist denke ich sehr interessant für uns. Sie wurde genauso getötet wie die beiden Opfer Maximilian Albrecht und die mögliche Prostituierte. Stich in den unteren Hals, in den rechten Brustkorb hinein. Danach Öffnung des Bauchraumes. Ich denke, die Organe wurden auf die gleiche Weise entnommen. Leider kann ich es nicht so genau sagen, denn nach einer langen Zeit in einem Moor gibt es kaum Spuren. Die Säure in Boden und Wasser vernichtet jeden genetischen Beweis. Selbst Knochen werden in eine weiche Masse umgewandelt«, begann der Arzt.

»Moor?«, zeigte sich Sarah verwundert.

»Richtig. Sie war zwar vergraben, gefundenes Erdreich ist

noch bei der Analyse, aber in diesem Grab dürfte es auch Wasser gegeben haben. Sehr saures, so wie es in einem Moor üblich ist. Also gibt es mit Sicherheit keine verwertbaren Spuren auf der Leiche.«

»Aber, wenn ich an Amelia denke und hier die Überreste sehe, steht der Kerl wohl auf Rothaarige«, vermutete Fred.

»Nicht so ganz. Alle Haare im Moor werden rot. Wieder ist es das saure Milieu. Die arme tote Dame ist nicht von Natur aus rothaarig.«

»Die Art des Tötens stimmt wieder mit den Delikten aus der Schweiz überein. Wir sollten wirklich mal in Erfahrung bringen, was damals dort los war«, meinte Sarah.

»Ihr solltet einen langen Zeitraum abdecken. Diese Leiche kann schon weit mehr als zwanzig Jahre in ihrem nassen Grab gelegen haben. Wir haben aber auch etwas Glück. Ich habe Reste einer Pflanze in der Leiche gefunden. Drosera rotundifolia, oder auch einfach Sonnentau. Eine seltene Pflanze. Noch dazu fleischfressend. Sie kommt hier in Österreich eigentlich nur im nördlichen Waldviertel vor. Dort gibt es auch zwei Moorparks. Wenn man sich überlegt, dass der Täter diese Leiche vielleicht zwei Jahrzehnte aufgehoben hat, fürchte ich, dass wir dort noch mehr finden werden.«

Diese Information war endlich mal ein Schritt in irgendeine Richtung. Jetzt konnten sie eine Suche beginnen und eventuell auch Amelia finden.

»Die anderen Leichen haben so keinen näheren Aufschluss geben können. Der Killer geht sehr geplant vor. Hinterlässt keine Spuren«, sagte Wehring.

»Wir haben zumindest einen Anhaltspunkt. Dann fahren wir zu Baumeister und schauen zu, dass wir dieses Moorgebiet durchkämmen«, sagte Sarah und deutete Fred zu gehen.

»Viel Glück, Sie werden es brauchen. Nach meinen Recherchen sind es gut und gerne dreizehntausend Hektar. Sumpf, Wasser und Wald. Das wird keine leichte Aufgabe.«

»Danke Doc. Aber diese Chance ist vielleicht die einzige, die Amelia hat.« Damit ging Sarah und ihr Partner folgte ihr.

Noch bevor sie im Auto saß, rief Sarah ihren Vorgesetzten an. Er sollte schon alles in die Wege leiten. Immerhin benötigten sie jeden Polizisten und jede Polizistin, die verfügbar waren. Da der Innenminister versichert hatte, es würde jedes Mittel aufgewendet werden können, musste Sarah nun davon Gebrauch machen. Sie brauchten aber auch einen Plan. Als das Gespräch beendet war, erreichten sie gerade die Kriminalabteilung Ost.

Das Läuten ihres Handys riss sie aus den Gedanken. Christoph meldete sich. »Hey, tut mir leid. Ich habe die Nachricht erst jetzt gelesen. Geht es dir gut? Was ist passiert?«, fragte er besorgt.

»Ach, ich will jetzt nicht darüber reden. Ich kann ohnehin gerade nicht. Wollte nur wissen, ob ich ein paar Tage bei dir einziehen kann.«

»Zu mir und den Spinnen? Sehr gerne. Ich freue mich. Ruf mich an, wenn du mehr Zeit hast. Fühl dich geküsst.«

»Kuss zurück.« Sarah musste lächeln. Auch wenn sie nicht gerade viel Lust auf die vielbeinigen Mitbewohner hatte, auf Christoph war immer Verlass. Er wusste auch wie er mit ihr umgehen musste. Vermutlich waren sie deswegen schon seit einem Jahr ein Paar. Genau genommen hatte Sarah noch nie eine so ernste Beziehung gehabt. Seinen Beruf fand sie fürchterlich, denn den ganzen Tag nach Tieren suchen, die sie am liebsten erschlagen würde, war so gar nicht ihres. Aber sie musste ihn ja auch nicht ausüben. Und Christoph blieb wirklich immer ruhig. Wann auch immer sie ihre Gefühle gerade nicht im Griff hatte, oder Verhaltensmuster von früher auftauchten, war er ihr Anker. Und das würde sie sehr bald wieder brauchen. Bisher war keine Zeit, um den Schock zu verarbeiten, den der Einbruch in ihrer Wohnung bei ihr ausgelöst hatte. Sie wusste ganz genau, beim ersten Moment der Ruhe würde alles über sie hereinbrechen. Gott sei Dank war dieser Moment noch nicht da.

In der Abteilung angekommen war die erste Überraschung,

dass Roux schon da war und in ihrem Büro sitzend die Tatortfotos betrachtete. Solche Bilder waren nie sehr schön anzusehen und selbst bei Kollegen mit jahrelanger Erfahrung lösten manche Fotos immer wieder Nächte voller Alpträume aus. Doch als Sarah ihm dabei zusah, bemerkte sie, wie ruhig er war. Keine Regung kam über sein Gesicht.

»Sie sehen nicht so aus, als ob es die ersten Leichen in Ihrem Leben sind«, bemerkte Sarah kühl.

Roux zuckte nicht zusammen, als hätte er sie schon lange bemerkt. »Non, ich diente meine Land im Krieg«, antwortete er ungerührt.

Sarah verstand schon. Viele Soldaten verdrängten die erlebten Greuel des Krieges. Manchmal half es ihnen. Meisten wurde es aber nur schlimmer.

»Wir haben nicht viel Zeit. Ein Moor muss durchsucht werden. Sie könnten Ihren Freund anrufen. Vielleicht ist Amelia ja dort«, sagte Sarah zu ihm.

»Très bien. Da 'aben wir genau das richtige.« Er holte sein Handy heraus und wählte eine Nummer. Die Unterhaltung führte er in knappen Sätzen auf Französisch. Sarah hatte das Gefühl, sie sollte nicht verstehen, worum es dabei ging.

Es sollte nur wenige Minuten dauern, bevor Sarah eine Ahnung davon bekam, welche Befugnisse dieser Roux in Wahrheit hatte. Sie plante gerade mit den meisten Kolleginnen und Kollegen der gesamten Abteilung die Suchaktion. Auszubildende der Polizeischulen in Wien und den anderen Bundeländern wurden aktiviert. Mit Menschenketten und Suchhunden sollten abgezirkelte Bereiche systematisch durchsucht werden. Selbst von Seiten des österreichischen Bundesheeres war man nach kurzem Telefonat bereit, Experten zu schicken. In der Geschichte dieses Landes hatte es keine größere Suchaktion gegeben. Viele konnten sich anfangs gar nicht vorstellen, wie groß dreizehntausend Hektar waren. Als Sarah ihnen bei einem raschen Briefing mitteilte, dass es ungefähr achtzehntausendzweihundert Fußballfelder an Moor, Wiese, Wald und Sümpfe zu durchsuchen galt, herrschte fassungsloses Schweigen. Man würde auch Taucher brauchen, die eben jene Sümpfe durchsuchten.

Allerdings gab es noch ein Problem: So ein Unterfangen würde niemals ohne Aufmerksamkeit der Presse möglich sein. Wenn die es mitbekämen, dann würde auch die Öffentlichkeit Bescheid wissen. Wenn dies geschah, hatte der Entführer den Trumpf, Druck auf den Vater auszuüben. Da aber noch keine Lösegeldforderung eingetroffen war, konnte es allerdings auch anders laufen. Bisher wusste Sarah nur, dass der Mörder von mindestens drei Personen seit vielen Jahren unerkannt war. Sollte er also doch verschreckt werden, könnte er Amelia töten und abtauchen. Dagegen sprach aber die Botschaft an Sarah.

Sie sollte lieber den Innenminister davon unterrichten. Es war auch seine Entscheidung, was nun geschehen sollte. Man würde eine Telefonzentrale einrichten müssen. Aus Erfahrung wusste Sarah, dass sich viele Menschen meldeten. Sie wollten Aufmerksamkeit und allzu oft gab es Trittbrettfahrer, die nach zweifelhaftem Ruhm strebten. Leider war es ohnehin nur eine Frage der Zeit, bis die Presse irgendwie Wind davon bekam.

Simon Baumeister kam aus seinem Büro geeilt. Sein Gesicht wirkte übermüdet, auch er hatte keine lange Nacht gehabt. Von den zu vielen Zigaretten war er schon heiser und hatte einen grässlichen Husten. »Sarah, der Innenminister schickt einen Helikopter los. Der hat so ein Laservermessungssystem. Wird eigentlich gerade erst erprobt. Wir brauchen erst mal keine Suchtrupps, aber wir richten trotzdem eine Telefonzentrale ein. Bitte sag den Leuten mal, was wir bisher wissen oder vermuten.«

»Wow, was macht dieser Hubschrauber?«

»Er vermisst die Gegend und spürt mit einer Extrakamera auch Wärmesignaturen auf. Archäologe war im Moment keiner aufzutreiben, doch dieser Franzose ...«

»Roux?«, half ihm Sarah.

»Genau der, also Herr Brock meinte, der kennt sich von seiner Zeit bei der Armee auch mit solchen Bildern aus. War vermutlich irgendwas bei den Aufklärern oder wie auch immer es in Frankreich heißen mag.«

»Gut, diese Technik ist noch sehr neu. Wir haben damit praktisch keine Erfahrung. Aber wenn der Minister sogar das Leben seiner Tochter dieser Aktion anvertraut, soll es mir recht sein«, entgegnete Sarah und begann nun damit, die Kollegen zusammenzutrommeln.

Auch Roux kam hinzu und setzte sich in die hinterste Reihe.

Nach kurzer Zeit war das Besprechungszimmer gut gefüllt und Sarah begann damit die ersten Morde aufzuzählen. Natürlich auch die Moorleiche in ihrem Bett, was ein paar hämische Kommentare einiger Kollegen zur Folge hatte. Sarah verdrehte nur die Augen, vermutlich hatten einige Herren der Schöpfung ein Problem mit einer Chefinspektorin. Jedes weitere Gespräch darüber würde sie nur noch mehr anstacheln. Sie beschrieb das verschwundene Mädchen und betonte scharf, dass man bis auf Weiteres nicht mit der Presse sprechen sollte. Der Druck der Öffentlichkeit würde die Sache nicht leichter machen. Es war schon schlimm genug, dass die Presse den Killer schon als Ripper von Wien sah. Sollten sie ihn auch noch in Verbindung mit der Entführung der Tochter des Innenministers bringen, wäre der Aufschrei sicherlich sehr groß.

»Dann kommen wir einmal zum Täter. Er ist sicher schon älter. Mindestens vierzig, und er ist hervorragend organisiert. Seine Opfer sterben schnell und fast lautlos, durch einen gezielten Stich in den Hals. Man kann sagen, er lässt sie ausbluten. Anschließend entfernt er ihnen Leber und Herz. Das ist ein Ritual und meine Vermutung ist, er isst diese Körperteile.«

Ein Raunen ging durch die Kollegen. Noch nie hatte jemand mit einem Kannibalen zu tun gehabt. Auch ohne direkten Kontakt rankten sich immer Mythen um diese Art der Störung. Sie hat nichts mit irgendwelchen Urvölkern zu tun. Dort kochte man keine Missionare, beziehungsweise gab es keine schlüssigen Beweise. Vielmehr war es eine religiöse Sache. Die Asche von Verstorbenen wurde während eines Rituals verzehrt, dadurch wurde aber Zusammengehörigkeit ausgedrückt. Bei sexuell motivierten Morden sah es anders aus.

»Sexueller Kannibalismus ist eine Form der Nekrophilie und gehört zu einer paraphilen Störung. Dieser Mann, es sind keinerlei Frauen mit solchen Mustern bekannt, ist sich seiner Störung nicht bewusst. Hier haben wir es nun mit einer Ausnahme zu tun, denn er weiß um diesen Trieb. Er weiß, dass es nicht erlaubt ist. Die Opfer werden aufgehoben, so bleiben sie ein Teil von ihm. Herz und Leber hat er ja aufgenommen.«

»Warum genau 'erz und Leber?«, mischte sich Roux ein. »Man könnte ja auch essen andere Teil.«

»Das ist richtig. Ein Herz symbolisiert oft Kraft und Stärke, die Leber selbst ist eigentlich ein sehr nahrhaftes Organ.«

Sarah erläuterte den Ermittlern der Kriminalabteilung noch einige Zeit lang das vorläufige Profil. Man musste auf der Hut sein, immerhin hatte er sich bis in ihre Wohnung gewagt und es schien ein Plan dahinterzustecken. Man konnte nie wissen, wie so ein Mensch reagiert, wenn man ihn in die Enge treibt. Außerdem war es wichtig, Amelia lebend zu finden. Es musste einen Grund geben, warum ihre Leiche noch nicht aufgetaucht war. Solange dies nicht geschah, galt sie natürlich als vermisst. Sarah spürte aber ihre eigenen Zweifel. Immerhin war die Leiche aus ihrer Wohnung vermutlich mehr als zehn Jahre aufgehoben worden. Wenn nicht sogar zwanzig.

Das Messer war auf jeden Fall sehr speziell, also mussten Waffengeschäfte abgeklappert werden, was bestimmt sehr mühsam werden würde.

Der Täter wusste auch um die Morde des Schwarms, was aber nur aussagte, dass er in der Lage war, zumindest eine Zeitung zu lesen.

Sobald Sarah ihren Vortrag beendet hatte, war Roux aufgestanden und hatte sich vor die Kollegen gestellt. Auf die Verwunderung in den Blicken der meisten Ermittler reagierte er wie auf alle Einflüsse von anderen Personen. Gar nicht.

Nüchtern und sachlich erklärte er allen den Vorgang mit dem Hubschrauber. Er würde danach die Abmessungen auswerten. Selbstverständlich hoffte auch er, eine Wärmesignatur zu entdecken.

Die Suche

Danach war es für Sarah und die meisten ihrer Kollegen eine schier endlose Warterei. Die kleine Wohnung von Maximilian war von den Ermittlern der Spurensicherung auf den Kopf gestellt worden. Datenträger, Laptop und auch DVDs oder USB-Sticks wurden zu Auswertung mitgenommen. Das Handy hatte Fred in der Zwischenzeit aktivieren können, aber nicht sehr viel gefunden. Die Flugtickets nach Las Vegas waren in seinem E-Mail Posteingang gespeichert, sonst gab es keine bemerkenswerten Anrufe oder Nachrichten. Alles schien darauf hinzudeuten, dass weder Herr Brock noch Familie Albrecht etwas von den Hochzeitsplänen ihrer Kinder gewusst hatten. Was Sarah etwas merkwürdig fand, war die Tatsache, dass man im Wohnbereich von Amelia keine weiteren Tagebücher gefunden hatte. Auch auf dem Laptop war bisher nichts entdeckt worden. Es schien für sie eher unglaubwürdig, dass dieses Mädchen gerade erst mit einem Tagebuch begonnen hatte. In dem Exemplar, das Sarah hatte, standen nicht sonderlich aufschlussreiche Details. Meistens war ihr Vater mit nicht sehr freundlichen Worten bedacht und noch häufiger vermisste die junge Frau ihre Mutter. Die vollgeschriebenen Seiten offenbarten Sarah eine junge Frau, die Zeit ihres Lebens benutzt wurde. Als Präsentationsobjekt. Immer musste sie perfekt sein. Selbst als sie Hilfe brauchte, als ihre einzige Bezugsperson im Sterben lag, musste sie noch für die Pressefotografen geradestehen.

Aktuell war es die Show des Franzosen Roux. Mit einem Tablet auf seinem Schoß und einem Digitalfunkgerät wies er den Helikopter an. Auf diesem Tablet hatte er ein Livebild des Helikopters und ebenfalls die Sondierungsergebnisse des Geländes. Er suchte Positionen und Koordinaten scheinbar wahllos an einer großen Karte an der Wand ihres Büros aus und die Besatzung flog dorthin, dabei wurde aus der Luft eine neue Karte erstellt. Für Sarah war es schon beeindruckend, wie weit die Technik vorangeschritten war.

Nach welchen Kriterien er die Stellen auswählte, war Sarah ein Rätsel, allerdings hatte er den Auftrag von seinem Freund und Minister bekommen, also kümmerte sie sich lieber um Informationen zu allen Personen. Dabei durchforstete sie das Internet und auch interne Datenbanken.

Das Bild des Innenministers war kein sehr schmeichelhaftes. Anscheinend war dieser Roux wirklich sein einziger Freund und hatte sich ihm gegenüber immer loyal gezeigt. Alles ging auf einen Bootsausflug zurück, Herr Brock war damals noch Student gewesen und es wurde mit viel Alkohol gefeiert. Bei einer anschließenden Bootsfahrt in der Nacht war der Minister in spe über Bord gegangen. Dummerweise waren seine Freunde alle ebenfalls betrunken und bemerkten den Vorfall nicht. Solche Umstände konnten sehr leicht zum Tod führen, zumal Brock laut dem Artikel, den Sarah im Internet gefunden hatte, bewusstlos gewesen war. Zufällig war Roux auch an dem See und hatte dort in einem Zelt geschlafen. Illegales Campen war in Österreich an sich verboten, aber es kam immer wieder einmal vor. Sehr zum Glück von Wolfgang Brock. Ohne zu zögern sprang der junge Franzose ins Wasser und rettete den Studenten vor dem Ertrinken.

Dazu musste er körperlich sehr fit gewesen sein, dachte sich Sarah. In der Dunkelheit einen Menschen im Wasser auszumachen, dann rechtzeitig zu ihm zu schwimmen und ihn dann noch an Land zu holen, war wirklich eine Herkulesaufgabe. Noch dazu, wenn der Mann bewusstlos war. Alles war aber auch ein Indiz für die Militärkarriere in Frankreich. Es musste kurz nach dieser Zeit gewesen sein, dann war er vermutlich in einer überragenden körperlichen Verfassung. Was Sarah zu ihrem nächsten Problem brachte: Man fand rein gar nichts über diesen Roux. Er schien noch nie in seinem Leben im Internet gewesen zu sein. Zumindest versuchte sie ihr Glück und schrieb eine Anfrage an die französische Botschaft. Vielleicht konnte sie ja an den Personalakt dieses Mannes kommen.

Eben jener Roux saß ganz entspannt auf einem Bürostuhl und wies die Piloten an. Alles dauerte schon fast zwei Stunden und Sarah fragte sich, wie lange der Hubschrauber wohl in der Luft bleiben konnte.

»Haben verdächtige Formationen ausgemacht. Gebiet wird einmal abgeflogen, danach kehren wir zum Stützpunkt zurück«, krächzte es aus dem Funkgerät. Plötzliche Stille, man konnte die Anspannung fasst greifen.

Auf dem Display von Rouxs Tablet erschien eine Karte, darauf konnte man alles Mögliche erkennen. Oder auch nicht, so wie Sarah.

»Sehen Sie diese kleine 'ügel?«, fragte Roux und deutete auf eine Vielzahl an Punkten.

Wie man hierbei Hügel erkennen konnte, war Sarah schleierhaft.

»Die Struktur ist eine andere, daher kann man ganz gut erkennen, um was es sich handeln könnte«, mischte sich Fred ein.

»Du kennst dich damit aus?«, fragte Sarah ungläubig.

»Ja, zumindest ein bisschen. Also, fahren wir los?«

»Wir werden brauchen Spaten, viele Leute«, meinte Roux.

»Wieso? Was soll das hier sein?«

Sarah verstand noch immer nicht so ganz, was sie hier gefunden haben sollen. Fred wirkte aber auch nicht mehr sehr fröhlich. »Weil es vermutlich Gräber sind«, sagte er ernst.

Die Gräber im Moor

Mit Bussen hatten sie sich Polizeischüler geholt, eine Hundertschaft von Beamten der Spurensicherung, Forensiker und mehrere Rechtsmediziner. Zusätzlich noch jede Menge Material. Bastian Wehring schien sehr aufgeregt ob der neuen Entwicklung, Doktor Ende jedoch weit weniger. Bei aller Nervosität wussten alle, dass die heutigen Nachrichten keine guten sein würden. Waren die Medien schon jetzt hinter jeder Geschichte über den Ripper von Wien her, würden Massengräber die Situation nicht gerade beruhigen. Man konnte nur hoffen, durch Zufall über einen historischen Fund gestolpert zu sein.

Roux hatte sich wie selbstverständlich in den Wagen zu Fred und Sarah gesetzt. Mit Blaulicht und Folgetonhorn fuhr Sarah so schnell als es eben ging ins niederösterreichische Waldviertel zu dem Moorgebiet rund um Schrems. Immer wieder schickte sie ein Stoßgebet zum Himmel, nur ja nicht Amelia dort vorzufinden. Roux schien es ähnlich zu gehen. Er war schweigsam wie immer, wirkte aber deutlich angespannter. Immerhin kannte er das Mädchen seit ihrer Geburt und war irgendwo doch ein Teil der Familie. Es musste sehr wohl eine emotionale Belastung für ihn darstellen. Seine Art war vielleicht auf ein Kriegstrauma zurückzuführen, oder er war einfach ein distanzierter Mensch.

Simon Baumeister hatte Sarah die Einsatzleitung übertragen, er selbst war in Wien geblieben. Der Minister hatte sich angekündigt, vermutlich nach einer Nachricht von Roux. Alle hofften, Amelia nicht im Moor zu finden. Die Infrarotmessungen waren ohne Ergebnis geblieben, was so viel bedeutete, dass dort keine lebende Person auf sie wartete. Der Weg würde ebenfalls beschwerlich werden. Den Karten zufolge konnte man nicht direkt mit dem Auto hinfahren, eine Strecke von gut und gerne fünfhundert Metern würden sie durch hohes Gras und, wenn sie Pech hatten, sumpfigen Boden zurücklegen müssen. Die gesamte Ausrüstung hatten sie nun zu tragen. Für die Beleuchtung hatten sie sich Generatoren mitgenommen, Diesel, Schaufeln und auch Leichenbergesäcke. Sie hatte vor, auf dem provisorischen Parkplatz einen Stützpunkt zu errichten. Für diese Maßnahme hatte sie sich gleich mit dem Landesdirektor der freiwilligen Feuerwehr in Verbindung gesetzt. Er hatte sofort zugesagt, ihnen mit Männern und auch Material zu helfen. Moor, freie Natur und eine Armee an Insekten. Nicht wirklich Sarahs bevorzugtes Umfeld.

Als die Ermittler eingetroffen waren, hatte die örtliche Feuerwehr schon eine Stromzufuhr hergestellt und sogar Plätze geschaffen, wo die Polizei parken und ihr Material ausladen konnte. Ebenso wurde ein großes Zelt aufgebaut, damit man sich dort die Overalls anziehen konnte. Auch wenn es danach noch einen Fußmarsch gab, wurden wenigstens keine Spuren aus der Stadt mitgenommen. Der Nachmittag war schon vorangeschritten, aber es war Sarah ohnehin klar, dass sie die nächsten Tage eine Menge an Arbeit haben würden.

Simon Baumeister hatte sich auch darum bemüht, einen Archäologen von der Universität zu bekommen. Leider waren diese Bemühungen noch nicht erfolgreich. Sarah zeigte sich aber zuversichtlich, dass die Ärzte um Doktor Wehring in der Lage waren, frische Leichen zu erkennen. Sie hatte es hier ja nicht mit Amateuren zu tun und jeder leitende Ermittler wusste um die Moorleiche in der Wohnung von Sarah. Es lag also nahe, dass man hier zum persönlichen Friedhof des Rippers ging.

Bisher war es Roux nicht möglich gewesen, eine genaue Zahl an Gräbern zu bestimmen. Nach seiner ersten Schätzung würden sie aber mindestens sechsunddreißig vorfinden. Vielleicht sogar noch mehr. Wie lange mochte dieser Mann nur schon auf seinem Streifzug gewesen sein und unschuldige Menschen abgeschlachtet haben, fragte sich Sarah. Und das unbemerkt. Sie war schon unterwegs mit Fred, Bastian Wehring und Roux. Hinter ihnen war die Ermittlerin Hold, die sie schon am Tatort am Stausee getroffen hatte. Beide Frauen hatten sich kurz begrüßt und Sarah gab ihr ein schnelles Briefing, damit sie ihre Mannschaft vorbereiten konnte. Am Anfang war es besser, wenn sie eher weniger waren. Damit keine Beweise von übereifrigen Polizeischülern niedergetrampelt wurden.

Natalie Hold war auch dieser Ansicht. Als Kollegin des BKA war sie auch für die Forensik und Spurensicherung zuständig. Was bedeutete, auch für die Auswertung der Spuren. Mittlerweile waren Dutzende Beamte der Polizei nur mit Ermittlungen im Fall Amelia Brock beschäftigt. Ihre Auffindung hatte immer noch oberste Priorität, aber selbstverständlich würde die Suche auch zum Ripper führen.

Es war weniger mühsam zu der Stelle zu kommen, die Roux ausfindig gemacht hatte, als Sarah es vermutet hatte. Das hohe Gras lag oftmals am Boden, was auf Niederschläge hindeutete. In Wien hatte es seit Tagen nicht geregnet, aber für das Waldviertel galten laut Natalie eigene Gesetzte.

Es lag auf der Hand, dass die Moorleiche auch von hier sein musste. Woher auch sonst? Überrascht hatte Sarah bei ihrer Nachforschung so einige Dinge zu Mooren im Allgemeinen. Es gab fleischfressende Pflanzen, die Reste hatte Wehring auch gefunden, Otter und allerlei Insekten, die nur dort leben konnten. Alles in allem ein erstaunliches Ökosystem.

Ihre Bedenken, ein unvorsichtiger Kollege könnte im Moor versinken und sterben, erwiesen sich laut der Feuerwehr als unbegründet. In einem Moor konnte man zwar einsinken, aber nicht untergehen. Ein menschlicher Körper hatte etwa die Dichte von Wasser, deswegen konnte man auch nur bis zur Wasserschicht eines Moores einsinken, danach war aber Schluss. Physik! Es könnte ein Grund sein, warum die Leiche vergraben war. So blieb sie zwar haltbar und man konnte noch nach hunderten Jahren etwas erkennen, aber alle wichtigen Spuren wurden beseitigt. Die Toten, die man bei Grabungen in einem Hochmoor in England oder auch Deutschland gefunden hatte, waren allesamt Menschenopfer. Auch hier war die Theorie eines religiösen Wahns nicht schlüssig für Sarah. Menschenopfer waren nur ganz selten Frauen. Eher Männer oder Kinder, da eine Frau in alter Zeit nicht sehr viel galt. In Österreich selbst war kein Unglück in einem Moor bekannt, wie ihr der Kommandant der örtlichen Feuerwehr versicherte. Langsam war Sarah sehr gespannt, was sie zu Gesicht bekommen würden. Fred keuchte hinter ihr und fluchte die meiste Zeit. Er hatte das Pech, einen der Lichtfluter mit sich führen zu müssen, und auch noch eine Schaufel. Die Fluter bestanden aus einem Stativ, dem Leuchtkörper in einer Art Ballon und einem Steuerteil, welches eben jenen Ballon aufblies. Damit wurde man bei Arbeiten in der Nacht nicht so sehr geblendet und sie leuchteten einen Tatort beinahe taghell aus. Aber die ganze Apparatur war auch sehr schwer.

Endlich erreichten sie die angegebenen Koordinaten. Roux war vorausgeeilt und dann erstaunt stehen geblieben. Sarah erkannte warum. Überall waren Kreuze in die Erde gerammt. Es waren auf jeden Fall mehr als sechsunddreißig.

Nach dem Moor

Genau genommen waren es fünfzig. Es dauerte insgesamt fast vier Tage, bis man die Leichen aus den Gräbern gehoben hatte. In Schichten arbeiteten alle verfügbaren Frauen und Männer des Bundes- und Landeskriminalamtes. Bastian Wehring hatte sich ein Zelt organisiert und sogar die Nächte dort verbracht. Man konnte ihm anmerken, wie sehr er sich in die Sache verbissen hatte. War es doch auch eine wirklich undankbare Aufgabe. Mit so vielen Opfern würden sie eine Ewigkeit benötigen, um an Namen und Hintergründe zu kommen. Auf der frischen Leiche, die am Judenplatz abgelegt worden war, konnten keine verwertbaren Spuren gesichert werden. Sie war eindeutig nicht vergewaltigt worden, auch sonst fand sich keine Faser auf ihrem Körper. Dies war sehr ungewöhnlich, denn im Normalfall hinterließ ein Täter irgendeine Form von Spuren. Auch die Tatsache, dass sie nicht missbraucht worden war, sprach eigentlich gegen die Paraphilie. Genauso gut konnte der Mörder aber einfach ein sehr perfides Spiel mit der Polizei spielen. Sarah würde schon noch dahinterkommen. Wenn nicht gerade der Chauffeur des Ministers in der Dienststelle antanzte, dann war ihr alter Freund, der Staatsanwalt Handler, nicht weit. So weit sie konnte, ging Sarah ihm aus dem Weg, doch davon wurde dessen Stimmung auch nicht besser. Also waren es Fred oder ihr Chef Simon Baumeister die seinen Frust abbekamen.

Aber auch ihre Stimmung war durch den Stress und den Umstand, dass sie in der Nähe von Spinnen leben musste, nicht gerade die beste. Christoph freute sich mit ihr zusammenzuleben, doch Sarah wollte möglichst bald eine eigene Wohnung haben. Mit einer wesentlich besseren Türe. Unabhängigkeit war ihr nach wie vor enorm wichtig. Eine weitere Änderung in ihrem Leben war auch wieder dem Gedanken an ihre Sicherheit geschuldet. Nun trug sie ihre Dienstwaffe immer bei sich. Eigentlich für sie unüblich, doch niemand konnte es ihr verdenken.

Das Telefon des Mädchens war noch immer nicht aktiviert worden, da Sarah aber eine Vermutung hatte, wurde die Gegend weiterhin abgesucht. Es war für sie ein klares Zeichen, der Täter hatte die Opfer aufgehoben, er wollte sie in seiner Nähe haben. Man konnte davon ausgehen, dass er irgendwo einen Unterschlupf haben musste. Für sie waren es klare Zeichen: die fehlenden Organe, die Beerdigungen in einem Moor. Es war so, also würde er sich seine Opfer nicht nur einverleiben, sondern auch noch ihre Überreste gefangen halten.

Doktor Wehring versicherte Sarah mittels 3D-Scan den Opfern ein Gesicht geben zu können. Damit wollten sie dann die Vermisstenanzeigen durchgehen. Irgendwo musste er ja seine Opfer gefunden haben. Es waren ausschließlich Frauen. Ein Grund mehr von einem Zufallsmord bei dem jungen Albrecht auszugehen. Seine Eltern hatten mittlerweile den Körper abgeholt und auch schon bestattet.

Der Killer hielt sich seither zurück, was Sarah eher beunruhigte. Zuerst hatte er scheinbar wahllos getötet, ihr eine Leiche ins Bett gelegt und war dann einfach untergetaucht. Die Umstände wurden nun wirklich immer mysteriöser. Sie konnten alle nur die Gegend abklappern und hoffen etwas zu finden. An diesem Abend würde sie sich einen berüchtigten Zuhälter vornehmen. Dieser war bekannt dafür, abtrünnigen Frauen eine Narbe im Gesicht zu verpassen. Andere Alternativen hatte Sarah auch nicht, aber ein Schuss in Blaue konnte manchmal Wunder wirken. Zusätzlich war der Kerl ohnehin so sympathisch wie eine Kakerlake. Ihm den Abend zu vermiesen wäre irgendwo auch eine Genugtuung für sie.

In der Dunkelheit

Amelia hatte jegliches Zeitgefühl verloren. Oft war es elend lange stockdunkel. Dann brannte wieder ein grelles Neonlicht in ihrer Zelle. In beiden Fällen konnte sie kaum schlafen und auch die Mahlzeiten kamen unregelmäßig. Meistens waren es nur Schokoriegel, ganz selten Obst und dann auch mal diese ekelhafte Leber. Schon bei ihrem Geruch wollte sie sich übergeben. Doch der Hunger war stärker. So verhielt es sich auch mit den Wasserflaschen. Das Mädchen hortete sie und teilte sich ihre Rationen streng ein. Durch den stetigen Wassermangel hatte sie die ganze Zeit Kopfschmerzen, doch sie zwang sich dazu. Ihren Ekel musste sie auch überwinden, und in die leeren Flaschen pinkeln. Solange ihr Urin noch nicht zu dunkel und von Bakterien verschmutzt war, wollte sie ihn aufheben. Als letzten Ausweg sozusagen, bevor sie verdurstete. Ihr Kidnapper hatte sie ja schon einmal dursten lassen. Dann war auch noch die Sache mit dem Schlafmittel in dem Wasser. Sie trank in kleinen Rationen, weil sie dann die Wirkung nicht so stark spürte.

In den Phasen des Lichts hatte sie sich ihre Zelle genau angesehen. Da gab es natürlich das kleine Loch, worin sie ihr Geschäft verrichten musste. Oben an der Decke war eine Rundum-Kamera montiert, sie stand also ständig unter Beobachtung. In der Ecke, wo auch die Toilette war, ragte ein Lüftungsrohr aus der Wand. Es war sehr schmal, allerdings hatte die ohnehin schon schlanke Amelia nun auch einige Kilogramm an Gewicht eingebüßt. Sie überlegte sich, wie sie die Abdeckung wohl am besten runterbekam. Denn ihren Peiniger konnte sie immer wieder kommen und auch gehen hören. Es gab also Tage, wo sie alleine war. Ihre Chance auf Flucht. Wenn sie die Abdeckung aufbekam und danach auch noch in das Rohr klettern konnte. Darum wollte sie sich dann kümmern, wenn es so weit war und sie nicht an die Wand gekettet war. Ihre spärlichen Vorräte sammelte sie auch für ihre Flucht. Sie wusste ja nicht, wo sie war und musste vielleicht ein paar Tage auf sich alleine gestellt überleben. Hinzu kam der Gedanke an einen Kidnapper, der dann sicherlich sehr wütend hinter ihr her sein würde. Sie musste zu einer Straße kommen und auf sich aufmerksam machen.

Ganz in ihre Fluchtpläne vertieft, bemerkte sie gar nicht, wie der Entführer zurückkehrte. Das Licht erlosch schlagartig und zum ersten Mal wurde ihre Zellentür geöffnet. Das Herz schlug Amelia bis zum Hals und Panik ergriff sie. Die Luft schien sich in Eis zu verwandeln und auch wenn sie nichts sehen konnte, riss sie ihre Augen auf. Ihre Atmung beschleunigte sich und ihre Arme fingen an zu zittern. Tränen stiegen in ihre Augen. Was wollte der Kerl denn nur von ihr? Schwere Schritte näherten sich ihr. Sie waren nicht irgendwie schnell oder hektisch. Der Mann strahlte Ruhe und Zuversicht aus, weil er scheinbar genau wusste, was er tat.

***

Er liebte ihre vor Panik aufgerissenen Augen. Von ihrer Angst konnte er fast schon trinken, sie füllte die kleine Zelle zur Gänze aus. Da saß sie nun, ganz nackt und zitternd. Durch sein Nachtsichtgerät konnte er sie in Ruhe betrachten. Sicherlich dachte sie auch schon an eine Flucht, rechnete sich ihre Chancen aus. Das Lüftungsrohr hatte sie ja beinahe hypnotisiert, als würde es von alleine aufgehen. Naives kleines Ding. So viele andere Frauen waren hier schon gescheitert. Ihm konnte niemand entkommen. Doch selbst, wenn sie es schaffen würde, wäre es für ihn als Jäger einfach nur noch besser. Seine Beute zu erlegen, auf der Flucht und kopflos vor Angst. Das Fleisch schmeckte dann anders. So empfand er es auf jeden Fall. Vielleicht aber auch nur, weil er sich in solchen Momenten noch überlegener vorkam. So fühlte er sich aber in diesem Moment auch. Sie wusste ja noch nicht, was ihr bevorstand. Es war Zeit, das Spiel auf eine neue Ebene zu bringen. Er riss sich von dem Anblick los, nahm das Tuch in seiner Hand hoch und packte ihr Genick mit der anderen Hand. Das Mädchen wehrte sich wie erwartet und schrie auf, doch es ging alles viel zu schnell. Schon drückte er ihr das in Chloroform getränkte Stück Stoff auf Nase und Mund. Zuerst versuchte sie noch, die Luft anzuhalten. Ihr Widerstand dauerte nicht lange und schon bald wurde sie ohnmächtig. Viel Zeit hatte er aber nicht, die Dosierung war nicht sehr hoch. Er brauchte sie munter, nur so konnte er das süße, rothaarige Ding richtig in Szene setzen. Alles war vorbereitet und schon bald würde die Polizei etwas zu tun bekommen.

Zweisamkeit

Sarah hatte es aufgegeben die ganze Zeit in den Bildschirm zu starren. Den Zuhälter, den sie befragen wollte, hatten sie auch noch nicht aufspüren können, vielleicht hielt er sich im Untergrund. Was gar keine so dumme Idee war, wenn man bedachte, was mit der armen Prostituierten geschehen war. Mit Sicherheit war er nicht sehr erpicht darauf, ein Gespräch mit der Polizei zu führen. Doch spätestens am nächsten Abend, wenn das Wochenende vor der Tür stand, würden sie ihn schon erwischen. Diese Zeit war schließlich das Hauptgeschäft der Zuhälter und der Frauen, die für sie anschaffen gingen. Irgendwann würde er sich zeigen müssen. Sie machte sich aber eigentlich nicht so große Hoffnungen, doch vielleicht hatte er ja beobachtet, wer der letzte Kunde der Prostituierten war. In ihrem Kopf schwirrten die Gedanken und sie versuchte allerlei Zusammenhänge zu erkennen. Ob diese auch wirklich existierten, stand auf einem anderen Blatt. Also beschloss sie, zu Christoph zu fahren. Er war ebenfalls gerade unterwegs gewesen, im Auftrag der Forschung. Sie wollten sich zu Hause etwas zu Essen machen und den Abend gemütlich verbringen. Sarah war durch den Fall so eingebunden, dass die beiden sich kaum zu Gesicht bekamen. Die gemeinsame Wohnsituation würde vielleicht gar nicht so schlecht sein. Immerhin konnten sie so auch Zeit verbringen, wie es die meisten Paare machten. Der Killer ließ Sarah praktisch keine Zeit, eine Leiche nach der anderen tauchte auf. Die wenigen Momente der Ruhe, wenn man sie so nennen wollte, brauchte die Ermittlerin für Recherche und Sichtung der gefundenen Spuren. Ihre vergangenen Fälle waren meistens relativ rasch geklärt worden, oftmals gab es schon vor Ort einen Verdächtigen. Schließlich war ein überwiegender Teil der Gewaltverbrechen eine Tat innerhalb der Familie. Oftmals sprach man fälschlicherweise von einem Mord, im juristischen Sinn, wenn ein eifersüchtiger Liebhaber oder Ehemann ausrastete und seine Frau erschlug. Man musste diesen Tätern erst einmal einen sogenannten niederen Beweggrund nachweisen. Nur wenn im Vorfeld eine Planung stattgefunden hatte, konnte man von Mord sprechen. Wenn aber ein Mensch im Affekt einen anderen tötete, so überfielen ihn praktisch sofort die Gewissensbisse. Schließlich wusste er ja, dass es falsch war, und sie entwickelten Reue. Sarah hatte es unzählige Male erlebt, dass die Täter selbst die Polizei und Rettung gerufen hatten. Erstaunlicherweise gab es diese Reue auch bei Serienmördern. Diese entwickelten sich erst zu ihrem ersten Mord. Davor lagen Jahre voller Phantasien und Träume, sie wussten aber wie falsch es war. Eines Tages gewannen aber die Triebe und ein Mord ereignete sich. In der Regel war dann jahrelang Pause. Mit jedem Mord wurden diese Abstände der Reue und des schlechten Gewissens aber kürzer. Dann war es in der Regel nur eine Frage der Zeit, bis sie einen Fehler machten und von der Polizei erwischt wurden. Was musste dieser Killer nur für eine Selbstbeherrschung haben? Solch eine Fülle an Opfern, von denen Sarah und ihre Kollegen bisher wussten, musste über Jahrzehnte geschehen sein. Dabei keinen einzigen Fehler zu machen, vielleicht nur zufällig in eine Fahrzeugkontrolle zu geraten, grenzte schon mehr an ein Wunder als an verbrecherischer Genialität.

Worüber sich Sarah aber im Grunde klar war, war das Spiel mit ihr. Ein Serientäter wollte früher oder später sein Vermächtnis haben. Dies konnte nur entstehen, wenn die Polizei ihn festnahm oder bei einem spektakulären Schusswechsel tötete. Wollte ein solcher Mensch durch die Hand eines Beamten sterben, war Vorsicht geboten. Sie hatten nichts zu verlieren und damit war auch Amelia nur ein Baustein in seinem Plan, spektakulär das Zeitliche zu segnen.

Ein Mensch mit derartigem Profil würde einen hohen Blutzoll fordern. Überhaupt war Sarah so ein Täter noch nie begegnet. Kannibalen waren an sich schon selten, aber diese Form der Nekrophilie gab es ihres Wissens nach noch nie. Normalerweise gingen solche Menschen nicht so geplant vor, waren sich oft ihrer Untaten gar nicht bewusst. Schon alleine die Tatsache, dass er seine Opfer in dieser Gegend aufhob, war untypisch. Opfer solcher Tätergruppen wurden in der Regel verscharrt. Wenn diese Personen dann noch über ein großes Grundstück verfügten, war es nur durch Zufall möglich sie zu erwischen. Selbst ein Armin Meiwes wusste um die Straftat bei seinem Vorgehen. Auch wenn sich sein Opfer damals selbst meldete. Schon in seinem Umfeld fiel er als Sonderling auf, war aber klug genug, um nicht sofort am Radar zu erscheinen. Ed Gein hatte die meisten Leichen von Friedhöfen, aber dann sehr wohl auch Menschen ermordet. Sein letztes Opfer konnte die Polizei ausgeweidet in einem Schuppen finden. Er lebte zurückgezogen, hob sich aber Geschlechtsteile und auch Knochen auf. Die verwendete er unter anderem als Fressnapf für seine Tiere. Natürlich wollte er niemals jemanden auf sein Anwesen lassen, denn als die Polizei es dann durchsuchte, stieß sie auf gut fünfzehn sterbliche Überreste.

Sie alle hatten einen Drang die Opfer aufzunehmen und auch sich sexuell an ihnen zu vergehen. Seltsamerweise war an der Prostituierten dieses Verhalten nicht nachweisbar, es konnte aber auch ein Trick sein. Egal, es war wichtig endlich eine Spur zu Amelia zu finden. Sarahs Kopf drehte sich ohne Pause um den Fall und das Profil des Täters, fast automatisch war sie zur Wohnung von Christoph gegangen und hatte mit ihrem Schlüssel aufgesperrt. Christoph hatte ihr gerne einen gegeben und hoffte vermutlich auf eine längerfristige Lösung in seinen vier Wänden. Als sie die Wohnung betrat, roch es nach frisch Gekochtem, nach Gewürzen und auch Rotwein. Ihr lieber Freund versuchte sich also wieder einmal als Koch. Leider hatte er vor gut einem Jahr seine Liebe zu den Kochshows von Jamie Oliver entdeckt. Seitdem versuchte er sich auch immer wieder als Meisterkoch und setzte die Gerichte dann Sarah vor. Dabei war er felsenfest der Meinung, sich punktgenau an die Vorgaben aus den Kochbüchern halten zu müssen und abschmecken absolut überbewertet wurde. Als Entomologe war er mit Sicherheit eine Kapazität und auch als Freund und Lebensgefährte hatte er eine außergewöhnliche Begabung. Immerhin hatte er es geschafft ihr Herz zu erobern. Doch das Kochen war eindeutig nicht seine Stärke. Es fehlte seinen Kreationen immer an Salz, dafür war es oft so voller Rosmarin, dass Sarah meinte, sie hätte in einen ganzen Strauch gebissen. Rosmarin gehörte seiner Ansicht nach so und so in jedes Gericht. Einmal setzte er ihr einen Pudding vor, in den er das Gewürz auch eingearbeitet hatte. Schon nach dem ersten Bissen war ihr beinahe schlecht geworden und sie hatte es bei aller Liebe auch nicht geschafft aufzuessen. An diesem Abend war er so beleidigt gewesen, dass er kein Wort mehr mit ihr gewechselt hatte.

Die Gerüche überrollten Sarah wie eine Welle und mischten sich mit den Bildern in ihrem Kopf. Moorleichen, verspeiste Menschen und ein in Panik weinendes Mädchen. Auch wenn sie schon abgehärtet war, wurde ich schlagartig wieder übel. Mit einem tapferen Grinsen begrüßte sie ihren Freund, der sie voller Erwartung ins Wohnzimmer schob. Dafür hatte er sich auf ihr Anraten hin einen geschmackvollen Tisch angeschafft, denn vorher war es mehr ein vollgestopfter Raum gewesen. Wissenschaftliche Bücher, wohin man blickte. Jetzt konnte er theoretisch sogar Besuch empfangen und geschmackvoll seine Versuche anrichten. Sarah war wie betäubt von den Eindrücken, dem Sammelsurium an Gerüchen und Gedanken. Den sauren Geschmack von Magensäure schluckte sie hinunter und gab sich weiter alle Mühe zu lächeln. Christoph küsste sie zur Begrüßung und nahm ihr die Tasche ab. Sie war so abgelenkt, dass sie nicht einmal ihre Waffe aus dem Holster holte. Sarah schloss die Augen und bemühte sich, ihre Sinneseindrücke in den Griff zu bekommen. Nach einem kurzen Moment ging es ihr schon etwas besser. Ihr Freund hatte sich sehr bemüht und es wäre unfair ihm gegenüber. Denn für einen irren Mörder konnte er nun wirklich nichts.

Christoph war wieder in die Küche verschwunden und sie blickte sich einfach in seiner Wohnung um. Ihre Aufmerksamkeit blieb am Vorzimmer hängen. Sie hatte sich nicht einmal ihre Schuhe ausgezogen und trotzdem war dort etwas anders als sonst. Misstrauen stieg in ihr auf. Dann kam ihr Freund zurück, mit zwei Tellern voller Essen. Es gab Steaks und grüne Bohnen, die man hier Fisolen nannte. Das Fleisch war noch blutig. Sarah wurde fast schlagartig wieder schlecht, doch sie lächelte ihren Freund an und nahm ihr Essen.

Von dem Steak schaffte sie nur die Hälfte und war froh, endlich fertig zu sein. Um möglichst schnell alles aus ihren Augen zu bekommen, brachte sie den Teller in die Küche und schenkte sich dort noch ein Glas Rotwein ein. Endlich hatte sie sich wieder unter Kontrolle, aber ein wenig Ablenkung und Alkohol konnte sie gerade gut gebrauchen.

Das Essen selbst war sehr schweigsam abgelaufen. Ihr Freund schlang das Fleisch nur so in sich hinein, als hätte er schon seit Tagen nichts mehr zu essen bekommen, und sie war wiederum froh gewesen, ein paar Bissen hinunterzubekommen. Irgendwie kam ihr Christoph aber sonderbar vor. Er war merkwürdig abgelenkt und redete nicht wie sonst einfach über alle Dinge, die ihm gerade in den Sinn kamen. Nachdenklich war wohl das richtige Wort. So wirkte er auf sie und in ihrem Kopf begannen ganz leise Alarmglocken zu läuten. Ihr Instinkt sagte ihr ganz klar, dass etwas faul war. So benahm er sich eigentlich nie. Etwas beschäftigte ihn, doch sie war sich unsicher, um was genau es ging. Gab es Probleme in der Arbeit? Oder in ihrer Beziehung? Was war das Problem mit seinem Vorzimmer? Es war dort ein Detail nicht so wie immer.

Sie ging wieder zu ihm zurück und setzte sich an den Tisch. Christoph lächelte sie an. Sarah bemerkte die Schrammen an seiner rechten Hand.

»Was ist mit deiner Hand?«, wollte Sarah von ihm wissen.

»Och, heute war ich mal wieder unterwegs im Namen der Wissenschaft. Leider schlägt die Natur manchmal sehr hinterhältig zurück«, antwortete er und lächelte. Seine gesunde Hand strich über die andere.

»Heute bist du irgendwie so komisch. Alles in Ordnung?«, hakte Sarah nach. Sein Verhalten gab ihr einfach keine Ruhe.

»Jaja, alles bestens. Nur etwas Stress auf der Uni. Du weißt wie das ist. Alles nicht so einfach in diesem Land«, murmelte er und stand auf. Sein Weg führte ihn auf das Sofa, vor den Fernseher. Damit war für ihn wohl die Unterhaltung beendet.

Genau genommen wusste Sarah nicht, wie es in Österreich in einer Universität zuging, schon gar nicht, wenn man dort arbeitete. Ihre Ausbildung hatte sie schließlich in den Vereinigten Staaten absolviert. Das war ihr auch nur möglich gewesen, weil ihre Großeltern dafür genug Geld gehabt hatten. Hier in diesem Land war dies zum Glück mehr oder weniger kostenlos. Sie bereute es eigentlich nie, in die Heimat ihrer mittlerweile verstorbenen Großeltern zurückgekehrt zu sein. Natürlich musste sie sich in vielen Bereichen umstellen, dabei ging es nicht nur um ihre Sprache. Denn Sarah war als Kind in einem deutschen Internat gewesen, hatte also eine Aussprache wie der große Nachbar. Damit machte man sich immer wieder über sie lustig. Viele Kollegen vertrugen auch ihre Ausbildung nicht. Sie meinten, Sarah hielt sich für etwas Besseres und würde eine neue Zeit bei der Kriminalpolizei einläuten. Doch ihre psychologischen Fähigkeiten zählten offiziell gar nicht. Sie waren ein Bonus, aber eigentlich war sie eine Kriminalbeamtin wie alle ihre Kollegen. Es war auch für sie vorgesehen, dieselben Schulungen zu besuchen, wie jeder in ihrer Abteilung. Auch wenn sie oftmals mehr wusste als der Vortragende. Vielleicht war ihr deswegen eine gewisse Vertrautheit so wichtig. Einst war es so mit Peter gewesen, und auch wenn es bei Christoph nicht wie mit ihrem ehemaligen Partner war, so spürte sie auch hier eine tiefe Vertrautheit. Nicht nur wegen dem Sex. Der einzig andere Mensch, der ihr noch nahestand, war Fred. Mit ihm verstand sie sich eigentlich auch immer besser, zumal er wusste, wann es ratsam war, ihr nicht zu widersprechen.

Fred war hoffentlich auch schon auf dem Weg nach Hause zu seinem Freund. Es war unheimlich wichtig, einen Fall wie diesen auch einmal auszublenden. Sonst würde er daran zerbrechen und das wollte sie auf keinen Fall. Durch seine Homosexualität hatte er es oft schwer genug in ihrem Job, aber sehr zu ihrem Gefallen konnte er sich behaupten.

Wieder in ihren abschweifenden Gedanken folgte sie Christoph, der sich schon eine Dokumentation über irgendwelche Insekten aufgedreht hatte. Bei diesem tollen Programm würde sie vermutlich sehr bald einschlafen. Sarah schmiegte sich an seine Schulter und zog ihr Knie an ihren Körper. Wieder ging ihr Blick in das Vorzimmer, aber es wollte ihr einfach nicht einfallen, was genau das Problem war.

Christoph legte den Arm um sie und allmählich hatte Sarah Lust ihre Gedanken anderswertig zu zerstreuen. Sie küsste ihn und begann ihm sein Hemd auszuziehen. Ihre Berührungen wurden fordernder. Christoph erwiderte ihren Kuss und richtete sich auf. Beide steuerten das Schlafzimmer an. Was gab es denn auch besseres, um den Kopf freizubekommen.

***

Die Nacht war gut gewesen. Witzig wie es oft so ging. Anfangs hatte sie sich in der Wohnung fast übergeben müssen und ihre Gedanken hatten sie fast verrückt gemacht. Dieser Fall war einfach zu fordernd. Dann reichte aber ein kurzer Moment an der Seite des Menschen, den sie liebte, und sie konnte die Bilder ruhen lassen. Sich ganz auf eine sehr angenehme Sache konzentrieren, die ihr früher nie so viel bedeutet hatte. Bei Christoph war das wirklich anders. Nach dem Sex hatte sie endlich wieder tief und fest schlafen können, ohne dabei von Alpträumen geweckt zu werden. Kaum leitete sie diesen Fall, waren die Träume gekommen. In den letzten Nächten hatte sie nie mehr als vier Stunden Schlaf gefunden und war vermutlich auch deswegen zu erschöpft, um etwaige Hinweise zu sehen. In den Träumen tauchten immer wieder die Leichen aus dem Moor auf, dann war da wieder Amelia und sie rief immerzu nach ihr. Bis ihr dann die Kehle aufgeschlitzt wurde, Blut quoll aus ihrem Hals und sie röchelte sterbend. Ihre Augen blickten sie aber die ganze Zeit an, gaben Sarah die Schuld an ihrem Tod. Plötzlich platzte ihr Bauch auf und ihre Därme kamen zum Vorschein. Diesen Traum hatte sie beinahe jede Nacht.

Letzte Nacht jedoch nicht. Sie hatte so gut geschlafen wie schon lange nicht und ihre Laune war auch erstaunlich gut. Leise zog sie sich an, Christoph schlief immer noch und sie wusste, dass er heute nichts zu tun hatte. Also wollte sie ihn schlafen lassen. Sie schlich aus dem Schlafzimmer und holte ihre Tasche aus dem Wohnzimmer, dort lag auch noch ihre Waffe. Unvorsichtigerweise hatte sie die einfach zu ihren Sachen gesteckt. Normalerweise musste eine Schusswaffe ohne Magazin in einem abgeschlossenen Safe gelagert werden, aber zum Glück war alles gutgegangen. Ihre Schuhe lagen auch noch vor dem Sofa und Sarah zog sie an. Sie ging in das Vorzimmer und dort erblickte sie es. Das war der Grund, warum ihre Alarmglocken die ganze Zeit geläutet hatten. Es waren seine Schuhe gewesen, die ganze Zeit über. Sie waren voller schwarzer Erde. Wie aus einem Moor.

Natürlich gab es eine logische Erklärung, denn er forschte in dieser Gegend, seine Tätigkeit war auf die Insektenkunde der Moorgebiete spezialisiert. Diese Tatsache hatte sie immer wieder ausgeblendet. Nur hatten sie jetzt Dutzende Leichen aus eben einem solchen Gebiet geborgen. Ein Bauchgefühl meldete sich bei ihr. Sehr deutlich sogar, und Sarah beschloss, ein wenig von der Erde ins Labor zu bringen. Lieber schloss sie Christoph als Verdächtigen aus, als sich immer zu fragen, ob er nicht doch etwas damit zu tun hatte. Nicht dass sie es ihm zutrauen würde. Er war ein wirklich einfühlsamer Mensch, hatte keinerlei abartige Neigungen im Bett. So ein guter Schauspieler konnte er gar nicht sein.

Leider hatte Sarah keine guten Erfahrungen mit Männern. Ungerne erinnerte sie sich an Joshua. Der war auch ein sehr netter Kerl gewesen und sie hatte sich schnell zu ihm hingezogen gefühlt. Dann entpuppte er sich als ein Mitglied des Schwarms und es stellte sich heraus, dass er sie die ganze Zeit nur benutzt hatte. Von dieser Warte aus war ihr Misstrauen also berechtigt. Sie kratzte ein Stück der Erde von den Schuhen und packte es in eine Beweismitteltüte. Sie hatte immer ein paar davon bei sich. Unwohlsein machte sich in ihr breit. Langsam ging sie nach unten und begab sich auf den Weg ins Büro.

Ihr Handy läutete und Fred war dran. »Komm schnell in die Abteilung, du kannst dir gar nicht vorstellen, was los ist.«

Ein eisiger Schauer lief über ihren Rücken. Fred hatte richtig aufgeregt geklungen. Etwas Schlimmes musste geschehen sein.

Sie rief sich ein Taxi. Mit den Öffis würde sie viel zu lange brauchen. Das Taxi aber war nach nicht einmal drei Minuten da. Ihr Partner wollte oder durfte nichts am Handy sagen, doch kaum hatte sie sich auf die Rückbank des Fahrzeuges gesetzt und das Internet aktiviert, wusste sie, was los war. Der Killer hatte eine neue Nachricht. Für sie, die gesamte Polizei und den Rest der Welt.

Eine Videobotschaft

Sarah fand auf mehreren Seiten ein Video, sowohl das Bundeskriminalamt als auch ihre Abteilung Landeskriminalamt Ost waren dort verlinkt worden. Sie kramte aus ihrer Tasche Ohrenstöpsel heraus, denn der Taxifahrer musste es nicht unbedingt mitbekommen. Vermutlich nur ein frommer Wunsch, denn so was verbreitete sich im Internet in der Regel wie ein Buschfeuer. Hier würden die Spezialisten der IT-Abteilung und ganz sicher auch Fred einiges zu tun bekommen. Schnell schob sie das Anschlussstück in die Buchse ihres Telefons und startete mit einem immer stärker werdenden Unwohlsein das Video.

Anfangs war es unscharf, erst langsam fokussierte die Kamera das eigentliche Objekt. Durch eine helle Lichtquelle, wahrscheinlich ein Scheinwerfer, wurde Amelia Brock angestrahlt. Ihre Verfassung war äußerst bedenklich, um es nett auszudrücken. Sie hockte nackt in einem kleinen Käfig. Sarah erinnerte diese Box an eine Pelzfarm, wo Nerze in Metallkäfige gepfercht wurden und auf ihr brutales Ende warteten. Das Mädchen hatte Abschürfungen und blaue Flecke am ganzen Körper, ihre Augen waren blutunterlaufen und ihr rotes Haar fiel strähnig in ihr schmales Gesicht. Schon auf den Fotos im Haus ihres Vaters hatte Amelia sehr schlank gewirkt, fast schon zu dünn, aber jetzt sah sie eher aus wie der Hungertod persönlich. Die Augen waren schon in ihre Höhlen eingefallen, die Wangenknochen stachen aus ihrem zierlichen Gesicht hervor. Die ungesunde, bleiche Hautfarbe war sicherlich nicht nur dem grellen Licht geschuldet. Die Lippen waren aufgesprungen und blutverkrustet. Es deutete alles auf eine Dehydrierung hin. Aber auch auf eine akute Unterernährung. Was hatte dieser Mistkerl nur mit dem armen Ding vor, dachte Sarah und Wut begann in ihr aufzusteigen. Die gute Laune von vorher war sofort verflogen. Der Taxifahrer mühte sich durch den stauenden Wiener Berufsverkehr. Wer auch immer im Büro war, würde mit Sicherheit versuchen, das Signal zu orten. Wenn der Typ nicht ganz so clever war, dann hatten sie jetzt eine realistische Spur zu ihm.

Amelia blickte in die Kamera und zitterte am ganzen Körper. Ob es nun an der Kälte an ihrem Aufenthaltsort, oder an ihrer Angst lag, konnte Sarah nicht feststellen. Sicher war es eine Mischung aus beidem. Ihre Arme waren sonderbar an das Käfiggitter gefesselt. Es sah aus als seien es Kabelbinder. Ihre rechte Hand wurde ganz weit ausgestreckt an die rechte Seite ihres Käfigs gebunden, dabei aber der kleine Finger nach außen gespreizt und extra fixiert. Ihre linke war so gefesselt, dass sie eine Karte halten konnte. Sie musste einen Text vorlesen. Der Entführer selbst war in keinem Moment im Bild zu sehen. Er hielt sich aller Wahrscheinlichkeit nach hinter der Kamera auf. Tränen liefen ihr über die Wangen und das Zittern wurde noch einmal stärker. Sarah tat die junge Frau unendlich leid.

Mit stockender Stimme flüsterte Amelia ihren Text auf: »Lieber Herr Innenminister, Sie haben Himmel und Hölle in Bewegung gesetzt, um Ihre Tochter zu finden. Leider ohne Erfolg. Was vermutlich an der dilettantischen Wahl der Ermittler liegt. Obwohl ich Ihnen den Tod zeige, sehen Sie trotzdem nicht.« Sie hustete und würgte trocken hoch. Allmählich schien Amelia mit den Nerven am Ende zu sein. Ein Stoß gegen den Käfig signalisierte ihr, dass sie weiterlesen sollte.

»Egal worüber man sich streitet oder welchem hohen Ideal man dient, am Ende geht es nur um das schnöde Mammon. Deponieren sie an folgenden Koordinaten eine Million Euro. Sollte der Geruch von Polizei in der Luft liegen, werden Sie Ihre Tochter in Einzelteilen wiedersehen.« Sie schluchzte laut auf und verlor beinahe die Karte mit dem Text. Immer wieder schüttelte sie den Kopf und blickte in das Licht, als hoffte sie den Täter zu sehen und milde zu stimmen. Ihre Blicke sagten aufkeimende Hoffnungslosigkeit aus.

»48°12‘13 N 16°22‘44 E. Damit auch ja niemand auf die dumme Idee kommt, ich würde leere Drohungen aussprechen, ein kleines Präsent an den lieben Herrn Papa!«

Die Nachricht war scheinbar zu Ende, denn Amelia blickte verwirrt in die Kamera. Sarah hatte jedoch schon einen bösen Verdacht, was dem Mädchen gleich blühen würde. Sie sollte leider recht behalten.

Amelia war die Erste, die den neuen Gegenstand identifizieren konnte. Ihre Augen wurden groß und sie schüttelte den Kopf.

»Nein! Bitte ... Nein ... lassen Sie mich ... Nein!«, schrie sie.

Der Taxifahrer fuhr Sarah eindeutig zu langsam, immer wieder riss sie sich von ihrem Handy los und sah sich um. Es war nicht mehr weit zu ihrer Abteilung.

Langsam konnte man erkennen, was dem rothaarigen Mädchen so eine Angst einjagte. Eine Gartenschere tauchte im Bild auf. Sie wurde vor die Kamera gehalten, um auch ja allen zu zeigen, was gleich geschehen würde. Die Lichtquelle wurde wieder adjustiert, ein wenig verschoben und blendete Amelia deutlich stärker. Doch alle Zuschauer konnten deutlich sehen, wie die Schere sich langsam ihrem kleinen Finger der rechten Hand näherte. Er war so fixiert worden, dass sie ihn auch nicht großartig einziehen konnte. Wahrscheinlich hatte Amelia schon erkannt, worum es ihrem Entführer ging. Krampfhaft versuchte sie den Finger zu schützen. Leider aber ohne Erfolg. Langsam und präzise wurde der Finger zwischen die scharfen Klingen geschoben. Mit einer solchen Schere konnte man kleine Äste und Wurzeln durchtrennen, ein dünner Fingerknochen stellte keine großartige Herausforderung dar.

Amelia schrie und trat gegen den Käfig. Da er aber so klein gehalten war, dass sie nur mit angezogenen Beinen hineinpasste, konnte sie keine richtige Wucht in ihre Tritte legen. So oder so hätte es ihr nichts genutzt. Man konnte eine behandschuhte Hand und einen Teil des Unterarms erkennen. Es sah nach einer schwarzen Lederjacke aus. Der Täter hatte solche Dinge wahrscheinlich schon oft gemacht. Er ließ sich nicht von ihren Schreien und dem Flehen ablenken. Eiskalt drückte er zu. Sie brüllte auf, doch es war nur ein kurzer Moment. Amelia war schon so geschwächt, dass sie die Augen verdrehte und in Ohnmacht fiel. Vermutlich auch besser für sie. Etwas Blut floss, aber nicht so viel wie man meinen mochte. Dann war das Video auch schon beendet. Sarah wollte es nochmals ansehen, um Details erkennen zu können. Nur leider war es schon wieder von dieser Seite verschwunden. In diesem Moment erreichte das Taxi ihr Ziel, sie gab dem Fahrer viel zu viel Trinkgeld und rannte in das Gebäude. Auf den Fahrstuhl verzichtete sie, es schien ihr alles eine Ewigkeit zu dauern, doch wenn sie rannte, dachte Sarah, würde sie schneller oben sein. Als könnte das noch etwas ändern.

Vor Ort herrschte fassungsloses Schweigen. Neben dem Minister und ihren Chef erkannte Sarah leider auch den leitenden Staatsanwalt. Niemand war in der Lage die richtigen Worte zu finden. Hinter dem schockierten Vater stand wie immer sein Leibwächter. Er schien keinerlei Reaktion zu zeigen. Sarah vermutete, dass er nicht mal vom Tod seiner Mutter betroffen sein würde. Doch vielleicht war es eine Art Dienstbeschreibung. Emotionsloser Fahrer und Bodyguard gesucht, oder so ähnlich.

Handler wirkte wie immer erregt und seine Gesichtsfarbe nahm sofort einen bekannten Rotton an, kaum erblickte er Sarah. Er setzte zu sprechen an.

»Halten Sie die Luft an, ich kann es mir denken und will es nicht hören«, schnitt sie ihm das Wort ab und wendete sich dem Minister zu. Der Mann wirkte abwesend, seine Haut hatte eine ungesunde, graue Farbe angenommen. Er roch ziemlich streng, als hätte er schon seit einer geraumen Weile keine Dusche mehr genommen. Schweiß stand auf seiner Stirn und sein Blick war auf einen Punkt irgendwo im Raum fixiert. Er nahm Sarah nicht wahr, erst als sie ihn an seiner Schulter berührte, bemerkte er sie. Sein Anzug hatte auch schon bessere Tage gesehen, wahrscheinlich hatte er sogar in diesem geschlafen.

»Herr Brock, es tut mir leid. Doch wir müssen uns an das Positive halten. Sie lebt noch. Das ist eigentlich am wichtigsten. Vielleicht ist es auch nur ein Trick, um uns allen einen Schrecken einzujagen. Wir können nicht ausschließen, dass er den letzten Teil im Video auch gefaked hat. Vielleicht will der Mistkerl uns nur etwas vormachen.«

Der Mann starrte sie an, dann verzog er die Lippen zu einem schmerzerfüllten Lächeln. »Da wäre ich mir nicht so sicher. Ihre Kollegen haben das Paket, das ich heute Morgen erhalten habe, schon zur weiteren Untersuchung gebracht. Zumindest sagten sie es so. Untersuchung. Wird man meine Tochter dann auch untersuchen? Wird man alles schön gründlich untersuchen? Zur Sicherheit die Untersuchung nochmals untersuchen, damit auch ja alles ordentlich untersucht wurde?«

Seine Augen funkelten, aber in erster Linie waren es Tränen. Sie konnte seinen Frust sogar nachvollziehen, auch wenn sie natürlich deswegen nicht zaubern konnte. Es gab einfach noch immer keine Spuren.

»Versprechen Sie mir, mein Kind zu retten und diesen Bastard dingfest zu machen. Koste es was es wolle. Sollte ich mitbekommen, dass jemand diesen Ermittlern das Leben schwer macht, dadurch die Suche nach meinem Kind behindert, dem mache ich das Leben zur Hölle. Das will wirklich niemand. Versprochen.« Mit diesen Worten fixierte er vor allem den Staatsanwalt Handler, der schwer schluckte und schnell den Kopf senkte.

»Ich besorge jetzt das Geld, lassen Sie sich einfallen wie wir vorgehen!«

Damit war der Minister auch schon auf dem Weg, die Million zu besorgen. Sein Chauffeur blieb aber hier. Sarah sah ihn stirnrunzelnd an.

»Müssen Sie da nicht mitgehen?«, wollte sie wissen.

»Non, ich soll 'elfen, und auf ihn warten«, entgegnete er und suchte sich einen Platz.

Sarah ließ den Staatsanwalt links liegen, vermutlich wollte er noch ein paar Drohungen an sie richten, und ging mit Baumeister zu ihrem Partner Fred. Der war hinter seinem Computer-Bildschirm und versuchte seit das Video aufgetaucht war seinen Ursprung zu finden.

»Glaubst du, diese Erpressung ist ernst gemeint?«

»Nein, Fred. Es ist alles irgendwie sehr merkwürdig. Finde mal raus, wo dieser Ort sein soll. Auch wenn ich nicht wirklich daran glaube, müssen wir dieser Spur nachgehen. Der Mistkerl will uns an der Nase herumführen. Was wir auch tun werden, wir sollten die Jungs von der Spezialeinheit hinzuziehen«, meinte Sarah und hob den Hörer ihres Telefons ab. Diese Jungs waren eigentlich Polizisten der Wiener Einsatzgruppe Alarmabteilung, kurz WEGA genannt. Prinzipiell waren sie für Wien zuständig, doch bei dieser Lage würde niemand böse sein, wenn sie sich zusätzlich die österreichweit agierende Spezialeinheit Cobra als Unterstützung holen würde. Gut, die Verantwortlichen der WEGA würden es sicherlich persönlich nehmen, aber Sarah musste nun einfach auf alle Ressourcen zugreifen. Schließlich waren es mehr oder weniger auch die Worte des Ministers gewesen.

Den Mann einfach alleine so viel Geld holen zu lassen, war ihr auch nicht sonderlich recht, also wies sie zwei Kollegen an, ihm unauffällig zu folgen. Jetzt hieß es einfach auf Nummer sicher gehen und in keine Falle tappen.

Uhrzeit hatte der Entführer keine bekannt gegeben, auch keine Deadline. Alles sprach gegen eine echte Lösegelderpressung, für Sarah sah es eher so aus, als wollte er die Polizei einfach nur beschäftigen und eine weitere Attacke planen. Außerdem musste sie heute noch einem bekannten Zuhälter einen Besuch abstatten. Wenn jemand etwas über die tote Prostituierte wusste, dann sicher er. Sein Markenzeichen war ja dieser Schnitt über die Wange.

Jetzt war aber dieses vermeintliche Lösegeld im Vordergrund. Sarah schlug vor, das Geld schon jetzt bei den Koordinaten zu hinterlegen. Dies war eigentlich das Denkmal von Johann Strauss. Es befand sich im Stadtpark, gar nicht so weit weg. Die Koordinaten waren leicht zu überprüfen gewesen. Doch wenn viele Menschen es ebenfalls im Internet gesehen hatten, dann konnten sie mit einer großen Anzahl von Schaulustigen rechnen.

»Wenn es für Sie eigentlich nicht ernst gemeint ist, wieso sollten wir dann so viel Geld dort ablegen? Wie kommen Sie überhaupt auf diese Zweifel?«, fragte Handler sie.

»Der Täter plante bisher alle seine Taten, hat im Geheimen gemordet und ohne die Entführung der Amelia Brock wüssten wir nicht einmal von seiner Existenz. Dann kommt so ein Video, ohne Datum aber mit einer beliebigen Geldforderung. Hinterlegt natürlich für alle sichtbar und auch noch großartig im Internet angekündigt. Er ist scharf auf die Medien, nichts anderes. Sie nennen ihn schon den Ripper von Wien«, antwortete sie. Dabei gab sich Sarah nicht mal die Mühe ihn anzusehen, sondern blickte weiter auf ihren Bildschirm.

»Ach und wir glauben Ihnen nun einfach und schicken alles was die Polizei an Elite zu bieten hat dorthin.«

»Von uns beiden habe wohl ich ein wenig mehr Ahnung von Psychologie. Ihnen erkläre ich ja Ihren Job auch nicht. Der die meiste Zeit darin besteht, im Hintern des Ministers zu stecken.«

Jetzt schnappten Handler und Baumeister nach Luft, Fred verkniff sich ein Grinsen, aber Roux lachte laut drauf los. Der Staatsanwalt wechselte die Farbe zu einem sehr ungesund wirkenden Rot und versuchte etwas Zorniges zu stammeln. Die Breitseite hatte zwar gesessen, jedoch hatte Sarah Wichtigeres zu tun. Die ewigen Grabenkämpfe mit diesem Anwalt war sie leid und eigentlich hatte sie etwas viel Spannenderes gefunden.

»Fred, die Einsatzleitung der Cobra wird die Übergabe koordinieren, wir werden natürlich auch vor Ort sein. Von Wehring habe ich eine Mail erhalten. Eine der Moorleichen konnte er identifizieren. Wir sollen noch zu ihm kommen. Kurz und knapp, es handelt sich um eine vermisste Tschechin. Verschwunden vor mehr als fünfundzwanzig Jahren.«

»Wow, wir wussten ja, dass er schon lange unterwegs ist. Ich muss alle hier enttäuschen. Das Handy von Amelia kann ich noch immer nicht orten. Das Video selbst wurde über eine Reihe von Servern hochgeladen. Die Spur ist sehr verzweigt, also das kann noch einige Zeit dauern. Ich bleibe aber dran.«

Wenn sie mit Fred alleine war, wollte sie ihm noch die Sache mit Christoph und ihrem Fund bei seinen Schuhen berichten. Außerdem hatte sie die Seite eines Schweizer Waffengeschäfts im Internet gefunden. Dort wurde ein Messer verkauft, das auf den Stichkanal zutreffen könnte. Es hatte drei verdrehte Schneiden. Die Ausnehmungen waren mit Löchern versehen, damit das Opfer noch schneller ausblutete. An sich sollte man diese Waffe eher als Bajonett verwenden. Also auf einem Gewehr montieren, wie es Soldaten für den Nahkampf im Krieg benutzten. In Österreich gab es die Waffe nicht. Sie wollte es gleich mal dem Kommandanten der Cobra zeigen. Angeblich wurde dieses Messer bei der Spezialeinheit des Bundesheeres, dem Jagdkommando, verwendet. Vielleicht wusste er etwas mehr darüber. Sarah hatte so ein Messer noch nie gesehen. Es war auf jeden Fall nur als Stichwaffe zu gebrauchen. Um etwas zu testen, bestellte sie es online. Ein sehr teures Vergnügen, doch abschließend würde sie es wieder zurückgeben. Zumindest hoffte sie auf eine Rücknahme. Ein Gefühl in ihr sagte ihr, sie sollte sich diese Information noch aufsparen, nicht dass die Presse davon Wind bekam und damit dann den Täter informierte. Wie überall auf der Welt waren Journalisten ganz gut mit der Polizei vernetzt. Nicht immer zum Missfallen der Behörde. So konnte man ganz gezielte Informationen streuen, um etwa Trittbrettfahrer auszuschließen.

Spannend würde es sein, wie schnell sie so eine Lösegeldübergabe wirklich in die Tat umsetzen konnten. Einerseits musste der Minister das Geld beschaffen, andererseits hatte man auch eine Überwachung vorzubereiten. Das sollte ja möglichst unauffällig geschehen. Ob es sich heute ausgehen würde, daran glaubte Sarah nicht mehr.

»Sarah, der Leiter von Cobra hat mich angerufen. Sie könnten es schaffen, die Übergabe des Geldes schon morgen durchzuführen. Der Minister hat das Geld erstaunlich schnell aufgebracht. Alles Weitere erfahren wir im Laufe des Tages«, erklärte ihr Baumeister. Er hielt nicht viel von anklopfen, doch die Türe war so oder so offen. Handler hatte nach der kleinen Ansprache von Sarah wutentbrannt das Büro verlassen. Es war ihr herzlich egal und sie hatte seine Abwesenheit gar nicht wirklich bemerkt.

So konnte sie mit Fred zu dem Zuhälter fahren. Nach einem kurzen Anruf beim Bundeskriminalamt hatte Sarah die Information erhalten, wem sie die Probe von Christophs Schuhen geben konnte. Man versprach ihr, sie sich schnell anzusehen, um ihr schlechtes Gefühl zu beruhigen.

In der Zelle

Amelia wachte auf, weil es in ihrer rechten Hand immer stärker zu pochen begann. Dann gesellten sich schlimme Schmerzen hinzu. Sie hatte noch nie in ihrem Leben etwas Derartiges gefühlt. Das Licht brannte und sie öffnete vorsichtig ihre Augen. In ihrem Kopf spielten sich allerlei Gedanken ab. Genau genommen wusste sie, was ihr dieser Mistkerl angetan hatte. Doch sie hoffte, dass es nur ein Traum gewesen war, und wenn sie nicht hinsah, dann wäre der Finger noch da. Trotzdem zwang sie sich dazu und blickte ihre Hand an. Ein dicker Verband war darum gewickelt, aber es kam Blut durch. In ihrer Zelle war wieder etwas Essen und Wasser in kleinen Flaschen zurückgelassen worden. Diesmal lag eine Schachtel daneben, die bei näherer Untersuchung Pillen enthielt. Waren es Schmerzmittel? Eine Tablette glaubte Amelia zu kennen und sie ordnete sie unter Schmerzbehandlung ein. Was ihr in diesem Augenblick egal war. Das Stechen und Pochen in ihrer Wunde wurde allmählich unerträglich. Sie nahm sich das einzige ihr halbwegs bekannte Medikament und spülte es mit Wasser hinunter. Insgeheim hoffte sie, wieder betäubt zu werden. Alles war besser als dieser Schmerz.

Doch es war nicht ihr einziges Problem. Das Halsband, das ihr zwischenzeitlich abgenommen worden war, hatte sie nun wieder angelegt bekommen. Es scheuerte ihre Haut auf und verursachte blutende Wunden. Durch das Gewicht des Bandes und der Kette wurde ihr Hals langsam steif. Damit war auch ihr Fluchtgedanke dahin. Das dicke Vorhängeschloss konnte sie unmöglich entfernen und die Kette selbst war so dick wie ihr kleiner Finger. Dieser Vergleich machte ihr sofort wieder den schmerzhaften Verlust klar. Selbst wenn sie diesen Wahnsinn überleben würde, ihre Hand wäre für immer entstellt. Es würde noch einige Zeit dauern, bis die Wirkung des Schmerzmittels einsetzen würde. Amelia richtete sich auf und hämmerte gegen die Türe. Eigentlich wusste sie, dass es hoffnungslos war, aber was sollte sie sonst tun. Natürlich war sie fest eingeschlossen und der Versuch brachte ihr lediglich deutliche Schmerzen in ihrer lädierten Hand. Ihre Gedanken kreisten um ihren Vater. Wer, wenn nicht der Innenminister persönlich, sollte sie aus dieser Lage retten?

Es war totenstill in ihrem Verlies. Dem Vorrat nach zu deuten war ihr Entführer wieder für einige Zeit verschwunden. Diesmal hatte er sich dazu entschlossen das Licht brennen zu lassen. Auch wenn die Lampen sehr grell waren, war dies immer noch besser als die absolute Dunkelheit. Es machte ihr weniger Angst und manchmal schöpfte sie sogar einen Hauch Hoffnung.

Von Jägern und Gejagten

Fred hatte fast den ganzen Tag damit verbracht, das Video im Internet aufzuspüren, doch es war und blieb verschwunden. Die Online-Präsenz war kaum länger als eine halbe Stunde gewesen und wenn man einigen Internetforen glauben konnte, hielten es viele Menschen für einen gut gemachten Fake. Es wurde gemutmaßt, dass es sich um eine Werbung für einen Horrorfilm handelte. Einige Medien aber verbanden dieses Video mit dem Ripper, hatten auch deutliche Informationen aus dem Kreis der Ermittlungen, was Sarah nur noch mehr bestärkte, ab jetzt möglichst wenig laut zu sagen. Diese Artikel trafen den Nerv der Leserschaft und es gab auch schon viele wilde Gerüchte. Selbst der Schwarm schaffte es wieder in die Schlagzeilen, was vor allem Sarah geschuldet war. Kaum wurde der Name der leitenden Ermittlerin bekannt, gingen die Meldungen erst richtig los. Sie überflog diese Beiträge aber nur flüchtig. Sollten sich andere die Ergüsse durchlesen.

Das Video und auch den Ursprungsort konnte trotz intensiver Suche aber nicht lokalisiert werden. Roux war auch einige Zeit da gewesen, gab in seinen Augen gute Tipps ab und irgendwann ging er nach draußen. Dabei fummelte er an seinem Handy herum. Wahrscheinlich hatte das Herrchen gerufen und der brave, folgsame Roux musste darauf hören. Kurze Zeit später kam Elian vorbei. An seinem Shirt war ein Besucherausweis. Ein neuer Einfall von Baumeister. So wollte er fremden Zutritt verhindern. Ob es wirklich etwas brachte, da war Sarah nicht so überzeugt.

Der liebe Elian aber wollte Fred nur kurz besuchen. Er brachte ihm sogar etwas zu essen mit. Auch an Sarah dachte er mit einem Punschkrapfen, den er ihr mit einem Augenzwinkern überreichte. »Meine Lieben, ihr müsst ja auch etwas zu euch nehmen. Sonst werdet ihr den Gauner nie fangen. Immer nur auf belgische Hilfe könnte ihr ja auch nicht vertrauen.«

»Wie meinst du denn das?«, wollte Fred wissen.

»Ach, euer großer Freund hat nur etwas in sein Handy gemurmelt. Klang wie *septante.* Siebzig.«

»Okay, und weiter? Wie kommst du da auf Belgien?«

»Also wir Franzosen sagen zu siebzig *soixante-dix. Septante* ist eher in Belgien und Teilen der Schweiz üblich. Ist ungefähr so, wie du dich immer beschwerst, wenn ich Tomate sage. Statt Paradingsda.«

»Paradeiser. Alles klar, also warum sagt er dann so etwas? Ich dachte er ist Franzose.«

»Keine Ahnung, vielleicht habe ich mich aber auch nur verhört. Egal, ich muss jetzt weiter und ich denke mal du hast genug zu tun. Ruf mich dann an, vielleicht können wir ja heute noch Essen gehen.« Damit gab er Fred einen Kuss und ging wieder.

Sarah hatte nur mit einem Ohr zugehört, da in der Zwischenzeit ein erster Bericht von Doktor Wehring angekommen war. Sie aß ihren Punschkrapfen und studierte die Zeilen des Arztes genau.

Wie sie es sich schon gedacht hatte, gab es bei den Opfern verschiedene Verletzungen. Sie alle waren im Bereich der Kehle aufgefunden worden, doch das Moor hatte ganze Arbeit geleistet und die meisten Spuren vernichtet. Der Rechtsmediziner konnte aber immerhin Bilder der Wunden machen und so auf teilweise sehr massive Verletzungen schließen. Es war offensichtlich, dass der Täter zuerst ein ganz anderes Messer verwendet haben musste, die Kehlen waren bei mehreren Leichen weit aufklaffend zerschnitten. Es musste zu einem Blutbad geführt haben. Doch nach ihrer Recherche war Sarah nichts davon bekannt, dass Ermittler irgendwann mal viel Blut gefunden hätten, aber keine Leiche. Damit kam sie zu dem Schluss, der Täter hatte seine Opfer wohl lebend in das Moorgebiet gebracht, danach dort getötet. Vielleicht mordete er auf diese Art, weil er auch das Blut auffing. Das Blut der Opfer zu trinken kam bei vielen kannibalischen Paraphilen vor. Mit einer tiefen, aber nicht zu großen Wunde im Durchmesser konnte man dies besser bewerkstelligen als mit einer aufgeschnittenen Kehle. Nichts desto trotz hatten die Frauen nicht sehr lange leiden müssen. Der Blutverlust musste dramatisch gewesen sein. Davon etwas aufzufangen war wiederum so gut wie auszuschließen. Bei der Identifikation des ältesten Opfers hatten sie Glück gehabt, nun galt es auch den anderen Opfern einen Namen zuzuordnen. Wehring selbst setzte in diesem Moment eine eher neuere Technik ein, um die Gesichter wieder erkennbar zu machen. Schon bei der Toten aus Tschechien hatte er damit gearbeitet und durch einen Glückstreffer hatten sie ziemlich schnell den Namen erhalten und die Information, dass es sich um eine verschwundene Prostituierte handelte. Sie waren natürlich die leichtesten Opfer, bei Serienmördern immer beliebt. Sie hatten praktisch keinen Schutz, waren oft durch Drogensucht und Hoffnungslosigkeit dazu verdammt auf der Straße neue Kunden zu finden. Wenn es sich um einen illegalen Straßenstrich handelte, stiegen sie in meist sehr dunklen Gegenden in die Autos der Freier und fuhren dann irgendwo hin. Dort gab es dann auch nur sehr selten Zeugen oder Hilfe, wenn es bedrohlich wurde. Der tschechische Strich, nahe der österreichischen Grenze, war so eine Gegend. Dort liefen oftmals sehr junge, minderjährige Mädchen herum. Sie waren oft schon früh in Kontakt mit Drogen gekommen. Billige Suchtmittel wie Crystal Meth etwa beschleunigten den Abstieg rasant. Es war dann nur noch eine kurze Reise zu Heroin und Straßenstrich. Dort konnten sich dann alte Männer ihren kranken Phantasien hingeben und die Not der Mädchen ausnutzen. Wo, wenn nicht dort, sollte ein Triebtäter seine Opfer suchen? Sarah konnte sich nicht im Entferntesten die Not und Angst dieser Mädchen ausmalen.

Bastian Wehring vollbrachte wirklich Wunder mit der Methode. In vielen Fällen zahlte es sich aus, das Fleisch einer Leiche abzukochen, danach den Schädelknochen mit spezieller Modelliermasse zu einem neuen Gesicht zu bearbeiten. Das war keine leichte Aufgabe und sie ging auf keinen Fall schnell. Man musste die Tiefenwirkung beachten, die Herkunft des Schädels genau analysieren. War er eurasisch oder doch aus dem afrikanischen Raum? Da gab es viele Unklarheiten auszuräumen. Danach wurde die Masse Stück für Stück aufgetragen und so in vielen kleinen Schritten ein Gesicht modelliert. Damit erzielte man ganz erstaunliche Ergebnisse, konnte dem eigentlichen Aussehen der unbekannten Leiche sehr nahekommen.

Doch die neue Methode verlief anders. Die Leiche wurde mit Laser vermessen und so ein Computermodell erstellt. Wenn man einmal alles auf dem Rechner hatte, konnte mittels spezieller Software ein digitales Fahndungsfoto erstellt werden und man konnte es auch gleich an alle Behörden weiterleiten. Intern waren die meisten europäischen Polizeistellen ganz gut vernetzt, so kam es eben auch zu dem schnellen Erfolg. Wahrscheinlich würde man noch einige vermisste Frauen aus Tschechien ausfindig machen. Das nächste Problem waren dann die Angehörigen. In vielen Fällen gab es keine, weswegen eine Vermisstenanzeige erst sehr viel später gemacht wurde. Da waren Spuren oft schon komplett verschwunden und auch dies war ein Grund, warum der Killer so lange unerkannt geblieben war. Bei Sarah klingelten die Alarmglocken. Es musste noch einen ganz anderen Grund geben, warum der Mistkerl so lange untergetaucht war. Leider aber auch, warum er erst jetzt so sehr die Öffentlichkeit suchte. Immer, wenn Sarah ein Fenster auf ihrem Computer öffnete, um etwas im Internet zu suchen, erschienen ihr haufenweise Artikel zum Ripper von Wien. Wie nicht anders zu erwarten, kam die Polizei nicht gut dabei weg, aber leider wurde auch schon über den Tod von Amelia spekuliert. Weil ihr Vater Politiker war, gab es nicht gerade wenige hämische Kommentare dazu. Es war ekelhaft, wie viele Menschen sich an seinem Leid ergötzten. Traf so ein Schicksalsschlag einen Politiker, schienen manche so etwas wie Schadenfreude zu entwickeln. Oft war es völlig nebensächlich, dass es sich hier ebenfalls um einen Menschen handelte. Einen liebenden Vater, der auch nur sein Kind wiederhaben wollte. Sein Anblick ging ihr nicht mehr aus dem Kopf. Dabei konnte sie nicht einmal mit Sicherheit sagen, ob man Amelia lebend finden konnte. Den Gedanken verscheuchte Sarah aber sofort wieder. Pessimismus würde ihr keinen guten Dienst erweisen. Mittlerweile hatte Sarah schon gelernt, dass es nicht immer sehr zielführend war, seine Mitmenschen mit Fakten zu erschlagen.

Der Abend war schon angebrochen. Sarah hatte den Bericht wirklich eine ewige Zeit studiert und ihre Augen brannten vor Anstrengung. Fred sah auch nicht viel besser aus. Beide Ermittler hatten die Zeit völlig außer Acht gelassen. Sie nahmen ihre Dienstwaffen und holten einen Wagen aus dem Fuhrpark der Wiener Kriminalpolizei. Würden sie im Rotlichtviertel von Wien mit einem Streifenwagen auftauchen, hätten sie auch gleich Einladungen zum Untertauchen aussenden können. Weit hatten sie es ja nicht, nur ob der Verdächtige wirklich da war, stand auf einem anderen Blatt.

Rotlicht

In Wien gab es viele Gegenden, in denen die Nachtlokale der käuflichen Liebe ein gutes Geschäft darstellten. Das galt meistens natürlich für Verbrechersyndikate im Hintergrund, selten für die Frauen. Sei es am Wiener Gürtel, eine der Hauptverkehrsadern von Wien, oder wie vor ein paar Jahren noch die Linzer Straße. Dort blühte der Straßenstrich groß auf, doch durch eine Gesetzesänderung konnte die Polizei hier hart durchgreifen und der Mafia aus dem Osten einen Strich durch die Rechnung machen. Im Stuwerviertel im zweiten Wiener Gemeindebezirk war es damals auch so. Der Straßenstrich wurde illegal und bewegte sich um die bewaldete Gegend des Praters. Eine Vergnügungsanlage, ein sehr großer Rummelplatz und das heimliche Wahrzeichen von Wien. Dort erblicken Touristen auch das Wiener Riesenrad. Das echte Wahrzeichen der Stadt. Tagsüber konnten Kinder und Jugendliche, aber auch viele Erwachsene, mit allen möglichen Attraktionen fahren, auf Schießbuden ihr Können zeigen, oder sich verköstigen. Zum Beispiel im weltbekannten Schweizerhaus. Neuer Geschäfte wie Madame Tussauds oder ein Schokolademuseum lockten noch mehr Menschen an. Wenn es aber dunkel wurde, verwandelte sich die Szene rapide. Alkohol, Drogen und Prostitution gab es dort zu Hauf. Natürlich konnte man nicht einfach alle Nachtschwärmer als potentielle Verbrecher betrachten. Eine der größten Diskotheken in Österreich hatte ebenfalls ihre Pforten im Prater geöffnet und dort wollten die Menschen einfach nur eine schöne Zeit genießen. Was auch nichts Verwerfliches war. In den Bereich der sogenannten Hauptallee hatten sich vor allem Frauen aus Afrika einen Verdienst aufgebaut. Natürlich war alles illegal und ohne Anmeldung oder Kontrolle. Sie taten es auch nicht freiwillig, hinter all der Prostitution steckte die Mafia aus Osteuropa, aber auch immer mehr aus China. Es war natürlich sehr gut möglich, dass das Opfer sich auch dort umgetrieben hatte, denn einen Mord konnte man im Schutze der Bäume und Sträucher leichter begehen.

Die Hauptallee war eine mehr als vier Kilometer lange Allee aus Kastanienbäumen und auch ein Rest der Au, die einst dort existierte. Schon um 1538 als eine Verbindung zwischen Augarten und kaiserlichem Jagdgebiet gedacht, wurde sie in der heutigen Zeit gerne als grüne Oase für die Wiener Bevölkerung genutzt. Gänzlich ohne Autoverkehr konnte man vom Lusthaus bis zum Prater spazieren, laufen, Radfahren oder sogar mit dem Pferd reiten. Auch Sarah liebte es hier zu laufen oder einfach so einen freien Tag mit Christoph zu verbringen. Die Bäume spendeten sogar in der größten Sommerhitze einen kühlenden Schatten, eine Vielzahl an Wiesen luden die Menschen zum Picknicken ein oder einfach nur so die Seele baumeln zu lassen.

Ein wunderschöner Ort und die Wienerinnen und Wiener legten viel Wert auf dieses Kleinod, mitten in einer Millionenstadt. Sarah wäre jetzt auch lieber dort gewesen, denn ihre Position war in einem nach kaltem Rauch stinkenden Dienstwagen Richtung Stuwerviertel. Knapp einhundert Meter weiter vorne befand sich ein Bordell, in dem ihre Zielperson einer der Zuhälter war. Man nannte ihn den »schnellen Edi«. Nicht etwa, weil er so gut zu Fuß war. Nein, der freundliche Kerl war sehr schnell mit dem Messer und auch mit Zucker, wenn ein Mädchen Schwierigkeiten machte. Leider konnte ihm die Polizei aber auch die Kollegen von der Sitte, die eigentlich mit Prostitution aber auch Pädophilie zu tun hatten, nie etwas nachweisen. Diesen Puff teilte er sich mit einem anderen Subjekt, denn die alte Garde der Strizzis hatte den Boden schon lange an die Mafia verloren. Edi war noch immer eine bekannte Größe in diesem Gewerbe.

Sarah hatte noch nie sonderlich viel für Männer übriggehabt, die Frauen ausbeuteten und ihnen dann auch noch Gewalt antaten. Ihm den heutigen Tag zu vermiesen war für sie ein sehr persönliches Ziel. Wenn sie ihm am Ende dieses Falles vielleicht auch noch das eine oder andere Verbrechen nachweisen konnte, wäre es ein Gewinn für alle. Leider konnte die Polizei gar nicht so viele Zuhälter und Menschenhändler verhaften, wie immer wieder neue auftauchten. Die Kollegen der Sitte führten oft einen fast aussichtslosen Kampf. So verhielt es sich mit Zuhältern. Das Machtvakuum würde ehest bald wiederbesetzt werden, mit sogar noch schlimmeren Männern. Der chinesischen Mafia sagte man eine weit größere Brutalität nach, wenn man den Daten der Fremdenpolizei glauben konnte, waren sie zu allem Überfluss auch noch auf dem Vormarsch im Sex-Gewerbe. Keine guten Zeiten für die Polizei.

Was Sarah aber seltsam fand, war das Erscheinungsbild von Edi. Sie hatte sich eine Akte über ihn zukommen lassen. Dabei gab es mehrere Fotos von diesem Zuhälter. Sarah studierte sie eindringlich, denn falls er auftauchen sollte, würde er bei dem Anblick einer Dienstmarke sicher versuchen abzuhauen. Der Mann war gut und gerne sechzig Jahre oder älter, klein aber dafür fast genauso breit wie hoch. Er trug immer einen Anzug, der vermutlich irgendwann im neunzehnten Jahrhundert modern gewesen war. Sogar eine alte Taschenuhr besaß er und verwendete sie auch noch. Um dem Ganzen die Krone aufzusetzen hatte er immer einen Spazierstock bei sich. Angeblich verbarg sich unter dem silbernen Knauf aber ein Messer. Sie würden also vorsichtig sein, sollte er den schwarzen Stock dabeihaben. Wenn sie zu sich selbst ehrlich war, der Typ war rein optisch keine Bedrohung für sie. Mit jeder Minute, die sie nun im Wagen auf ihn warteten, stieg ihre Wut.

Zum Glück dauerte es nicht so lange, bis Edi auftauchte. Er unterhielt sich sehr aufgeregt über sein Handy und fuchtelte mit seiner rechten Hand herum. Den Stock hatte er auch dabei, eingeklemmt unter seiner Achsel. Damit wurde ihre Laune aber auch nicht viel besser und die abgestandene Zigarettenluft in diesem Auto ekelte sie an. Am liebsten hätte sie dem Kollegen, der vor ihr mit dem Fahrzeug unterwegs gewesen war, einen Arschtritt verpasst. Ganz davon abgesehen, dass Rauchen im Dienstwagen verboten war, es war einfach grausig für die Menschen, die danach fahren mussten. Oder ihre Lebenszeit an einen Zuhälter verschwenden mussten, so wie Sarah und Fred.

Es wurde auch nicht besser, wenn man bedachte, wie sehr diese Gegend auch von pädophilen Freiern frequentiert wurde. In den letzten Monaten gab es einen bedenklichen Anstieg.

Sarah und Fred tauschten einen Blick aus und nickten sich dann stumm zu. Sie stiegen aus dem Auto und gingen in seine Richtung. Edi war aber nicht alleine. Hinter ihm stand ein sehr jung wirkendes Mädchen. Sie war schwarzhaarig und hatte einen kurzen Rock an. Schon von Weitem konnte man die Strapse und Stiefel erkennen. Das knappe Top als Oberteil war nicht wesentlich breiter als ein Bikini. Reichlich wenig Stoff für das junge Ding, aber genauso war es auch gewollt. Als sie sich näherten, hatte Edi seine Unterhaltung beendet und brüllte nun die junge Frau an. Sie weinte, hatte ihren Kopf gesenkt und Sarah musste keine Hellseherin sein, um erahnen zu können, was nun gleich passieren würde. Kurz bevor sie ihn erreichten, hob er seine Hand, als wollte er ihr noch eine Ohrfeige geben. Durch seine Fokussierung auf das Mädchen hatte er aber Sarah nicht bemerkt. Seine ganze Wut galt wohl dem armen Mädchen, welches mittlerweile am ganzen Körper zitterte. Sie zuckte zusammen, in Erwartung eines Schlages.

Dieser kam aber nicht an, denn Sarah war dazwischengesprungen und blockte die flache Hand von Edi mit ihrem linken Arm ab. Sarah mochte vielleicht recht schlank und zierlich wirken, aber sie machte nun schon seit einigen Jahren sehr viel Sport und übte auch verschiedene Kampfkünste aus. In Privatstunden trainierte sie Krav Maga, eine israelische Kampfart, die auch von der Armee verwendet wurde. Wenn sie dann noch Zeit hatte, besuchte sie Brazilian Jiu-Jitsu-Kurse. Natürlich war es nicht immer möglich und wenn ein Fall anstand, musste alles zurückgesteckt werden. Edi mochte vielleicht mit dem Messer schnell sein, ein ganz starker Mann bei zu jungen Frauen, doch Kraft hatte er eher keine.

Er glotzte sie überrascht an, wollte mit seiner Linken zu einem Schlag ausholen, doch da war Fred schon bereit, drängte sich zwischen das eingeschüchterte Mädchen und Edi, presste seine Schulter an die Hausmauer und hielt ihm seinen Dienstausweis unter die Nase.

»Was is' mit euch, Wichser!«, keifte der Mann.

»Ich werde dir gleich zeigen, was ist. Wie alt ist die Kleine? Steigen wir jetzt schon in das Pädophilengeschäft ein?«, fuhr ihn Sarah an.

»Was wuist du vo mia, Miststück?«

Edi zeigte sich natürlich nicht sonderlich kooperativ, aber Sarah hatte es auch nicht anders erwartet. Der Zuhälter fixierte das Mädchen mit seinem Blick. »Du schau das'd weita kummst.«

Das eingeschüchterte Mädchen drehte sich um und ging so schnell sie mit ihren Stiefeln konnte davon.

»Jetzt wirst du mal mit uns reden müssen. Kennst du die beiden Damen hier?«, fragte ihn Sarah und hielt ihm die Bilder der Prostituierten unter die Nase. Seinen Arm hatte sie wieder losgelassen und auch Fred hatte seinen Griff gelockert.

Edi rückte seinen altmodischen schwarzen Anzug zurecht. Mit geringer Begeisterung sah er sich die Fotos an und blieb völlig unberührt. Mitgefühl war sicherlich keine seine ausgeprägtesten Eigenschaften. »Mit Kieberern red i nix. Schleichts eich und fangts den Ripper«, gab er zurück.

Kieberer war auch so ein netter Ausdruck. In Wien unterschied man die Kriminalpolizei und die Streifenpolizei. Ein Kieberer war ein altmodischer Ausdruck für einen Kriminalbeamten, keinesfalls als Kompliment gemeint. Der Streifenpolizist aber wurde als Heh! bezeichnet. Vermutlich lag es am Ausruf »HEH!«, wenn jemand abhauen wollte. Kieberer hatte viele möglichen Herkünfte, noch weitaus unfreundlicher war die Bezeichnung Gschmierter für einen Kriminalbeamten. Dieses Wort kam von Schmieren, also Bestechungsgelder annehmen. Auch wenn sich Sarah nicht wirklich beleidigt fühlte, konnte sie diesem Verbrecher so einen Ton nicht durchgehen lassen.

»Ach, den Ripper kennst du, die Opfer aber nicht? Kommt mir seltsam vor. Wo doch beide vor dir geflohen sind, sogar mit deinem Erkennungszeichen versehen.« Damit deutete sie auf die Narbe der frischen Leiche.

Edi schürzte verächtlich die Lippen und schnaufte kurz durch. Es schien ihn wirklich nicht weiter zu treffen und auch herzlich egal zu sein. »Was an, i red ned mit eich, verstehst ned, du Schlampn.«

Jetzt reichte es Sarah endgültig. Wütend schnaubend steckte sie die Bilder weg, drückte Edi wieder den Arm an die Wand des Bordells. Mit ihrem Fuß blockierte sie seinen Stock und mit ihrer freien Hand griff sie ihm fest in den Schritt. Der Zuhälter keuchte überrascht und vor Schmerz auf. Seine Augen weiteten sich ungläubig und er versuchte etwas zu sagen. Durch den Druck und die damit verbundenen Schmerzen brachte er aber nur ein Stammeln heraus.

»Was los? Plötzlich gar nicht mehr so vorlaut, was?«, meinte Sarah und drückte noch fester.

Fred wurde die Situation unangenehm und er wollte Sarah von Edi abbringen. Ein finsterer Blick seiner Partnerin ließ ihn sein Vorhaben nochmals überdenken.

»Das … is' … Polizei…gewalt!«

Sein Gesicht war nun rot geworden und er versuchte sich aus ihrem Griff zu winden. Dies führte aber nur dazu, dass Sarah noch eine Spur fester zudrückte. Natürlich war diese Methode nicht erlaubt, sie hoffte sogar nicht von einem Passanten gefilmt zu werden. In der heutigen Zeit hatte ja jeder ein Smartphone und wartete nur darauf ein Video über die böse Polizei ins Netz zu stellen. Ihr Mitleid mit diesem Ausbeuter von verzweifelten Frauen hielt sich aber in äußerst engen Grenzen. Sie hätte am liebsten noch ganz andere Sachen mit ihm gemacht. »Ich verstehe dich leider nicht, du wolltest uns wohl was zu den beiden Frauen sagen«, hielt sie ihm entgegen.

»Okay, okay … lass los … herst …«

Sarah ließ ihn los und gab ihm noch einen Stoß vor die Brust. Wieder keuchte Edi auf. Schwer stützte er sich auf seinem Gehstock ab, Fred behielt ihn aber genau im Auge. Seine Hand war ganz langsam zu dem Waffenholster an seinem Rücken gewandert. Sollte Edi seinem Namen alle Ehre machen wollen, dann würde er es bitter bereuen. Doch zumindest so vernünftig war er.

Mittlerweile war es schon spät geworden. Nur die Straßenbeleuchtung spendete ihnen Licht, was die Situation eigentlich noch ungünstiger machte. Ein Messer war schnell gezogen.

»Ja beide worn moi bei mir. Sin aber scho lang weg. Ka Ahnung wos wor. I hob nur gehört, die Kleine hats erwischt von dem Ripper. Die Nutten in der Allee reden ned viel, erst recht mit kan Weißn. Aber i hab ma sagen lassen, a großes, schwarzes Auto habens gsehn. Seitdem gehens zu kaan soichn Wagn.«

»Geht es genauer? Welche Bauart? Kennzeichen? Irgendwas Nützliches?«, warf Fred ein.

»Jo Kieberer, geh einfach zu de Mädls aus Afrika. Die reden sicha mit dir!« Dabei lachte er abfällig.

Sarah sah ihn drohend an. »Halt die Ohren für uns offen. Ich hab dich ab jetzt auf dem Radar. Dein kleines, mieses Zuhälterleben könnte deutlich unangenehmer werden. Wenn du jeden Tag Besuch von uns oder gewissen Ämtern bekommst«, drohte Sarah.

»He, i bin imma gut zu meine Madln.«

»Das stimmt. Ach Kollege, ich glaube wir haben den Typ hier völlig verkannt. Wir haben hier einen Heiligen. Den guten Samariter vermute ich. Er schaut so gut auf sie, dass er ihnen nur ganz selten das Gesicht zerschneidet.«

Fred nickte nur, aber der Sarkasmus prallte an Edi ab.

»Jaja, i versteh scho. Wenn i wos hör, dann meld i mi«, sagte er.

»Ich komme einfach bald wieder vorbei. Dann hast du hoffentlich bessere Antworten. Falls es schnell gehen muss. Hier meine Festnetznummer. Bei blöden Anrufen werde ich dir in Zukunft die Schuld geben.«

»Kann i jetzt gehen?«

»Ja verpiss dich.« Damit ließ Sarah ihn gehen.

Auf dem Weg zurück zu ihrem Dienstwagen läutete ihr Handy. Es war Baumeister. Eigentlich war er um diese Uhrzeit nicht mehr im Dienst. Ein Anruf um diese Zeit hatte meistens nichts Gutes zu bedeuten.

»Chef?«, hob Sarah ab.

»Sarah, kommen Sie zum Schweizergarten, nähe Heeresgeschichtliches Museum. Mit Fred, aber sagen Sie noch nichts. Beeilen Sie sich«, damit legte er auf.

Was auch immer das heißen sollte. Sie konnte Fred nichts sagen, weil sie gar nicht wusste, was sie nicht sagen sollte. Er hatte aber den Anruf sehr wohl mitbekommen und blickte sie fragend an.

»Wir müssen weiter. Irgendwas ist passiert und ich habe da ein ganz ungutes Gefühl«, erklärte ihm Sarah.

»Dann lass uns keine Zeit verlieren. Du fährst eh sehr sportlich. Ich schreibe nur Elian, dass es dauern wird. Sonst macht er sich nur Sorgen. Könntest du mal bei Christoph versuchen. Dem bedeutest du was.«

»Ja, danke für den Hinweis, los jetzt und anschnallen.«

Mit durchdrehenden Reifen fuhr Sarah los, schaltete Blaulicht und auch Martinshorn ein. Es war kaum noch Verkehr um diese Uhrzeit. Damit kamen sie schneller voran. Der Schweizergarten war im dritten Bezirk, also nicht sonderlich weit weg. Sie würden keine fünfzehn Minuten benötigen, um dort anzukommen.

Beute

Alles lief wie am Schnürchen für ihn. Es war eigentlich schon fast zu einfach, denn die Polizei hatte den Braten noch immer nicht gerochen. Wieder musste er lächeln. Gut, er kannte das Wortspiel, sein Opfer noch nicht. Seine Erpressung war ihm eigentlich herzlich egal. Sollten sie sich daran aufreiben und sich die wildesten Theorien überlegen. Er musste die Ermittler nur genug unter Druck setzen. Jetzt würde dann bald die Presse so richtig auf den Zug aufspringen, spätestens nach der heutigen Botschaft. Dann konnte er sein Ziel ins Visier nehmen. Es geht immer nur darum, wie man seine Beute jagt, manchmal musste man das Vieh erst von der Herde trennen. Was natürlich nicht so leicht war, weil diese verdammten Polizisten ja immer zusammen auftauchten. Schon bald würde sich das Blatt wenden. Man musste ja nur die Schwachstellen eines jeden kennen.

Der Mann vor ihm hatte ihn nicht bemerkt. Noch immer nicht, was eigentlich schon wieder viel zu leicht war. Sein Wagen war jetzt kurz vor dem Kerl. Wenn er beim Heck angekommen war, würde er ihn überwältigen. Wenn er ehrlich zu sich selbst war, hatte das Ganze vergleichsweise eine Schwierigkeitsstufe vom Diebstahl eines Kaugummis. Von einem Schulkind. Nein, sogar ein Volksschüler hätte die Gefahr schon irgendwie gespürt. Der Typ vor ihm aber nicht. Er starrte nur verwundert auf sein Telefon. Es musste vor Kurzem vibriert haben, denn nun machte er sich daran, etwas zu schreiben. Damit konnte er seinen Plan vernichten. Was schade wäre, also schade um den schönen Plan. Er hatte sich diesmal so viel Mühe gegeben.

Aber auf der Jagd musste man halt manchmal improvisieren. Das Beutetier konnte es sich ja auch im letzten Moment anders überlegen. Solche Vorgänge waren nicht unüblich, auch wenn sie ihn immer schon genervt hatten. Mit schnellen, aber beinahe lautlosen Schritten war er hinter seinem Opfer. Ein kleiner Elektroschocker kam in seiner Hand zum Vorschein. Das Knacken des Stromflusses war zu hören, aber der Mann vor ihm bemerkte es viel zu spät. Als ihn die beiden Elektroden am Hals berührten, konnte er spüren, wie sich seine Muskeln im Körper zusammenzogen und verkrampften. Das Handy fiel ihm aus der Hand und nach nur wenigen Sekunden gefangen im Stromkreis verdrehte er die Augen und verlor das Bewusstsein. Wie von Geisterhand öffnete sich der Kofferraum seines Fluchtwagens. Er fing seine Beute auf, bevor sie sich den Kopf am Gehweg stieß, so konnte er eventuelle Spuren vermeiden. Den bewusstlosen Körper legte er hinein, fixierte die Arme hinter dem Rücken mit Kabelbindern. Geübt holte er eine kleine Spritze hervor, stach sie dem Mann in den Hals und verabreichte ihm ein Betäubungsmittel. Es würde ihn noch wesentlich länger schlafen lassen. Ein bisschen Zeit brauchte er noch. Das Auto des Mannes hatte er schon länger im Blick gehabt. Er hatte sich auf den einzig freien Parkplatz gestellt. Nahe einem Gebüsch. Dahinter wartete die eigentliche Überraschung auf die Polizei.

Der Jäger schloss den Kofferraum und machte sich auf den Weg zu dem anderen Wagen. Zuvor hatte er noch das Handy, das zu Boden gefallen war, eingesteckt. Man durfte nichts dem Zufall überlassen. Der Weg zu dem Wagen war kurz, es waren auch keine Menschen unterwegs. Dieser Bereich war in der Nacht selten frequentiert, genau darum hatte er ihn ja gewählt.

Im Gebüsch kauerte ein gefesselter und geknebelter Mann. Sein Alter kannte der Jäger nicht, aber es war auch egal. Er hatte ihn an einen Baum gefesselt, ihm zuvor aber noch die Kleidung ausgezogen. Um ehrlich zu sein, war es der Junge selbst gewesen. Denn der dachte, er würde sich nun etwas Geld verdienen. Hier war immerhin der Schwulenstrich der Stadt. Man muss sich ja seine Energie enteilen, auf ihn wartete ja noch Arbeit. Als der Bursche sich ausgezogen hatte, streckte er ihn mit einem wuchtigen Schlag nieder. Den Akku des Elektroschockers schonen. Den brauchte er ja für sein anderes Opfer. Da dieses nun gut verpackt im Kofferraum lag, konnte er sich um den Stricher kümmern. Der nackte Körper des Mannes widerte ihn schon bei bloßem Hinsehen an. Seine Augen waren ganz verheult, als würden die Tränen ihm auch nur in irgendeiner Form helfen. Er war klein und schmächtig, seine Statur erinnerte ihn mehr an einen Schuljungen als an einen Mann. Die Bartstoppeln in seinem Gesicht und die Schambehaarung waren das einzige Indiz dafür, dass er die Pubertät hinter sich gebracht hatte. Nun verdingte er sich, die Schwänze von anderen Männern zu lutschen. Seine innerliche Kontrolle war im Begriff sich aufzulösen. Diesmal würde es nicht schnell gehen, kein Tod wie für ein Beutetier. Von diesem Fleisch zu kosten kam ihm in diesem Moment wie ein Sakrileg vor. Nein, als Nahrung und Verbindung für ihn würde dieses wimmernde Elend nicht in Frage kommen. Langsam trat er näher und die Karikatur eines Mannes winselte, heulte und versuchte durch seinen Knebel etwas zu sagen. Wahrscheinlich wollte er um sein wertloses Leben feilschen.

Doch solche Worte nutzten bei ihm nichts. Er durchtrennte die Fesseln mit seinem scharfen Messer. Dabei begehrte der Wicht auf, versuchte ihn zu überwältigen und wollte fliehen. Es blieb bei einem Versuch, den er mit einem wuchtigen Schlag auf seine Schläfe im Keim erstickte. Der Stricher verdrehte die Augen und wurde kurz ohnmächtig. Diese Schwäche erregte ihn diesmal nicht, es förderte seinen Zorn nur noch mehr. Als würde man Kerosin in ein Feuer schütten, tauchte seine kontrollierte Welt nun in ein alles verschlingendes Feuer. Er fühlte nur noch blanken Hass auf das Stück Fleisch vor ihm.

Ohne Mühe hob er ihn hoch, trug ihn zu dem Wagen des Mannes, der nun in seinem Kofferraum lag. Mit dessen Schlüssel öffnete er die Fahrertür des Autos. Es war ein alter Opel Corsa, klein und doch gut gepflegt. Sein dunkelroter Lack wies kaum Kratzer oder Dellen auf, zumindest bei diesen Lichtverhältnissen. Auch innen war der Wagen schön sauber und gepflegt. Der Besitzer hatte wirklich Wert auf sein Auto gelegt, er honorierte solche Achtsamkeit durchaus. Prinzipiell war es ein Jammer, was jetzt gleich geschehen würde, aber es mussten nun einfach auch einmal Opfer gebracht werden. Das Bündel Mensch wuchtete er auf den Fahrersitz und fesselte die Hände an das Lenkrad. Kabelbinder waren eine wirklich vernünftige Erfindung, leicht in der Handhabung und eigentlich kaum zu lösen. Den Kopf fixierte er mit Klebeband an der Nackenstütze des Sitzes und mit ein paar leichten Ohrfeigen schlug er den Lustknaben ins Leben zurück.

Dieser blinzelte mehrmals, wahrscheinlich dachte er aus einem besonders grausamen Traum zu erwachen. Wenn er nur wüsste, dass das Beste ihm ja noch bevorstand. Wenige Momente später waren seine Sinne augenscheinlich wieder voll funktionsfähig. Er wehrte sich gegen seine Fesseln und bemühte sich einen Laut von sich zu geben. Der Knebel verhinderte ungewollte Aufmerksamkeit. Dann sah er das Messer im Licht der Straßenlaterne aufblitzen und in seinem Blick setzte der Moment der düsteren Erkenntnis ein. Niemand würde ihm zu Hilfe kommen. Kein Superheld, keine Polizei und schon gar keiner seiner widerwärtigen Kunden. Hier und jetzt würde sein Leben enden. Hektisch hob und senkte sich seine Brust, er hyperventilierte schon vor dem ersten Schnitt. Kalter Schweiß benetzte seinen ganzen Körper und als er sich ihm mit dem Messer näherte, verlor der Jüngling auch noch die Kontrolle über seine Blase.

Wieder entfachte sich die Wut in ihm. Diese armselige Kreatur hatte es wahrlich nicht verdient eine Bindung mit ihm einzugehen.

Knapp unterhalb des Herzens bohrte er ihm das Messer in den Körper. Der Knabe riss die Augen weit auf, als könnte er nicht glauben, was da gerade mit ihm geschah. Er quietschte wie ein wildes Tier und zuckte unkontrolliert hin und her. Blut quoll aus der Wunde, aber der Jäger war noch nicht fertig. Mit einer kraftvollen Bewegung nach unten schnitt er ihm den Bauchraum auf. Jetzt floss das Blut nur so in Strömen aus dem zierlichen Körper. Ungerührt blickte er in die Augen seines Opfers. Darin konnte er den Schmerz lesen, die Angst und den Kampf ums Überleben. Der Funke Hoffnung, es könnte doch alles nur ein böser Traum sein, war noch nicht ganz erloschen. Immer hektischer zuckte er und wand sich unter Schmerzen. Seine Wut war aber nicht weniger geworden, sie steigerte sich sogar noch, denn dieses wertlose Stück Fleisch weigerte sich einfach aufzugeben. Hier und jetzt war es kein sauberer Stich in den Hals, erst einmal, dann immer und immer wieder stach er in seine Kehle. Jetzt spritzte das Blut, mehrmals traf er die Arterie. Von seinem Opfer kannte er noch nicht einmal den Namen, doch nun wurde es zum letzten Mal in seinem Leben bewusstlos. Weil sein Blut auch in die Lunge gelangte, begann er zu Husten und zu Krampfen. Der Kopf war am Sitz festgebunden, was ein sonderbares Bild einer blutspritzenden Marionette abgab. Die Hände starr nach vorne am Lenkrad fixiert, rundete es zusätzlich ab. Er betrachtete sein Werk und langsam kühlte sich sein Zorn auch ab. Der Mann war schon tot, wie seine glasigen Augen verrieten.

Bevor er sein Kunstwerk beendete, schnitt er ihm noch das Herz aus dem Brustkorb. Was nicht mehr sehr schwierig war. Durch den schon vorhandenen Schnitt musste er nur noch mit dem Messer nach oben arbeiten. Geübt trennte er den faustgroßen Muskel heraus und platzierte das Herz auf einem nahegelegenen Mistkübel. Schon sehr bald würde die Polizei hier eintreffen und seine Botschaft sehen. Mit einem Feuerwerk konnte er nicht dienen, aber um den Braten zu riechen musste es einmal einen solchen geben. Vorsorglich hatte er eine kleine Flasche mit Benzin mitgebracht und verteilte den Inhalt nun im Innenraum des Fahrzeugs, bedachte auch die Leiche mit einer großzügigen Menge der Flüssigkeit. Die Flasche entsorgte er ebenfalls gleich im Auto und schnipste dann ein Streichholz und entzündete alles. Wenn es einen richtigen Moment für die Flucht gab, dann wohl jetzt. Eilig, aber darauf bedacht nicht zu rennen, marschierte er zurück zu seinem Auto. Weil er sich zu diesem Gefühlsausbruch hinreißen hatte lassen, war er nun selbst voller Blut. In seinem Fahrzeug waren zwar ein paar Tücher, doch konnte er sich nur notdürftig damit reinigen. Einer genauen Inspektion durch einen Polizisten würde er damit nicht standhalten. Das wusste er. Umso wichtiger war es, nun sehr vorsichtig zu fahren, keine Hektik aufkommen zu lassen. Er stieg ein und startete den Motor. Ohne Hast und Eile parkte er aus und steuerte das nächste Ziel an. Seine Fracht musste ja noch abgeliefert werden.

Die Strecke hätte er im Schlaf zurücklegen können, er war so oft dorthin gefahren. Um diese Uhrzeit, es war kurz vor Mitternacht, war auch kein nennenswerter Verkehr, der ihn behindern könnte. Also kam er sehr gut voran, auch wenn er durch ein Rumpeln im Kofferraum davon ausgehen musste, dass sein Gast wieder zu Bewusstsein gekommen war. Was aber auch nicht weiter tragisch war, da sie nun schon längst wieder in einer Gegend waren, wo es zu keiner Kontrolle kommen würde. Nach doch zwei Stunden im Auto waren sie endlich an seinem Ziel angekommen. Das süße Ding in ihrer Zelle würde nun Gesellschaft bekommen, vielleicht war sie dann nicht mehr so einsam. Was ihm eigentlich herzlich egal war, hatte er doch eine andere Rolle für seinen neuen Besucher vorgesehen.

***

Amelia konnte Geräusche hören. Es schien so als würde ein Auto kommen. Wer außer ihr Entführer sollte sie hier finden? Dieser Ort musste einfach richtig gut versteckt sein, sonst hätte ihr Vater sie schon gerettet, da war sich das Mädchen sicher. Wenn jemand die Macht hatte Himmel und Hölle in Bewegung zu versetzen, dann war er es. Sicherlich hatte sie seit dem Tod ihrer Mutter eher Verachtung als kindliche Liebe für ihn übergehabt, doch die Gefangenschaft hatte ihr Weltbild radikal verändert. Im Grunde wollte sie nur noch aus diesem Alptraum aufwachen; endlich wieder bei ihrem Vater sein. Diesen ganzen Horror bloß vergessen, auch wenn sie sich sicher war, dass keine Therapie der Welt dieses Trauma kurieren konnte. Mühsam richtete sie sich auf ihrer Pritsche auf. Sie hatte schon einen großen Teil des Wassers getrunken, wenn es an der Zeit war, aufs Klo zu gehen, füllte sie die Flaschen wieder auf. Sie hoffte aber niemals davon Gebrauch machen zu müssen, schon bei dem Gedanken daran, ihren Urin zu trinken, verkrampfte sich ihr Magen und ihr wurde übel. Schlagartige Dunkelheit in ihrer Zelle kündigte die Ankunft ihres Peinigers an. Es war schon zu einem Ritual geworden. Auch wenn es seltsam war, es gab ihr auch Hoffnung. Wenn er nicht wollte, dass sie sein Gesicht kannte, war der Grund für die Entführung vielleicht eine simple Erpressung und er hatte vor sie wieder freizulassen. Durch den Schreck der plötzlichen Dunkelheit war sie zusammengezuckt und hatte sich etwas zu fest auf die Hand gefasst, wodurch ein heftiger Schmerz sie durchfuhr. Ihre Wunde schien ganz gut zu verheilen, trotzdem kamen ihr Dinge wie eine Blutvergiftung oder Wundbrand in den Sinn. War ihr der Finger vielleicht nur abgeschnitten worden, weil ihr Vater nicht zahlen wollte? Spielte er den starken Minister, der sich unter keinen Umständen erpressen lassen wollte? Zorn stieg in ihr auf.

Die Zellentüre wurde geöffnet und Amelia nutzte ihre Chance.

»Warum haben Sie das getan? Zahlt mein feiner Vater etwa nicht genug?«, wollte sie von ihrem Entführer wissen.

Die Antwort bestand aus einer festen Ohrfeige. Etwas Warmes, Klebriges lief ihr über die Wange. Der Schlag war gar nicht so fest, zwar dröhnte ihr der Kopf und sie konnte kurzfristig Sterne sehen, aber er raubte ihr nicht die Sinne. Ihre Backe brannte, sie griff instinktiv darauf. Auch ihre Finger fühlten nun eine sonderbare Flüssigkeit. Als hätte man Flüssigseife in der Hand.

Ihre Kette verkürzte sich mit einem Mal und sie erkannte, dass ihr Bewegungsradius nun ganz drastisch eingegrenzt war. Sie sah nichts, konnte aber hören wie sich ihr Entführer mit etwas abmühte. Nachfragen wollte sie nicht mehr, zu sehr brannte ihre Wange noch von der letzten Antwort.

***

Der Kerl war deutlich schwerer als dieser Stricher, aber er regte ihn nicht minder auf. Eigentlich hätte er ihn gleich hier zerhacken sollen, aber dann wäre ja der ganze Spaß dahin. So schnell sollte es dann doch wieder nicht gehen. Da hatte er schon eine wesentlich bessere Idee. Im Kofferraum hatte der Typ noch kurz Probleme gemacht, hatte gemeint, er könnte ihn mit einem Fußtritt überraschen, aber da musste man schon früher aufstehen. Mit Leichtigkeit hatte er den halbherzigen Tritt abgefangen und die nackte Haut am Unterschenkel für den Einsatz des Schockers genutzt. Diesmal durfte es aber nicht so viel sein, er brauchte ihn halbwegs klar im Kopf. Schleppen musste er ihn aber trotzdem. Hielten nichts mehr aus die Männer von heute. Vor die Pritsche der kleinen, nackten Maus stellte er einen Hocker auf. Ihre Kette hatte er an einem Ring hinter ihr verkürzen müssen. Sie sollte nur ganz knapp zu ihrem neuen Freund kommen können. Ganz knapp. Ein Haken in der Decke war eigentlich für das Ausweiden bestimmt. Die Öffnung im Boden, mittlerweile als Toilette für das Mädchen umfunktioniert, war dazu da, um das Blut aus dem Raum zu bekommen. Mit Seilen und Stricken hatte er ja auch genug Erfahrung; schnell war ein Galgen aus dem Haken geworden.

Den immer noch etwas benommenen Mann wuchtete er auf den Hocker und legte ihm die Schlinge um den Hals. Seinen Mund knebelte er, die Augen verband er ihm. Hören sollte er noch können. Mal sehen, wie lange er sich dort halten konnte. Das Seil war relativ straff gespannt, es würde also nicht sein Genick brechen. Er hatte sich bewusst für die langsame Variante des Erhängens entschieden, sollte ihm die Kraft ausgehen. Was sie früher oder später auch tun würde.

Durch sein Nachtsichtgerät betrachtete er zufrieden sein Werk. Dem neuen Gast hatte er noch ganz leise seine Lage ins Ohr geflüstert. Sein sich versteifender Körper signalisierte ihm ein eindeutiges Verständnis der Situation. Die Angst seiner beiden Gefangenen konnte er riechen, es war ein Duft ungleich süßer als Honig für ihn. In solchen Momenten erinnerte er sich an seine ersten Opfer, die beiden kleinen Kinder in seiner Heimatstadt. Damals war er viel zu unerfahren gewesen, hatte seine Wut, den Hass auf die Welt, einfach mal eben an einer Katze oder Igel abreagiert. Meistens schlug er ihnen nur den Schädel ein, erst danach schlitzte er sie auf. Wenn das Blut und die Därme aus den toten Körpern hervorquollen, bekam er praktisch immer einen Ständer. Weil die Katzen aber entweder sehr flink waren, oder ihm auch mehr als einmal die Krallen gezeigt hatten, tötete er sie möglichst schnell. Das Haus seiner Mutter lag weit abgelegen in dem kleinen Dorf, Stadt durfte man dazu ja gar nicht sagen, was es eigentlich optimal machte. Dachte er zumindest immer. Doch was wusste man schon als junger Bursche? Er wusste nur, dass es viel zu schnell ging, und Katzen außerdem nicht das Richtige waren. Eine gewisse Erregung war schon da, aber nicht so schön wie er es sich immer in seinen Gedanken ausmalte. Diese Projektionen seiner tiefsten Begierden verfolgten ihn schon seit er denken konnte, wurden aber immer drängender, als er in die Pubertät kam. Jetzt war es nicht nur in seinen Träumen, die Bilder erschienen praktisch bei jeder Gelegenheit. Etwas in ihm forderte ihn auf, diese Phantasien in die Tat umzusetzen, das Blut zu schmecken, das Leiden in den Augen eines Menschen zu sehen. Zuvor versuchte er diese Begierde aber erst mal mit Tieren zu stillen. Manchmal stieg er nachts aus seinem Bett, lief knapp drei Kilometer zu den Nachbarn und stahl einen Hasen oder ein Huhn. Den Sachschaden schoben die Menschen immer auf einen Fuchs, was er nur zu genau wusste, keiner verdächtige einen kleinen, stillen Jungen. So gab er sich Mühe immer unsichtbar zu sein, nur ja keine Aufmerksamkeit erregen. Hasen konnten herrlich schreien, eine Tatsache, der sich nur wenige Menschen bewusst sind. Es gab ihm schon deutlich mehr Erregung, wenn diese Wesen sich vor Schmerzen und Todesangst wanden, schrien oder zu entkommen versuchten.

Egal was er auch machte, nichts davon war wirklich genug. Sein Trieb schrie hinter seiner Stirn förmlich nach Menschen. Zu diesem Zeitpunkt war es ihm noch nicht in den Sinn gekommen, das Fleisch seiner Opfer zu kosten. Das Leiden zu sehen war das eigentliche Objekt der Begierde. Weinen, um ihre Leben betteln und dann bluten. So liefen seine Träume in den einsamen Nächten ab. Bis er eines Tages das Geschenk des Himmels auf sich zukommen sah. Zwei Mädchen, eine blond und eine rothaarig. Seine Mutter war mal wieder nicht zu Hause und er hatte wie so oft die Schule geschwänzt. Interessierte in seinem Ort so und so keinen, jeder kümmerte sich um seine Sache. Damals war es auch noch nicht so wichtig, lesen und schreiben zu können. Die Arbeit auf Feldern war da bedeutsamer.

Diese Kinder hatten mir ihrer Schulklasse einen Ausflug gemacht und sich bei einer Erkundungstour durch den Wald in seine Richtung verlaufen. So süß und unschuldig, aber auch so ängstlich hielten sie ihre Hände. Steuerten sein Haus an, weil sie sich endlich in Sicherheit wähnten. Das war der Auftakt gewesen. Den er gründlich vermasselte. Die Mädchen musste er erst überreden, weiter nach hinten auf das Grundstück zu kommen. Vor einigen Jahren hatte er bei einem Bach, hinter einer Baumgruppe von Birken einen verlassenen Bunker entdeckt. Dieser faszinierte ihn sofort und er erkundete diese Anlage immer wieder.

Dorthin brachte er die Mädchen, aber dann war er zu ungeduldig. Viel zu schnell waren sie tot, doch dann setze die Angst ein. Man würde sie suchen, mit Hunden wahrscheinlich. Wenn man sie hier fand, dann hätten ihn die Bauern gleich am nächsten Baum aufgehängt. Also warf er ihre kleinen Körper in den Bunker hinab. Dieser war ganz schön tief, unter der Erde verliefen einige Gänge. Danach stieg er hinab, doch zuvor musste er noch eine Taschenlampe holen. Seine blutigen Hände wusch er sich in dem Bach und rannte zurück zum Haus.

Die nächsten Stunden verbrachte er damit, die Leichen zu verstecken. Selbst die Hunde der Jäger schafften es nicht, sie dort zu erschnüffeln.

Mit einem hatte er aber wirklich recht gehabt. Sie kamen die Mädchen suchen, und wie sie kamen. Das ganze Dorf war auf den Beinen und nur er hatte nicht mitgeholfen. Dadurch rutschte er ganz schnell auf den ersten Platz der Verdächtigenliste. Aber sie fanden die Kinder nicht, er hatte ganze Arbeit geleistet. Weil man ihm auch nie etwas nachweisen konnte, wurde er nicht verhaftet. Doch die Schuldgefühle waren beinahe unerträglich. In den ersten Wochen hatte er einfach Panik erwischt zu werden, konnte sich gar nicht an seine Tat erinnern. Diese Bilder erschienen ihm erst fast ein Vierteljahr später. Sie machten ihn fast wahnsinnig und mehr als einmal wollte er endlich reinen Tisch machen. Alles gestehen, was er getan hatte. Die gerechte Strafe dafür bekommen oder sich vielleicht gleich selbst richten. Einen Strick hatte er sich schon besorgt und auf dem Dachboden einen Galgen vorbereitet. Einmal hatte er sich die Schlinge sogar um den Hals gelegt, aber sich nicht getraut in sie zu springen. Das Seil mit seinem Gewicht zu straffen und dabei sein Genick zu brechen. Wenn es gut ging. Machte man den Knoten falsch, strangulierte man sich bloß. Das Seil hatte ganz furchtbar auf seiner Haut gekratzt, daran erinnerte er sich noch heute. Nur war die Angst vor dem Ende, der Dunkelheit zu groß. Er konnte es einfach nicht, rannte in sein Zimmer und heulte wie ein Baby. Die Gefühle fraßen ihn fast ein ganzes Jahr auf, dann waren sie plötzlich wieder weg. Mit einem Schlag. Aber es bahnten sich andere Gedanken an. Erregende Träume von toten Menschen kamen wieder in der Nacht zu ihm und schon bald spürte er wieder diesen Wunsch, jemanden zu töten.

***

Sarah fuhr wie eine Rennfahrerin, zum Glück waren kaum andere Verkehrsteilnehmer unterwegs. Das machte die Sache ungemein leichter für die beiden Ermittler und sie waren sehr rasch beim Schweizergarten. Sie machte sich die ganze Zeit Gedanken, was dort geschehen sein musste. Am Tage war es eigentlich eine sehr schöne Gegend. Man konnte dort gut essen gehen, ganz in der Nähe befand sich das Heeresgeschichtliche Museum. Dort war die militärische Geschichte von Österreich zu bestaunen. Immerhin war dieses Land einst eine Weltmacht gewesen, es gab also wirklich eine ganze Menge zu sehen.

Wenn es aber Nacht wurde, dann veränderte sich dieser Park schlagartig. Vom nahen Bahnhof verschlug es immer wieder obdachlose Jugendliche hierher, meist männliche. Sie verdienten sich hier als Stricher. Der Park war in etwa so bekannt wie das Stuwerviertel. Nur eben als Strich der homosexuellen Szene.

Als sie nun zur Einsatzadresse kamen, brauchte sie gar nicht erst nach näheren Informationen zu Baumeisters Aufenthaltsort fragen. Die Dunkelheit der Nacht wurde von Dutzenden Blaulichtern zerrissen. Rettungswägen, Autos von der Spurensicherung und auch Funkwägen waren vor Ort. An vorderster Front waren gerade einige Feuerwehrmänner mit dem Löschen eines Wagens beschäftigt. Flammen konnte Sarah keine mehr erkennen, es stieg nur noch Rauch und Wasserdampf von dem Gerippe des im vorderen Bereich ausgebrannten Autos auf.

Hinter dieser Absperrung bei der Spurensicherung war schon Baumeister und winkte die beiden Ermittler zu sich. Sie parkte den Wagen gleich neben dem von ihrem Chef und sie stiegen aus.

»Hört mal Leute, es ist etwas passiert. Zuerst einmal, wir haben eine Nachricht erhalten. Mit Blut hat der Kerl wieder dieselben Koordinaten auf den Bürgersteig gemalt. Dazu noch das morgige Datum und eine Uhrzeit. Zwölf Uhr mittags. Da werden Dutzende Menschen in diesem Park sein.«

»Blut? Ganz sicher? Von wem sollte es sein?«, wollte Fred wissen.

»Sicher sind wir noch nicht, aber die andere Botschaft befand sich in dem Wagen. Dazu komme ich jetzt. Fred, Sie sollten sich setzen.«

»Wieso? Was ist hier los?« Fred wurde unruhig und blickte wieder zu dem ausgebrannten Fahrzeug. Einige Feuerwehrmänner begutachteten die Überreste und versicherten sich, ob es auch nicht wieder zu brennen beginnen würde. Dahinter standen schon Kollegen des Bundeskriminalamtes in weißen Overalls und Mundschutz bereit. Sogar von hier konnte Sarah sehen wie verzweifelt sie waren. Natürlich mussten die Jungs der Feuerwehr ihren Job machen, doch dabei vernichteten sie zwangsläufig Beweise. Leider ging es nicht anders.

Fred war nähergekommen und jetzt erkannte er das Auto. Es war Elians alter Opel. Auf den hatte er so viel Wert gelegt. Beinahe zwanghaft wurde der Wagen jeden Sonntag gereinigt, alle Reparaturen gemacht, möglichst mit Originalteilen. Elian hatte ihn schon seit fast zwanzig Jahren. Er rannte los und Sarah hatte Mühe ihn einzuholen. Kurz bevor er das Fahrzeug erreicht hatte und die verkohlte Leiche darin sah, griff sie nach ihm und zog ihn nach hinten. Fred schrie auf, wollte sich losreißen und wieder zu der Leiche. Sich überzeugen, ob es sein Freund war.

Sarah war klar, dass man in diesem Moment nichts erkennen konnte. Sie sah auch, was da im Wagen saß, konnte auch den Schmerz ihres Partners verstehen. Sie sah den verkohlten Körper, doch selbst mit viel Phantasie konnte man nicht feststellen, ob es sich dabei um Elian handelte. In ihr erwachte ein Funke von Hoffnung, dass es nicht so wäre. Was sonst hätte sie auch in diesem Moment denken und hoffen sollen?

Simon Baumeister kam zu den beiden herüber und half Fred auf die Beine. Drei Sanitäter und ein Notarzt waren gleich hinter ihm und auf ein knappes Kopfnicken ihres Chefs hin kümmerte sich der Arzt um ihren Partner. In seiner Hand hielt er ein kleines Fläschchen, der Sanitäter hatte einen Pappbecher bei sich. Sie gaben etwas Wasser hinein und der Arzt träufelte einige Tropfen aus der kleinen Flasche dazu. Fred fixierte den Wagen seines Lebensgefährten und Tränen rollten ihm über die Wangen. Völlig apathisch ließ er sich den Inhalt des Bechers einflößen. Sarahs fragenden Blick bemerkte der Notarzt und erklärte ihr, worum es sich handelte. Das Medikament Psychopax wurde Menschen mit einem emotionalen Trauma verabreicht. Dadurch wurde man etwas schläfrig und konnte so zumindest im ersten Moment das Erlebte etwas verarbeiten. Heute würde er keinen Dienst mehr machen können. Ob es für ihn zu Hause so sicher war, darüber wollte Sarah gar nicht erst nachdenken. Ihre Wohnung war von dem Killer ohne Probleme ausfindig gemacht worden, jetzt hatte es den Freund ihres Partners getroffen. Falls es sich nämlich nicht um seine Leiche handelte, dann musste der Täter ihn in seiner Gewalt haben. Alleine sollte Fred heute Nacht nicht sein, so viel stand für Sarah fest. Da ihr auch nichts Besseres einfiel, brachte sie den immer noch weinenden Fred zurück zum Auto. Heute würden sie im Landeskriminalamt übernachten. Morgen würde die Spurensicherung und vielleicht auch Bastian Wehring schon ein paar Antworten haben. Das Mittel, welches der Notarzt verabreicht hatte, zeigte schon im Auto seine Wirkung. Immer wieder nickte ihr Partner kurz weg, hoffentlich würde er dann ein wenig Schlaf finden. Der nächste Tag hielt mit Sicherheit genug Arbeit für sie beide bereit.

***

Im Prinzip war alles mehr oder weniger gut gelaufen. Seine Nachricht mit dem Ablageort hatten sie mit Sicherheit schön lesen können. Wenn sie nicht ganz dumm waren, würden sie aber sicher sehr bald auf seine kleine Finte kommen. Auch schön und gut. Heute Abend genoss er zum ersten Mal seit einer gefühlten Ewigkeit wieder eine mit Sorgfalt zubereitete Leber. Frische Gewürze wie Thymian und auch Petersilie rundeten den Geschmack ab. Man durfte es nicht übertreiben, sonst ging der Eigengeschmack verloren und das Fleisch unterschied sich nicht von dem Fraß, den man praktisch überall vorgesetzt bekam. Seine Festmähler hatten ein strenges Ritual, nur sehr selten gönnte er sich diese Speisen. Er konnte sich nun nach vielen Jahren harten Trainings auch dahingehend beherrschen. Der Reiz, nicht die Fassung und Kontrolle zu verlieren, war stärker als jeder Orgasmus. Gut, heute Nacht war sicherlich keine Werbung für seine Sache. Doch bei Schwulen war es für ihn nicht ganz so einfach. Bedächtig schenkte er sich ein Glas Rotwein ein. Er trank immer dieselbe Sorte. Manchmal überlegte er sich, wie es wohl wäre, wenn er ein Kochbuch schrieb. Ob er es verkaufen würde?

Doch es drängte sich eine andere Erinnerung in den Vordergrund. Sie war schon da gewesen, als er den Stricher überwältigt hatte. Sie war es, die ihn so in Rage versetzt hatte. Sie war schuld, dass er die Kontrolle verloren hatte. Dabei war es wieder ein Er. Jahre nachdem er mit dem viel zu schnellen Mord an den beiden Mädchen davongekommen war, meinte ein älterer Junge aus seinem Ort, ihm auflauern zu müssen. Er war und blieb immer ein Einzelgänger, ging selten in die Schule und hielt sich die meiste Zeit zu Hause auf. In seltenen Fällen ging er einkaufen, wenn dem Freund seiner Mutter wieder einmal das Bier ausgegangen war zum Beispiel. Lieber einkaufen als von ihm verprügelt zu werden. Denn wenn der Bastard zu lange nichts getrunken hatte, konnte er sehr unangenehm werden. Sein Körperbau war damals noch sehr schmächtig gewesen und er hatte auch niemals Nahkampf trainiert. Er hatte seine eigentliche Kraft gar nicht gekannt, wenn er so darüber nachdachte. Gedankenverloren stocherte er in seiner gerösteten Leber herum. Wenn diese Gefühle aufkamen, die Erinnerungen an seine Jugend, verlor praktisch alles um ihn herum an Geschmack und Farbe.

Wieder sah er den Typen vor sich, wie er auf dem schmalen Waldweg auf ihn gewartet hatte. Das musste so gewesen sein, denn normalerweise verirrte sich niemand zum Anwesen seiner Mutter. Er stand da und grinste ihn dämlich an. Doch zu dieser Zeit war er noch kein Jäger gewesen. Schüchtern hatte er den Kopf gesenkt. Wollte einfach nur schnell nach Hause.

Nur der Mistkerl wollte es nicht, er beleidigte ihn und lief neben ihm her. Immer wieder gab er ihm leichte Schläge auf den Hinterkopf und als er versuchte davonzulaufen, rempelte ihn der Schweinehund so fest in die Seite, dass sie beide ins Unterholz fielen. Er landete auf ihm, sein Gewicht schien ihm die Luft aus den Lungen zu drücken. Der ekelhafte Atem brachte ihn fast dazu, sich zu übergeben, doch dieses Schwein machte keine Anstalten von ihm abzulassen. Fest umgriff er seine Kehle und drückte langsam zu. Panik stieg in ihm auf, doch damit hatte sein Peiniger noch nicht genug gehabt. Mit seiner anderen Hand öffnete er ihm die Hose, griff ihm fest an den Schwanz und begann damit herumzuspielen.

Ob er eine Schwuchtel wäre, fragte er ihn. Er hätte ja schon einen Ständer, kaum dass er auf ihm lag. Immer noch drückte er ihm die Kehle zu, dieses miese Schwein verhöhnte ihn und massierte ihm dabei den Schwanz. Ungefähr ab hier hatte er dann Erinnerungslücken. Doch mit einem Mal stand er über diesem Dreckssack, hielt ein Holzstück in der Hand und schnaubte heftig. Luft füllte seine Lungen, doch dann sah er etwas ganz anderes. Sein Peiniger lag weinend und wimmernd auf dem Boden, Blut floss ihm über das Gesicht und er krümmte sich vor Schmerzen. Immer noch war seine eigene Hose offen und sein Penis war ganz hart. Ekel überkam ihn, er zog sich an, warf den Ast weg und lief nach Hause.

Keine zwei Stunden später hatte er Besuch von der Polizei. Dieses miese Lästermaul hatte ihn doch glatt angezeigt. In dieser Anzeige bezichtigte er ihn auch noch der sexuellen Belästigung. Als Außenseiter und Sonderling hat man auch in einem Gericht nicht die besten Karten. Justitia war nicht so ganz blind, leider nicht zu seinen Gunsten. Man müsse hier mit abschreckenden Maßnahmen das Böse im Keim ersticken, erklärte der sehr alte Richter. Seine Fahrkarte in den Jugendknast war damit abgestempelt. Als Sexualstraftäter würde er dort ganz bestimmt kein leichtes Leben haben.

Es kam aber noch viel Schlimmer, als er es sich erdacht hatte. Praktisch täglich setzte es Prügel, alles Mögliche wurde ihm eingeführt, danach noch mehr Prügel. Obwohl er fast volljährig war, begann er zu dieser Zeit wieder ins Bett zu pinkeln. Was es nicht besser machte. Die Wärter sorgten dafür, dass es auch ja alle erfuhren und damit wurde es noch schlimmer. Zum Eigenschutz wurde er zwar in eine Isolierzelle gebracht, doch wenn man ihm zum Beispiel das Essen brachte, erhielt er wieder Schläge. Sie onanierten in sein Essen, zum Trinken bekam er Urin und wenn er sich beschwerte, kamen die Wächter und schlugen ihn fast genauso heftig wie die Insassen. Irgendwann war der Moment gekommen, als etwas in ihm zerbrach. Er wusste es selbst nicht so genau, doch eines Tages spürte er nichts mehr. Alles war ihm egal und das zeigte er auch. Bei einer fast schon alltäglichen Vergewaltigung in der Dusche blieb es diesmal nur bei dem Versuch. Auch wenn der andere Häftling wesentlich stärker war, spielte sich das gleiche Phänomen ab wie im Wald. Doch mit dem Unterschied, dass er sich erinnerte und alles sehr bewusst machte. Ihm war, als steuerte ihn eine fremde Macht. Wie von Sinnen prügelte er auf seinen Gegner ein, schlug ihn mit bloßen Fäusten fast tot. Von diesem Zeitpunkt an wurde er auch von allen anderen Häftlingen gemieden. Jetzt galt er als Psycho und wurde gänzlich isoliert. Doch auch eine Inhaftierung vergeht, er wurde unter strengen Auflagen entlassen. Nun musste er eine Therapie beginnen, aber seine Pläne hatten schon eine Form angenommen. In der Gefängnisbücherei hatte er ein paar interessante Bücher gefunden. Er konnte zwar nur sehr schlecht lesen, aber Zeit hatte er ja ohne Ende gehabt. Das Militär war sein neues Ziel.

Durch seine Reise in die Vergangenheit hatte er das so heilige Essen nun einfach nur runtergeschlungen. Wieder stieg Wut in ihm auf. Am liebsten wäre er zu seinem neuen Gast gegangen, um ihn an Ort und Stelle zu enthaupten. Doch Ruhe musste bewahrt werden. Sonst würde er sich selbst noch seinen Spaß verderben.

Zufrieden dachte er an die Zukunft, es lief alles so wie er es wollte. Auf dem kleinen Monitor vor sich sah er ein Live-Bild aus der Zelle. Seine kleine Perle kauerte ängstlich auf ihrer Pritsche. Mehr ließ die Länge der Kette auch nicht zu. Vor ihr war auch ein beängstigendes Bild. Der Mann stand auf einem wackeligen Hocker. Seine Augen waren verbunden und sein Mund geknebelt. Hören konnte er, aber nicht mit ihr reden. Um seinen Hals spannte sich eine Drahtschlinge, die auf der Decke aufgehängt war. Seine Hände hatte er ihm hinter seinem Rücken gefesselt. Sollte ihm die Kraft ausgehen, dann würde er hängen. Eigentlich wollte er nur wissen, wie lange genau das dauern würde.

***

Die Dunkelheit war seit einer gefühlten Ewigkeit ein ständiger Begleiter. Elian konnte sich erinnern, wie er zu dem Treffpunkt gefahren war. Fred hatte ihn dorthin bestellt. Dann wurde alles schwarz und ab dann konnte er sich an nichts mehr erinnern. Reichlich unsanft war er aus einem Kofferraum gezogen worden, die Augen verbunden und seine Hände gefesselt. Die Schmerzen in seinem Kopf waren kaum auszuhalten. Es stach, als hätte man ihm ein Messer hineingerammt. Nur langsam kam die Erkenntnis zu ihm, in welcher Lage er sich befand. Eine Stimme hatte ihm ins Ohr geflüstert. Sie war nicht wirklich gut zu erkennen gewesen, doch viel schlimmer war die Aussage. Fred würde schon sehr bald das nächste Opfer sein. Nur war er aber hier gefangen und konnte rein gar nichts tun. Alleine war er aber auch nicht. Das Mädchen, nach dem praktisch ganz Wien suchte, war hier. Von Fred hatte er ein bisschen was mitbekommen. Dadurch wusste er nur zu gut, in wessen Händen er sich befand. Die Medien hatten ihn den Ripper von Wien getauft, vermutlich sogar noch eine Untertreibung, wenn er Fred Glauben schenken durfte. Das arme Ding war völlig verängstigt, nur ging es ihm eigentlich nicht viel anders. Seine Lage war um ein Stück prekärer. Die Schlinge um seinen Hals weckte immer wieder einen Würgereiz, sie musste außerdem aus Draht oder Metall sein, denn etwas Spitzes bohrte sich in seine Haut. Etwas lief seinen Hals hinunter, es konnte Blut sein oder auch Schweiß. Auch wenn es sehr kühl in diesem Raum war, so schwitzte Elian unerträglich. Seine Beine zitterten, die Haltung war nichts Alltägliches für ihn. Er konnte vollständig auf dem Untersetz stehen, aber nicht ein kleines bisschen in die Knie gehen. Dann spannte sich schon die Schlinge und würgte ihn noch schlimmer. Ginge er zu tief, war es gut möglich, dass ihm die Blutzufuhr abgedrückt wurde. Die damit verbundene Bewusstlosigkeit wäre auch zeitgleich sein Todesurteil. Es galt also immer schön gerade zu stehen. Das Zeitgefühl war schon längst dahin, doch sein Körper schmerzte schon jetzt. Die Rückenmuskulatur verkrampfte sich immer wieder mal, weil er sich so gerade wie nur möglich hinstellte. Ohne Essen und Trinken würden die Krämpfe bald schon sehr viel schlimmer werden. Seine Hoffnung ruhte auf Fred. Der würde nicht aufhören nach ihm zu suchen. Doch wenn alle Kräfte der Polizei das Mädchen noch immer nicht gefunden hatten und er nun bei ihr war, wie gut standen dann seine Chancen hier lebend rauszukommen? Was Elian aber ganz sicher wusste, war, dass er sich nicht so einfach seinem Schicksal ergeben würde. Ganz gleich wie lange es dauerte.

Das Mädchen, Amelia, wenn Elian sich richtig erinnerte, wollte immer zu wissen, ob ihr Vater sie finden würde. Der Knebel und das Klebeband um seinen Mund machten es ihm unmöglich mit ihr zu reden. Auch der Versuch ihr durch Murmeln Hinweise zu geben, war eine schlechte Idee. Durch den Druck auf seinen Kehlkopf musste er fast sofort würgen, der Hocker, auf dem er stand, wackelte bedrohlich und Elian unterließ es danach. Ab und zu zuckte er mit den Schultern. Das Nicken mit dem Kopf war durch die Seilspannung ebenfalls nicht möglich, das Kopfschütteln verhinderte eine Unebenheit des Seils. Als er auf eine Frage mit dieser Geste antwortete, schnitt es ihm tief ins Fleisch. Auch ohne es zu sehen wusste Elian, dass es diesmal kein Schweiß war, der ihm vom Hals über die Brust lief. Mit Bedacht auf seine Energiereserven musste er wohl oder übel seine Interaktionen auf ein absolutes Minimum beschränken.

Amelia klärte ihn auf, dass sie etwas zu Essen und auch Wasser hatte. Leider wurde ihr bei seiner Ankunft die Kette, mit der sie gefesselt war, so sehr gekürzt, dass sie sich nicht einmal ansatzweise an ihn annähern konnte. Was wäre, wenn er nun einfach starb? Es war schon dunkel um ihn, davor hatte er Angst. Nicht direkt vor dem Tod, sondern in dieser Dunkelheit zu sterben. Ohne Fred noch einmal zu sehen und ihm zu sagen wie sehr er ihn liebte. Der Mistkerl hatte ihn zu diesem Park gelockt, so klug war er auch schon. Wie auch immer er an das Handy von seinem Freund gelangt war. Wie ein Lemming war er direkt in die Falle von diesem Schlächter getappt. Vermutlich hatte er sich in seinem Versteck königlich amüsiert. Für diese Naivität hasste er sich jetzt.

***

Für Sarah war es eine ziemlich kurze Nacht. Die meiste Zeit saß sie an ihrem Computer, studierte die Gegend rund um das Moor. Immer wieder suchte ihr Blick den schlafenden Fred. Ihm hatte sie ein kleines Lager in ihrem Büro gemacht. Durch die Medikamente fand er wenigstens jetzt seinen Schlaf. Bald schon würde er wieder aufwachen und die Erinnerungen der letzten Nacht wären mit einem Schlag wieder da. Noch war nicht gesichert, um wen es sich in dem Auto von Elian handelte. Als Ermittler sollte man nicht immer gleich nach dem ersten Eindruck gehen. Wichtiger war die Frage, was der Täter bezwecken wollte. Machte es Sinn, Elian so zu töten? Wäre er nicht als Geisel viel wertvoller? Nur war dieser Mann sicher kein so leichtes Opfer wie Amelia oder der arme Maximilian. Es schien alles nach einem kräftigen Täter auszusehen. Das Prinzip Hoffnung war in Momenten wie diesem nicht zu verachten. Hoffentlich war der Rechtsmediziner Doktor Wehring wirklich so ein vernarrter Arbeiter, wie er behauptete. Kurz nachdem Fred das Beruhigungsmittel bekommen hatte, war auch er am Tatort eingetroffen. Zu einer Leichenbeschau an einem Tatort war es sogar die Regel, dass Ermittler und Rechtsmediziner den Ort des Geschehens begutachteten. Er hatte ihr versprochen, sich sofort um dieses Opfer zu kümmern. Da er nach seiner Ausführung ohnehin nicht viel Schlaf benötigte.

In dieser Situation hoffte Sarah nun das Beste.

Christoph hatte schon mehrmals versucht sie zu erreichen, aber es kam immer wieder einmal vor, dass sie sich nicht meldete. Sei es, weil ein Fall ihr keine Zeit ließ, oder Sarah manchmal Momente für sich brauchte. Nun war es auch schon zu spät und in ihrem Kopf war immer noch das Bild vom Schlamm an seinen Schuhen. Die Analyse würde hoffentlich bald vorliegen, diesen Beweis brauchte sie einfach für sich selbst. Da sie im Moment kaum Zeit für irgendetwas anderes als die Suche nach Amelia hatte, nutzte sie die interne Dienstpost. So konnten Proben oder zu untersuchende Objekte schnell an ein Labor geschickt werden. Es war schon eine Erleichterung, denn noch vor einiger Zeit hatten sich die Ermittler oder die Kollegen der Tatortsicherung immer selbst darum kümmern müssen. Ihren Freund auf die

Liste der Verdächtigen hinzuzufügen wäre eine Katastrophe für sie.

Das Areal rund um das Moor war nach den Informationen des Internets riesengroß. Die Polizei würde Wochen brauchen, um es gründlich zu durchsuchen. Doch die Leichen waren aus einem bestimmten Grund dort vergraben worden. Wenn der Täter nicht wusste, dass ein Moor die Körper der Toten konserviert, war er nicht sehr clever. Was aber nicht zum Profil passen würde. Er hatte diese Taten über viele Jahre hinweg perfektioniert, war jetzt wahrscheinlich nur aufgetaucht, um den zweifelhaften Ruhm zu ernten. Also vermutete Sarah eine Absicht hinter den Gräbern im Moor. Einerseits hatte man dort seine Ruhe, musste keine Angst haben, von neugierigen Wanderern belästigt zu werden. Andererseits musste man sich auskennen, denn auch wenn man nicht so tief versinken konnte, um im Moor zu ertrinken, war man gefangen. Wenn einem niemand zu Hilfe kam, würde man trotzdem sterben. Überlebte man, hatte man eine Leiche in seiner Nähe zu erklären. Der Mann wusste sicherlich genau was er tat. Auch Amelia war keine zufällige Entführung, der Tod ihres Freundes vermutlich schon. Vielleicht war auch dies der Auslöser für die direkte Attacke auf Ermittler. Doch dazu hatte er sehr viel über ihr Leben und das von Fred herausfinden müssen. Was also bedeutete, er wusste weit mehr von ihnen als sie von ihm. Christoph würde schneller eine Zielscheibe sein, als der eigentliche Täter. Sie beschloss nun doch, ihn kurz anzurufen.

Es läutete und als Sarah schon auflegen wollte, meldete sich ihr Freund.

»Ha… Hallo?« Es klang sehr verschlafen.

»Hey, tut mir leid. Ich wollte nur wissen, ob es dir gutgeht«, sie wollte ihm nicht unnötig Angst einjagen.

»Weißt du eigentlich wie spät es ist?«

»Tut mir leid, geht es dir gut? Hier ist gerade viel los. Tut mir wirklich leid, dass ich dich geweckt habe. Es war dumm von mir.«

»Nein, schon okay. Ist alles in Ordnung mit dir? Sollen wir uns treffen?«

»Ich habe alles im Griff. Mehr oder weniger. Sperr bitte deine Türe gut zu. Pass auf dich auf und ruf mich an, wenn du aufstehst.«

»Jetzt machst du mir Angst«, meinte Christoph.

»Das wollte ich nicht. Pass einfach auf dich auf. Ich muss jetzt weiter böse Jungs jagen.«

»Machen das nicht eigentlich Batman und Robin?«, scherzte er.

Sarah musste schmunzeln. Einer seiner typischen dummen Sprüche. Vermutlich weil sie ihn mit seinem Job als Insektenexperte immer wieder aufzog.

»Sogar die haben mehr Urlaub als ich. Schlaf gut.«

»Gute Nacht!«, damit legte er auf.

Ruhe in ihrem Kopf machte sich breit. Natürlich war dieses Gespräch kein Beweis für seine Unschuld oder Sicherheit, aber viel mehr konnte sie jetzt auch nicht machen.

Wenn er sich wirklich in diesem Moor versteckte, dann musste sich Sarah schleunigst etwas einfallen lassen, wie man diesen Kerl finden konnte. Seine Taten wurden persönlicher. Nach der fremden Leiche in ihrem Bett wurde nun ein Angehöriger getötet oder entführt. Dazu kam die bestialisch ermordete Leiche in dem verbrannten Wagen. Wenn es nicht Elian war, musste eine weitere Person ihr Leben gelassen haben. Die Wahl des Tatortes war auch nicht zufällig gewesen. Diese Gegend war in Wien bekannt für homosexuelle Prostitution. Es war also eine direkte Nachricht an Fred. Doch manchmal sagten Taten mehr über die Täter aus als diesen lieb war. Hier wollte sie nachhaken und nutzte die eingekehrte Ruhe in ihrem Büro dafür. Schon am nächsten Tag würde hier ohnedies die Hölle los sein. Auf den Staatsanwalt Handler musste sie sich schon jetzt mental vorbereiten. Er würde jetzt Blut lecken und die aktuellen Ereignisse mit Sicherheit ihr in die Schuhe schieben. Somit nahm sich

Sarah vor, so schnell wie möglich die Rechtsmedizin aufzusuchen. Dabei wollte sie Fred mitnehmen. Sollte es nicht Elian sein, dann würde die Erleichterung überwiegen. Es musste die Hölle für Fred sein, allerdings waren sie beide auch die einzige Chance für Amelia Brock, diesen Alptraum zu überleben. Die Observation der Lösegeldübergabe hatte ohnedies das Spezialkommando übernommen. Diese Tatsache hatte ihr Baumeister noch mitgeteilt. Auf direkte Anordnung des Innenministers. Er hatte das Geld beeindruckend schnell zusammen gehabt. Vermutlich wusste der Entführer auch sehr viel über Amelias Vater, was Sarah aber nicht mehr wirklich überraschte. Verdeckte Ermittler würden im Park rund um die berühmte vergoldete Statue des Wiener Walzerkönigs Strauss patrouillieren. Die Gegend mit Scharfschützen abzuzirkeln war durch den Besuch so vieler Touristen einfach zu unsicher. Entsprechende Beamte würden ebenfalls vor Ort sein, aber die Fahnder in Zivil waren bei einem eventuellen Zugriff sicher nützlicher. Außerdem würde man den Mann, sollte er wirklich so dumm sein und auftauchen, lebend brauchen. Amelia war nach wie vor verschwunden. Hierbei machte sich Sarah aber erstaunlich wenig Sorgen. Die Männer der Einheit Cobra waren speziell dafür ausgebildet. Sie flogen als sogenannte Sky-Marshalls in Flugzeugen mit, stellten die Leibwächter für berühmte Personen und waren in der Antiterrorabwehr hervorragend ausgebildet. Ihrer Meinung nach würde der von ihnen gesuchte Serienmörder aber auf keinen Fall auftauchen. Es diente nur dazu sie zu beschäftigen. Er hatte einen anderen Plan, doch bisher tappte Sarah im Dunklen.

Medienkreuzfeuer

Der nächste Morgen voller Arbeit kam für Sarah und auch Fred früher als erwartet. Schon gegen sieben Uhr meldete sich Bastian Wehring bei ihr. Mit einer ersten Entwarnung für ihren Partner: Trotz seines Schockzustandes hatte Fred immerhin noch von der Weisheitszahn-Operation gewusst. Elian waren vor einigen Jahren beide Zähne im Oberkiefer entfernt worden. So hatte der Arzt sofort gewusst, was er vergleichen konnte. Eine komplizierte DNS-Untersuchung hätte im besten Fall einige Wochen gedauert. Leider war es nicht so einfach wie in vielen Fernsehserien. Noch am Telefon schilderte er Sarah den Untersuchungsvorgang. Er hatte die Leiche ganz einfach unter ein Röntgengerät geschoben und die Bilder nach einem oder mehreren Weisheitszähnen abgesucht. Die Leiche auf dem Seziertisch war im Besitz von drei Weisheitszähnen, die aber noch im Kiefer waren. Somit konnte ausgeschlossen werden, dass es sich bei dem Opfer um Elian handelte.

Dass die Weisheitszähne noch nicht durchgebrochen waren, sagte nicht sehr viel über das Alter aus. Manche Menschen bekamen diese Zähne nie, theoretisch wären sie aber ab dem vierzehnten Lebensjahr nachweisbar. Das Feuer hatte natürlich viele Spuren zerstört, aber Bastian war positiv gestimmt, zumindest das Alter noch herausfinden zu können. Von der Ausbildung des Beckenknochens schloss er auf einen Mann, hinzu kamen deutliche andere Verletzungen, die an den Hautresten des verbrannten Körpers zu erkennen waren.

Wenn Elian nun aber nicht das Opfer war, bedeutete dies im

Umkehrschluss etwas ebenfalls Beunruhigendes. Der noch immer unbekannte Täter hatte ihn in seiner Gewalt. Sarah und Fred beeilten sich zu ihrem Dienstwagen zu kommen und steuerten die Rechtsmedizin an, um vor Ort mit dem Arzt zu sprechen. Während Sarah fuhr, scrollte ihr Kollege gedankenverloren an seinem Smartphone herum. Mit einem Mal wurden seine Augen groß und er keuchte vor Überraschung auf.

»Shit, das wird den Bossen aber so gar nicht gefallen!«, rief er.

»Was ist denn nun schon wieder passiert?«

Er hielt das Handy zu Sarah, als ob sie nun die Zeit hätte die Nachrichten in Ruhe zu lesen. Ihr Blick verriet Fred, dass er nicht genau nachgedacht hatte.

»Wir sind auf allen Titelseiten. Bilder von dem Friedhof im Moor, man schreibt von einem Zusammenhang zwischen der Entführung von Amelia Brock, diesen Morden im Moor und natürlich auch an Maximilian Albrecht. Dann schließen die Reporter noch aus dem Leichenfund in deiner Wohnung, dass du direkt involviert bist und sie fragen sich, warum du den Fall noch leitest. Die haben sogar Informationen über das ausgebrannte Auto von Elian und rätseln, ob er nun der Tote darin ist.«

Sarah ballte wütend eine Faust und schlug auf das Lenkrad ein. »So eine verdammte Scheiße! Wie kommen die immer an solche Infos? Ich erschlage das Leck höchstpersönlich!« Ihr Gesicht war rot vor Zorn.

Wann auch immer man keine Öffentlichkeit gebrauchen konnte, verdiente sich ein Kollege oder wer auch immer etwas dazu und informierte die Journalisten. Die rochen natürlich eine gute Story und in vielen Fällen schmückten sie diese eben auch aus.

Diese Pressearbeit würde dem Staatsanwalt Handler in die Hände spielen. Fred war nun auch persönlich in den Fall involviert und Sarah wusste, was dies zu bedeuten hatte. Schon sehr bald würde man ihnen den Fall entziehen. Sie mussten nun so schnell wie nur möglich herausfinden, mit wem sie es hier zu tun hatten. Der Kerl konnte ja kein verdammter Geist sein. In diesen Jahren des Mordens musste er ja mal einen Fehler gemacht haben. Immer noch wartete sie auf einige Antworten aus der Schweiz. Sie hatte immer mehr das ungute Gefühl, der Killer hatte etwas mit den drei Morden dort zu tun. Vielleicht war er ja dort schlampig gewesen.

Der Wagen schoss nun über die Straßen von Wien, eine rote Ampel hatte sie nur im allerletzten Moment wahrgenommen und konnte das Auto nur mit einer Vollbremsung zum Stehen bringen. Fred sah sie vorwurfsvoll an, aber Sarah winkte nur genervt. Wenigstens waren sie schon ganz in der Nähe der Rechtsmedizin. Bastian Wehring beeindruckte sie mit seinem Arbeitspensum immer mehr. Er musste die Nacht durchgearbeitet haben. Selbst sie hatte sich irgendwann auf dem Boden ihres Büros zusammengerollt und einen kurzen und sehr unruhigen Schlaf gehabt.

***

Abteilungsleiter und Chefinspektor Simon Baumeister hatte das Medienecho auch schon mitbekommen und fluchte leise vor sich her. Der Staatsanwalt Handler hatte sich schon angekündigt, ob der Innenminister auch auftauchen würde, war ihm aber unklar. Eigentlich hatte er schon mit seiner Anwesenheit gerechnet. Schon seit dem gestrigen Abend war er im ständigen Kontakt mit dem Einsatzleiter der Spezialeinheit Cobra. Sie planten fast die ganze Nach hindurch die Lösegeldübergabe. Falls der Minister das Geld nicht persönlich bringen wollte, so würde wieder einmal sein Lakai vorgeschickt werden. Als Vorgesetzter hatte er es nur sehr ungerne, wenn betriebsfremde Menschen in seinem Revier mitmischten. Dazu zählte er schon den Staatsanwalt, auch wenn er ein notwendiges Übel war. Doch die neue Entwicklung würde ihm wieder einiges an Munition geben. Damit war nicht nur die Medienberichterstattung gemeint. Sein an sich sehr talentierter Ermittler Fred Heberstreit war nun auch emotional in diesen Fall involviert. Viel zu sehr für seinen Geschmack. Er hatte aus seinem Büro sehr wohl den Aufbruch von Sarah und ihrem Partner mitbekommen, wollte ihnen aber die Gelegenheit zur Nachforschung geben. Solange er keine offizielle Anweisung bekam, würde er einen Teufel tun und seine zwei besten Ermittler von diesem Fall abziehen. Dumm war er nicht. Sarah Spielmann mochte vielleicht nicht jedermanns Fall sein, aber wenn sie einmal Blut geleckt hatte, wurde man sie nur schwer wieder los. Sie machte sich mit ihrer Art selten viele Freunde, aber ihm waren Erfolge wichtiger als Animositäten in der Belegschaft. Ihre Ausbildung in den Staaten mochte vielleicht hier nicht offiziell gelten, doch sie brachte dieses Wissen mit. Auch in ihrer Ausbildung zur Polizistin und später Kriminalbeamtin hatte sie sich immer hervorgetan. Was noch untertrieben war. Regelmäßig brachte sie ihre Ausbilder mit Fragen zur Verzweiflung, wollte einfach alles genauer wissen. Im Nahkampf oder der Schießausbildung gehörte sie mit Abstand zu den Besten und zu ihrem Gesamtpaket als Verbrechensbekämpferin gehörte ein fast untrügliches Bauchgefühl. Wie eine psychologisch derartig gut geschulte Frau wie sie so schlecht mit ihren Mitmenschen umgehen konnte, war ihm ein Rätsel. Seit ihrer Therapie hatte sich Sarah aber auch ihm gegenüber gebessert. Sein Stolz stand ihm jedoch nie im Weg. Was zählte, waren die Erfolge. Diese konnte ihnen niemand nehmen, denn sogar der Innenminister kam höchstpersönlich zu ihnen, wenn der wichtigste Mensch in seinem Leben verschwunden war. Die Meinung, dass es sich bei dieser Übergabe nur um einen Trick handelte, teilte er mit Sarah. Allerdings gingen ihnen langsam die Optionen aus, man musste es wenigstens versuchen. Wieder ein Grund, Sarah und Fred nicht auch noch hineinzuziehen. Er würde es heute gemeinsam mit der Spezialeinheit meistern. Da waren sich zur Abwechslung alle einig. Auch wenn es ein offener Platz war, so hatten sie ihn gut im Überblick. Scharfschützen würden auf die jeweiligen

Ausgänge des Parks zielen, für den Fall der Flucht. Innerhalb des Parks waren an diesem Tag sicherlich mehr verdeckte Ermittler als Touristen. Wer auch immer sich diesem Koffer mit dem Geld näherte, würde in wenigen Sekunden überwältigt sein.

***

Von diesen ganzen Planungen bekamen Sarah und Fred nichts mit. Sie befanden sich mittlerweile in der Gesellschaft von Doktor Wehring. Als sie den Sezierraum betraten, drang ihnen der Geruch von verbranntem Fleisch in die Nase. Freds Gesichtsfarbe wechselte zu einem Weiß, so dass Sarah sich die ersten Minuten ständig bereithielt, ihren Partner aufzufangen, falls er bewusstlos werden würde. Die Bilder der letzten Nacht ließen ihn verständlicherweise nicht los und die Tatsache, dass sein Freund seitdem spurlos verschwunden war, brachte ihn an seine Grenzen. Selbst das Handy war nicht mehr zu lokalisieren, ein Versuch, den Fred natürlich höchstpersönlich unternommen hatte. Viele Leute meinten, es sei besser mit nüchternem Magen zu einer Leichenbeschau zu gehen, doch wenn Sarah jetzt ihren Kollegen betrachtete, war sie sich da nicht mehr so sicher.

In der Tür stehend, wartete der junge Arzt schon auf die beiden Polizisten, während er hastig ein Sandwich verschlang. Begleitet mit dem gewöhnungsbedürftigen Geruch war dies ein relativ skurriles Bild. Fred würgte einige Male trocken, schaffte es aber, sich nicht zu übergeben. Bastian Wehring beobachtete ihn mit einem amüsierten Blick, wurde aber gleich darauf wieder ernst.

»Liebe Kollegen, schön euch hier begrüßen zu dürfen. Sarah, ich nehme an, Fred weiß schon Bescheid über die guten Nachrichten«, begann er.

»Natürlich, natürlich. Ich habe ihm alles erzählt.«

»Ausgezeichnet. Also der Bursche hier am Tisch würde dies natürlich ganz anders sehen. Schön war sein Abgang nicht, möchte ich mal sagen. Übrigens habe ich auch bei den Moorleichen ein paar interessante Dinge gefunden.«

Sarah nickte nur. Sie konnte auf dem Körper vor ihr nur einen geöffneten Bauch erkennen, den Rest hatte das Feuer verbrannt. Schlagartig beschloss sie, nie wieder auf eine Grillfeier zu gehen. Leichte Übelkeit kroch in ihr hoch. Ohne Hektik ging sie zu einer Dose, die auf einer Art Schreibtisch im Sezierraum stand. In der Dose war ein Balsam, der sehr stark nach Eukalyptus roch. Eine gute Hilfe bei derartigen Aromen in der Luft. Sogleich ging es ihr besser und sie konnte sich wieder auf den eigentlichen Fall konzentrieren.

»Wenn dann alle bereit sind, könnte ich anfangen …«, meinte Bastian.

Fred holte sich eilig ebenfalls den Balsam und strich ihn sich unter die Nase. Da er aber zu viel erwischt hatte, begannen seine Augen zu tränen.

»Ja, dieses Zeug hat es in sich. Aber so schlimm ist es eigentlich gar nicht mehr. Sarah, durch deine psychologische Ausbildung kannst du diesen Overkill sicher besser erklären. Der junge Mann hier wurde regelrecht abgeschlachtet.«

»Jung? Kennst du sein Alter schon?«, wollte sie wissen.

»Noch nicht, das wird dauern. Doch schon weil die Weisheitszähne noch nicht durchgebrochen sind, gehe ich von einem jungen Mann, Mitte Zwanzig aus. Keine Gewährleistung bitte.«

»Okay, was war genau die Todesursache?« Fred hatte wieder etwas Farbe im Gesicht.

»Nun, den Schnitt vom unteren Ende des Sternums bis zum Bauchnabel kann man ganz klar sehen. Die Wundränder können auch durch die Hitze eingerissen sein, aber ich vermute einfach mal, der Killer hat unserem Opfer die Därme rausgerissen. Danach ist er mit dem Messer zu seinem Herz und hat es ihm entfernt. Aber nicht gleich danach.«

»Sondern?«

»Es gibt zahlreiche Stichwunden, im Gesicht und auch im

Oberkörper. Dabei hat der Bursche sicher noch gelebt. Später hat man ihm die Kehle durchgeschnitten. Es ist schwer, einen genauen Ablauf nachzuweisen. Das Feuer hat viele Spuren zerstört und ich muss dazu einige komplizierte Untersuchungen anstellen. Wie dem auch sei, hier haben wir den einzigen Mann auf der Opferliste. Es waren in meinen Augen viele Emotionen beteiligt. Mit solchem Zorn ersticht man bei dieser Entwicklung nicht einfach einen anderen Menschen.«

»Was meinst du mit der Entwicklung?«, fragte Fred nach.

»Die ersten Moorleichen, fünf an der Zahl, hatten andere Wunden an ihren Hälsen. Es waren wilde Schnitte, sehr hektisch durchgeführt. Die Klinge hat damals bei ihrem ersten Schnitt die Schlagadern durchtrennt, aber es wurde teilweise viermal nachgesetzt.«

»Er hat sich also entwickelt. Etwas, was praktisch immer vorkommt. Serienkiller erfinden sich immer wieder neu, bis sie ihre bevorzugte Methode gefunden haben. Danach bleiben sie eigentlich immer bei dieser«, führte Sarah aus.

»Bisher hat der Killer seine Opfer immer mit einem sauberen Stich getötet. Sie sind schnell verblutet und konnten sich nicht wehren. Keine Schreie, keine Aufmerksamkeit«, meinte Fred.

»Genau das Gegenteil von einem brennenden Auto, einem Mann und sehr schmerzhaften Stichen in die Augen oder den Körper, inklusive Entfernung der Gedärme«, schloss Bastian.

»Er ist also ausgerastet«, folgerte Sarah. Dabei sprach sie mehr zu sich selbst.

Der Arzt nickte zustimmend, Fred schien aber mit seinen Gedanken ganz woanders zu sein. Sie konnte ihn nur zu gut verstehen. Es gab einen Grund, weshalb er sich die Mühe machte, ihn zu entführen und einen anderen Menschen zu ermorden.

»Er hasst also Schwule? Richtig, Sarah?«, ganz so abwesend war Fred offensichtlich doch nicht. Mit glasigem Blick betrachtete er seine Partnerin. Bitterkeit schwang in seiner Stimme.

»Ich fürchte ja. Aber wir werden Elian finden. Keine Ahnung

warum, aber der Mistkerl hat deinen Freund nicht ohne Grund entführt. Vertrau mir.«

»Dabei weiß ich ja noch nicht einmal wo ich suchen muss. Im Moor? Einem Haus? Wir haben nichts, er spielt mit uns und wir sind wie kleine Versuchsratten, die durch ein Labyrinth laufen. Leider wartet am Ende aber nur Tod, Leid und Schmerz auf uns«, seine Stimme zitterte und Sarah bemerkte, wie sich Tränen in seinen Augen sammelten.

Fred stürmte zum Ausgang, noch bevor Sarah etwas erwidern konnte. Doktor Ende kam dazu.

»Seine Reaktion ist verständlich. Sarah, Sie müssen jetzt mit den Gedanken ganz frei von Wut und Zorn bleiben. Wir haben hier im Akkord gearbeitet und so viele Spuren wie nur möglich sichergestellt. Es gibt einen Grund, warum alles hier so persönlich auf Sie und Fred zugeschnitten ist. Das hat sich erst entwickelt. Sie wissen es ganz genau«, erklärte der Arzt in ruhigem Tonfall.

Sie konnte nur noch nicken, aber drehte sich dann wieder zu Fred um und lief ihm hinterher. Wortlos blieben die beiden Ärzte zurück.

***

Elian hatte mittlerweile jegliches Zeitgefühl verloren. Seine Sinne befassten sich mich den unterschiedlichsten Nuancen von Schmerzen. Die Schlinge um seinen Hals schnitt ihm immer wieder die Haut auf, doch langsam war dieser Reiz sogar eine große Hilfe für ihn. Denn das eigentliche Problem waren seine Muskeln. Natürlich hatte er keine Ahnung, wie lange ein Mensch mehr oder weniger still stehen konnte. Sein Bewegungsradius war extrem eingeschränkt, doch er wollte ihn auch nicht austesten. Eine zweite Chance gab es für ihn nicht, würde der Hocker, oder worauf er auch immer stand, umkippen, dann wäre es sein Ende. Anfangs hatte Elian noch begonnen zu zählen.

Nicht etwa, weil er dann eine genaue Uhrzeit ableiten konnte, sondern um in etwa zu wissen, wie lange er hier schon stand. Er und das Mädchen, das mit ihm in diesem Raum war, befanden sich in den Händen eines Serienkillers. Aber noch waren sie beide am Leben. Und Fred konnte sie finden. Dafür wollte er ihm genügend Zeit verschaffen. Unter keinen Umständen würde er diesem Bastard die Freude machen und die Kraft verlieren, um dann erhängt zu werden. Wieso er dieses perfide Spiel mit ihnen spielte, mochte nur dieses kranke Gehirn alleine wissen, aber er würde sich nicht einfach so geschlagen geben. Sie weinte immer wieder, dann sprach sie von ihrem Vater und ihrem Glauben an die baldige Rettung. Elian wusste von der Verletzung an ihrer Hand, denn Fred hatte es ihm ebenfalls erzählt. Das Mädchen klagte immer wieder darüber, dass es furchtbar heiß war. Dabei war der Raum fast so kalt wie ein Keller und es roch auch genauso. Vielleicht hatte sie eine Infektion erlitten, ihr Körper fieberte? Was wollte der Mörder nur damit bezwecken? Seine Gedanken wurden danach immer wieder von heftigen Schmerzen unterbrochen. Sie schossen durch seinen Rücken und seine Waden, als hätte ihm jemand ein glühendes Eisen in die Muskeln gebohrt. Schweiß stand auf seiner Stirn.

Er biss fest auf seinen Knebel und stöhnte gequält auf. Sein Stand wurde immer wieder mal bedenklich unsicher. Noch waren es aber keine Krämpfe, die sich nicht wieder lösten. Elian wusste jedoch, dass mit jeder Stunde die Chance größer wurde einen derartigen Krampf zu erleiden. Immerhin bezweifelte er stark, Wasser oder Nahrung zu bekommen. Sein Entführer hatte ihn hier aufgestellt, um diesem Kind noch mehr Angst zu machen, den Tod vor Augen zu führen. Daher würde er sich vermutlich auch keine Mühe machen, seinen Delinquenten mit Nahrung zu versorgen. Seine Gedanken rotierten wie im Kreis um Fred, Sarah, aber auch um das Schicksal des armen Mädchens. Natürlich kam ihm auch immer wieder seine nicht allzu rosige Zukunft in den Sinn. Die Muskeln in seinem Rücken verkrampften sich immer wieder sehr schmerzhaft, mehr als nur einmal stöhnte Elian unter Schmerzen auf. Sein Stand wurde unsicher, der Stuhl unter seinen Füßen wackelte daraufhin bedrohlich. Kalter Schweiß überzog seinen Körper. Immer wieder stieg eine furchtbare Panik in ihm auf, er wollte nicht sterben. Eigentlich wollte er nur noch nach Hause, zu Fred und mit ihm auf ihrem Sofa einen Film sehen, oder bloß so daliegen. Immer wieder kam in ihm der Gedanke hoch, dass sein Freund es nicht schaffen würde. Nicht rechtzeitig. Er würde an diesem gottlosen Ort einfach die Kraft verlieren und in dieses Stahlseil fallen. Sein Herz begann wieder zu rasen, Angst ergriff ihn. Nur mit viel Mühe konnte er die Gedanken in einen hinteren Teil seines Gehirns sperren. Panik war so ziemlich das Letzte, was er hier gebrauchen konnte. Seine Aufgabe war es, den Schmerzen zu trotzen und so lange wie nur möglich am Leben zu bleiben. Fred war ein begnadeter Analyst, Sarah hingegen hatte den richtigen Riecher und würde jeder noch so kleinen Spur wie ein Bluthund folgen. Sie beide waren die beste, aber auch einzige Chance auf ein Überleben.

***

Christoph war das seltsame Verhalten von Sarah zwar aufgefallen, doch er hatte mit ihrer Art zu leben gelernt. Es gab einfach Phasen, da war sie auf Distanz oder sehr unleidlich. In diesen Momenten war es dann besser, einfach seiner Arbeit nachzugehen und abzuwarten. Natürlich nahm sie dieser Fall auch besonders stark mit. Ein Einbruch in ihre Wohnung war schon schlimm genug gewesen, dass der kranke Mistkerl ihr aber eine Leiche ins Bett gelegt hatte, war mit Sicherheit zu viel für sie. Auf schnelle Veränderungen in ihrem Privatleben konnte sich Sarah nicht besonders gut einstellen. Es wurde natürlich auch nicht besser, dass in seiner Wohnung auch diverse Insekten lebten und Sarah kurzfristig bei ihm eingezogen war. Sobald er eine gute Betreuung für die Tiere gefunden hatte, würde er sie abgeben. Ihm war es wichtiger, den nächsten Schritt in ihrer Beziehung zu machen. Hinzu kam auch die Tatsache, dass die neue Sicherheitstüre eingebaut worden war. Somit konnte Sarah eigentlich wieder zurück in ihre Wohnung gehen. Genau das wollte Christoph aber verhindern. Sie würden niemals ein normales Paar sein, dessen war er sich bewusst, aber man konnte ja so normal wie möglich zusammenleben. Vielleicht sogar Kinder zusammen haben? Noch vor einigen Monaten hätte Sarah es für unmöglich gehalten, mit ihm in einer Wohnung zu leben, doch durch den aktuellen Umstand hatte sie es auch geschafft. Die Zukunft konnte eigentlich nur noch besser werden.

Da sie ihm von der Ermittlung im Moor erzählt hatte, beschloss Christoph seine Forschung an der Universität fortzusetzen. Er wollte nicht in eine Suche der Polizei geraten, die dort eingesetzten Hunde konnten wirklich sehr unfreundlich werden. Außerdem würde er Sarah in eine Zwickmühle bringen. Aus diesem Grund hatte er sein Auto stehen gelassen und war mit dem Fahrrad auf dem Weg zur Arbeit. Mit seinen neuen Kopfhörern blendete er den Verkehr ein wenig aus. Musik untermalte seinen Weg. Im Nachhinein kann man natürlich nicht wissen, ob Christoph ohne Musik der schwarze Geländewagen hinter ihm aufgefallen wäre. Den aufheulenden Motor hätte er aber vermutlich doch gehört.

***

Sarah und Fred hatten ihr Gespräch mit den beiden Rechtsmedizinern beendet. Nicht ganz freundlich und doch sehr abrupt, aber im Grunde wusste Sarah schon, in welche Richtung sie ermitteln musste. Die Stichwunden in den Opfern hatten sich erst bei den Toten in der Schweiz verändert. Davor waren es Schnitttechniken. Aber es war derselbe Täter, dessen war sie sich inzwischen ganz sicher. Sarah hatte erst vor wenigen Minuten eine

E-Mail aus der Schweiz erhalten. Darin waren Informationen über die Morde in der Region. Manchmal klappte die Zusammenarbeit ganz gut. Sie hatte aber bewusst den offiziellen Weg ausgeschlagen. Sonst hätte sie eine Anfrage stellen müssen, die erst nach Wochen bearbeitet worden wäre. Zusätzlich hätte man Brock informiert. Doch das Letzte, was Sarah wollte, war eine Involvierung des Innenministers.

Die Leichen aus der Schweiz wiesen ebenfalls die Wunde am Hals auf, ihre Organe waren entfernt worden. Was Sarah aber auch interessant fand: es wurde von einem schwarzen Geländewagen gesprochen. Verschiedene Zeugen hätten ein solches Fahrzeug gesehen. Leider hatte sich aber niemand das Kennzeichen eingeprägt. Ihr Handy läutete.

»Ja?«, antwortete Sarah.

»Simon hier. Kommt auf die Wache. Hier hat sich einiges getan. Die Sache mit dem Lösegeld war mit Sicherheit eine Finte. Wie du es gesagt hast.«

Ihr Boss klang gehetzt. Noch bevor Sarah etwas erwidern konnte, hatte er das Gespräch beendet. Sie hatten ganz die Zeit vergessen, die Übergabe war schon erfolgt und es gab wohl nicht sonderlich erfreuliche Ergebnisse. Zusammen mit Fred steuerte sie die Landeskriminalpolizei Abteilung Ost an. Dort würde sie nun damit beginnen, die Falle für den Serienmörder auszulegen. Fred war viel zu traumatisiert, als dass er eine große Hilfe gewesen wäre. Mit einem Schnellschuss würde er die ganze Sache noch vermasseln. Da sie sich entschlossen hatte, das Blaulicht zu aktivieren, kamen sie schnell zurück zum Büro. Dort wuselten eine Unzahl an Personen herum und redeten aufgeregt durcheinander. Sarah suchte ihren Boss Simon Baumeister, fand aber leider nur einen altbekannten Staatsanwalt, der sie ausdruckslos musterte.

»Ihr Chef sitzt in Ihrem Büro und verhört den Kerl, den wir heute gefasst hatten. Er war schnurstracks zum deponierten Geld marschiert und hat die Tasche auch ohne zu zögern geöffnet. Der Zugriff war eigentlich ein Erfolg, aber der Typ zieht es vor zu schweigen. Nur ganz am Anfang hat er was von einer Homepage und geocachen gefaselt.«

Sarah nickte nur als Antwort und sah durch die halb geöffnete Türe. Der Mann saß in der Mitte des Raumes auf einem ihrer Bürostühle, konnte sich aber sonst an nichts anlehnen. Ein Trick, denn damit konnte man einerseits ein unangenehmes Klima erschaffen, andererseits aber auch die Körpersprache eines Verdächtigen besser einschätzen. Hatte man dahingehend Erfahrung und auch Schulungen erhalten, konnte man so schneller auf Lügenkonstrukte schließen. Menschen konnten körperliche Reaktionen nur selten verbergen. Schon gar nicht alle auf einmal. Wenn man also wusste, worauf man achten musste, konnte man viele Unwahrheiten ausschließen. Ihr Boss achtete aber in diesem Moment gar nicht auf den Verdächtigen. Er füllte eine Reihe von Formularen aus. Eine weitere Methode der Verhörtaktik. Man gab der Person Zeit. In der Regel wollten Verdächtige ihre Version der Geschichte erzählen. So oder so. Manche wollten die Tat unbedingt zugeben, um ihr Gewissen zu erleichtern, andere konnten es gar nicht erwarten, ein spannendes Märchen zu ersinnen. Wenn man diese Personen warten ließ, wurden sie nur noch nervöser. Wenn man aber sehr nervös war, machte man Fehler. Verschiedene Versionen einer Geschichte passten dann plötzlich nicht mehr zusammen, somit kam man einer Lüge auf die Schliche. Sarah war immer sehr aufbrausend, versuchte eher früh, Druck auszuüben. Eine Variante, die sie in den Staaten gelernt hatte. Peter hatte immer wieder erwähnt, wie wichtig es war, dass ein Verdächtiger sich verstanden fühlte und gerne mit dem Ermittler redete. Wichtig war ein gewisses Vertrauensverhältnis, aber auch eine etwas angespannte Situation. Damit er sich verhaspelte. Nach einigen Jahren hatte Sarah auch die Vorteile dieser Methode zu schätzen gelernt. Früher oder später brach jede Lüge wie ein Kartenhaus zusammen. Oftmals wollten die Täter und Täterinnen aber ihr Gewissen erleichtern.

Anwälte wurden dann nur hinzugeholt, um eine möglichst geringe Strafe rauszuschlagen. Was dann aber nicht mehr in Sarahs Zuständigkeitsbereich fiel.

»Wenn er aber glaubhaft sagen kann, dass er diese Informationen von einer Geocache Homepage hat, wieso haben Sie ihn dann mitgenommen?«, wollte Fred wissen.

Handler zog die Augenbraue hoch. »Ach, Sie kennen sich mit dem Thema aus?«

»Ein wenig, Elian hat es mal eine Zeit lang gemacht«, murmelte Fred und verzog das Gesicht.

»Also bei der Leibesdurchsuchung hat man Rauschgift gefunden. Sofort ist ein Team zu der Wohnung des Mannes gefahren und siehe da, eine Cannabisplantage!«, sagte der Anwalt triumphierend.

Agent Zufall war in der Tat ein wichtiger Verbündeter der Polizei. Was gar nicht so schlimm war. Ähnlich verhielt es sich auch mit der Suche nach Verdächtigen. Diese führten nur zufällig noch ein Gespräch mit ihrem Handy, wodurch man sie im Nachhinein in der Nähe des Tatorts lokalisieren konnte. Es gab auch Geschichten, wo ein Mordverdächtiger wegen eines unbezahlten Strafzettels angehalten und festgenommen wurde. Auch wenn es immer etwas seltsam war, der Zufall war ein treuer Freund der Ermittler, selbst wenn diverse Anwälte oder Medien es anders darstellen wollten. In den Zeitungen ging es ohnehin nur um die Auflage und die verkaufte sich mit unfähigen Polizisten nun mal besser. Mit ein Grund, warum Sarah aktuell wieder die Titelseiten schmückte. Das erwartete Donnerwetter war aber bisher ausgeblieben. Eine Tatsache, die Sarah misstrauisch werden ließ. Der großkotzige Staatsanwalt hatte schon bei geringeren Problemen versucht ihr das Leben schwer zu machen. Nun wirkte er irgendwie abwesend.

»Jaja, dieser Zufall. Ich glaube ihm die Version mit dieser Homepage. Das Verhör ist eigentlich mehr auf den Drogenfund bezogen. Aber eigentlich ist es nicht mehr Ihr Problem.«

»Wie meinen Sie das?«, wollte Sarah wissen.

Jetzt zeichnete sich ein Anflug eines grimmigen Lächelns auf seinem Gesicht ab. Am liebsten hätte es ihm Sarah gleich aus dem Gesicht gewischt.

»Also Ihr Kollege, er ist ja wohl doch emotional nicht mehr in der Lage objektiv an diesem Fall zu arbeiten. Bei Ihnen dürfte es auch schwierig werden. Nach Ihren Unterlagen wurde doch ein schwarzer Geländewagen bei dem Verschwinden der einen Nutte gesichtet?«

»Wieso zum Teufel lesen Sie meine Unterlagen?«, fuhr Sarah ihn an, aber gleichzeitig behielt sie ihre neuen Informationen für sich.

Das Lächeln wurde breiter. »Auftrag Ihres Chefs. Ein solcher Wagen hat heute Ihren Freund Christoph überfahren. Er liegt im Unfallkrankenhaus. Sie wollen sicher schnell zu ihm. Haben keinen Kopf mehr für diesen Fall.«

»Was genau ist daran witzig, Sie Arschloch?« Christoph im Krankenhaus? Sie musste so schnell wie nur möglich zu ihm.

»Genau aus diesem Grund sind Sie vom Fall abgezogen. Da kann Ihnen nicht mal Ihr neuer Freund der Innenminister Brock helfen. Oder sein Kleiderschrank von Chauffeur.«

Sarah holte tief Luft und musste sich dazu zwingen, dem Staatsanwalt nicht die Antwort zu geben, die er verdient hatte. Die hätte ihre Karriere mit Sicherheit beendet.

»Wir reden noch!«, war das Einzige, was sie hervorbrachte.

Sie drehte sich um und rannte zu ihrem Dienstwagen. Fred wollte etwas zu ihr sagen, aber Sarah beachtete ihn gar nicht. Jetzt galt es nach ihrem Freund zu sehen. Auch wenn die Erde an seinen Schuhen aus einem Moor stammte, so konnte es unzählige Gründe dafür geben. Sich im Moor herumzutreiben war vielleicht nicht ungefährlich, aber verboten war es nicht. Wenn sie jemals Verstehen konnte, wie es Fred gehen musste, dann jetzt. Sie wollte nur noch zu Christoph. Das Unfallkrankenhaus war gar nicht so weit weg von ihrer Abteilung und auch diesmal entschied sich Sarah für das Blaulicht. Sollte Handler dies bemerken, würde es dafür sicher ein Disziplinarverfahren geben. Man durfte nicht einfach nach Belieben mit diesem Licht durch die Stadt fahren. Da gab es strenge Auflagen. In Österreich wollte sogar schon ein Politiker ein Blaulicht für sein Auto. Diesem Ansuchen wurde natürlich nicht stattgegeben. Es war also kein Kavaliersdelikt, doch darum kümmerte sie sich gerade herzlich wenig.

Die Falle wird gestellt

Mit sich selbst war er zu diesem Zeitpunkt sehr zufrieden. Bald schon würde alles so sein, wie er es wollte. Die beiden Ermittler waren nur Spielfiguren, er konnte sie nach Belieben steuern. Was er auch tat. Dazu musste man auch manchmal in aller Öffentlichkeit zuschlagen. Den Insektenforscher niederzumähen war ein Spaß gewesen. Sein armes Auto hatte natürlich kleinere Schäden davongetragen, doch die würde er einfach in einer Werkstatt ausbessern lassen, und für den richtigen Preis würden sie dort keine Fragen stellen. Dummerweise hatte er nicht stehen bleiben können, um sich zu versichern, ob der Typ auch wirklich tot war. Aber spätestens jetzt würden die beiden Cops nicht mehr mitmischen dürfen und in ihrer Wut, ihrem Zorn ganz schön dumme Entscheidungen treffen. Oder für diese sehr empfänglich sein. Er kannte verschiedene Verhörtaktiken. Seine Zeit als Elitesoldat hatte ihm da wirklich perfekt in die Hände gespielt. Nicht nur, dass er sich dort herrlich hatte ausleben können, er hatte seine Fähigkeiten auch noch verbessern dürfen. Dort wo man ihn und seine Einheit eingesetzt hatte, wurden keine Fragen nach dem Wie gestellt. Doch selbst in dieser Einheit waren ihm manche seiner Kameraden dann aus dem Weg gegangen. Es bedeutete ihm nur herzlich wenig. In dieser Zeit lernte er den Geschmack von Menschen zu schätzen. Die Einheimischen waren nicht mehr als Vieh für ihn und im Schutze der Nacht kam er sie holen. Wie ein leibhaftiger Alptraum. Darum musste es auch so schnell gehen. Wenn er ihre Kehlen aufschnitt, konnte er wenigstens in ihren Augen sehen, wie das Leben aus ihren Körpern wich. Diese Gefühle waren jedes Mal unbeschreiblich intensiv. Er war aber klug genug, um zu wissen, dass niemand dies nachvollziehen konnte. Seine Kameraden hatten auch Spaß an ihrer Macht und dem Töten, doch in keinem Moment so sehr wie er. Wichtig war nur ein Sieg, eine erfolgreiche Mission und Angst in der Bevölkerung. Nur mit Angst konnte man Menschen wirklich kontrollieren. Half man einzelnen Individuen auch noch, so richtig hassen zu können, dann machten sie die dümmsten Dinge. Angst und Zorn waren wirklich sehr praktische Waffen. Man konnte sie so leicht erschaffen, wenn man keine Hemmungen hatte, die dafür notwendigen Dinge zu tun. Zum Glück hatte er dahingehend niemals Probleme gehabt. Sollte er jemals so etwas wie ein Gewissen in sich getragen haben, so hatten dies seine Mutter und ihr Freund ihm ausgetrieben. Er hatte in mühevoller Kleinarbeit alles in die richtige Richtung gelenkt. Nun musste er nur noch ein wenig mehr an den kleinen Rädchen des Schicksals drehen und schon bald würde man den Ripper von Wien für immer und ewig kennen. Warum nicht eine Legende werden? Er hatte es sich verdient, denn kein anderer Mensch konnte ihm das Wasser reichen.

Kurz hatte er den Drang, die Kamera in seinem Gefängnis zu aktivieren. Nur um zu sehen wie es seinen beiden Gästen ging. Der Schwule war zäher als er gedacht hatte. Eigentlich hatte er schon lange gehofft, ihn nur noch vor der Kleinen hängen zu sehen. Musste man als eine gewisse Art der Leistung respektieren. Lebend würde er aber nicht aus dieser Sache kommen, so viel war klar. Eigentlich konnte er sich mit diesem Kerl auch seinen Spaß erlauben.

***

Im Krankenhaus angekommen musste Sarah erst mal eine gefühlte Ewigkeit warten, bis sich ein Arzt herabließ, um mir ihr zu sprechen. Einzig der Umstand, dass sie sich als Polizistin vorgestellt hatte, verhinderte einen Zornausbruch von ihr. Wenn man sich als Beamte ausgegeben hatte, so konnte man sich nicht einfach danebenbenehmen. In Wahrheit machten hier auch alle nur ihren Job. Der Arzt selbst war sehr jung und wirkte sympathisch. Zu bemerken war seine Größe. Wäre er nicht Arzt geworden, dann vermutlich sicher Basketballspieler. Bestimmt über zwei Meter groß aber von einer schlaksigen Figur. Auch wenn er nicht sonderlich alt erschien, hatte er den Großteil seiner Haarpracht schon eingebüßt und den Rest sehr kurz geschoren. Seine Stimme war tief und sehr beruhigend. Solche Gespräche hatte er schon Dutzende Male geführt. Sarah konnte die abgeklärte Art sofort durchschauen. Trotzdem war sie ihm nicht böse. Er vermittelte einem sofort Vertrauen und Aufrichtigkeit. Seine Schuld war es auch nicht, was den Zustand ihres Freundes betraf.

»Frau Spielmann, ihr Freund Herr Kauff hat heute einen wirklich schlimmen Unfall erlitten und es grenzt an ein Wunder, dass er überlebt hat. Ein Arzt im Ruhestand, der gerade mit seinem Hund spazieren war, hatte glücklicherweise die Rettungskette in Gang gesetzt und perfekte Erste Hilfe geleistet«, eröffnete er das Gespräch. Dabei blickte er Sarah tief in die Augen. Sie hatten sich zur Begrüßung die Hände gereicht, der Mediziner hielt ihre rechte Hand mit beiden Händen umschlossen.

»Was bedeutet das? Wird er durchkommen? Oder wird er …«, sie stockte.

Automatisch kamen die Bilder von jener Nacht in ihr hoch. Ihr Vater und ihre Mutter. Tot, weil ein Autofahrer sie von der Straße gedrängt hatte. Praktisch im gleichen Moment konnte sie den verbrannten Gummi riechen und meinte den metallischen Geschmack von Blut in ihrem Mund zu schmecken. Ihr Gesicht hatte alle Farbe verloren und sie begann zu zittern.

»Wollen Sie sich lieber setzen?«, meinte der Arzt und stellte sich etwas zur Seite. Er schien bereit zu sein, sie aufzufangen, falls ihr Kreislauf endgültig aufgab.

»Es … es geht schon … Was ist mit ihm?«, stockte sie und rang nach Atem.

»Er lebt. Es ist zwar wie gesagt ein Wunder, aber er lebt. Von dem Aufprall hat ihr Freund mehrere Brüche davongetragen. Leider wurde auch seine Wirbelsäule schwer verletzt.«

»Heißt das etwa …«

»Also es ist zu früh, um sich festzulegen. Aktuell schläft er, doch sobald es Herrn Kauff besser geht, werden wir weitere Tests vornehmen. Leider sollten wir aber bedenken, dass er vielleicht eine Lähmung davontragen wird.«

Sie zog die Hand aus denen des Arztes und schlug unvermittelt mit ihrer Faust an die Wand. Sarah zitterte vor Zorn.

»Dieser miese Wichser.«

»Was meinen Sie?« Der Arzt war verwirrt.

»Nicht so wichtig. Wann kann ich zu Christoph?«, würgte sie die Frage ab.

»Nun, er braucht jetzt Ruhe. Aktuell wird er gar nicht bemerken, wenn Sie bei ihm sind. Füllen Sie bitte dieses Formular aus und wir rufen an, sobald er wach wird. Haben Sie auch die Daten seiner Eltern?«

»Ich kümmere mich darum. Bitte rufen Sie an, ich komme dann sofort.«

Sarah nahm ein Klemmbrett mit einem Stift entgegen und begann es auszufüllen. Bei vielen Fragen wusste sie plötzlich, wie wenig beide eigentlich teilten. Sie kannte weder seine Blutgruppe noch seine Sozialversicherungsnummer. Darauf aufmerksam geworden, fühlte sie sich schlecht. Wieso gab sie sich eigentlich so wenig Mühe für diese Beziehung, während Christoph praktisch jeden Tag um sie kämpfte und ihre Launen ertrug. Sie nahm sich vor, eine bessere Freundin zu sein und ihm durch diese schwere Zeit zu helfen.

Wieder läutete ihr Telefon. Es war Fred.

»Was gibt es?« Sie bemühte sich gar nicht erst freundlich zu klingen.

»Ich wollte nur wissen wie es um Christoph steht.«

»Er lebt, was im Moment einem Sieg gleichkommt. Sonst was?«

»Ja, also hör mir zu. Ich konnte Elians Handy lokalisieren. Eine Ortschaft Namens Idolsberg. Ist ein wenig weiter weg vom Moorgebiet, aber immer noch in der Nähe. So weit weg haben wir natürlich nie gesucht. Das Haus selbst stand schon ewig leer. Es war mal der Mittelpunkt eines Mordes. Ich fahre jetzt mit den Kollegen der Cobra los.«

»Hör mir zu. Mal abgesehen davon, dass wir vom Fall abgezogen wurden …«

»Der dämliche Arsch von Handler kann mich mal. Elian ist in Gefahr, ich werde den Teufel tun und hier nur herumsitzen!«, unterbrach Fred sie genervt.

»Schon klar, hör mir zu. Das ist eine Falle. Der Killer hat bisher keine Fehler gemacht. Doch jetzt plötzlich so eine Information?«, redete Sarah auf ihren Partner ein.

»Lass es gut sein. Was würdest du tun? Dein Freund ist vielleicht verletzt, aber er ist jetzt in Sicherheit.«

»Bitte Fred, du musst mir vertrauen. Der Geländewagen, die Tatwaffe, das ist alles kein Zufall. Zu dem Zeitpunkt der Morde in der Schweiz gab es auch ein Treffen der europäischen Innenminister. Die Entführung von Amelia ist ebenfalls kein Zufall. Ich kann noch nicht alles beweisen, aber du musst auf mich hören.«

»Ich melde mich.«

Damit war das Gespräch beendet. Sarah stand ein wenig unbeholfen im Gang des Krankenhauses. Fred hatte ihr keinen Moment zugehört. Sie würde jetzt ihrem Instinkt folgen. Hoffentlich würde dies nicht in einem Chaos enden.

Wieder klingelte ihr Handy. Sie kannte die Nummer nicht.

»Ja?«

»Hier ist Roux. Der Minister hat mir Ihr Nummer gegeben. Isch denke, ich 'abe 'ier im Moor etwas gefunde.«

»Dann sollten Sie bitte in meiner Abteilung anrufen. Wieso melden Sie sich nur bei mir?«

»Keine Zeit. Sie müssen kommen. Isch schicke die Adress.«

Wieder wurde die Verbindung unterbrochen. Kurz darauf bekam sie eine SMS mit der Adresse. Moorbadstraße 4.

Von ihrer Ermittlung her kannte sie diese Adresse. Es war ein Naturpark in Schrems.

Nach kurzem Zögern schnaubte sie und machte sich auf den Weg zu Roux.

Diesmal gab es einen guten Grund, um das Blaulicht zu aktivieren. Sarah jagte den Wagen über die Autobahn nach Niederösterreich. Wenn man außerhalb der Stadtgrenze arbeitete, dann gehörte es sich einfach den Kollegen dort Bescheid zu geben. Durch die neuen Entwicklungen würde sie ohnehin weder auf Fred noch auf Simon Baumeister zählen können. Schnell wählte sie eine Nummer, kam aber gleich in die Mobilbox. Kurz sprach sie etwas auf das Band und legte wieder auf. Nun war sie bis auf Weiteres auf sich alleine gestellt. Eine Sache wusste Sarah aber, wenn sie sich verschätzte, würden heute einige unschuldige Menschen ihr Leben verlieren. Außerdem musste sie die Rachegedanken für Christoph zurückdrängen. Die hatten hier nichts verloren und würden sie eher dazu bringen, Fehler zu machen.

Nach weniger als zwei Stunden lenkte sie ihren Wagen zu der beschilderten Abzweigung auf den Kundenparkplatz des Naturparks. Roux stand an einem schmalen Trampelpfand und schien sie schon bemerkt zu haben. Seine Schuhe waren völlig verdreckt, auch seine elegante Bekleidung hatte er gegen Outdoorsachen eingetauscht. Sarah fuhr ganz nah an ihn heran, doch schon beim ersten Blick auf seine Miene konnte sie keine Regung erkennen. Wie immer musterte der Hüne sie ausdruckslos und begrüßte sie knapp.

»Wo ist denn Ihr Wagen?«, fragte Sarah neugierig.

»Nischt 'ier.«

»Was haben Sie gefunden? Wo müssen wir hin?«

»Ein weiter Weg. Ge'eimer Stützpunkt des Militär. Isch konnte Spuren finden.«

Sarah nickte und beeilte sich damit, dem Mann zu folgen. Er hatte ihre Antwort gar nicht erst abgewartet, sondern war gleich aufgebrochen. Ihr Weg führte sie ins Unterholz, abseits der gesicherten Wege des Naturparks. Ein militärischer Stützpunkt in dieser Gegend war ihr neu. Allerdings gab es immer wieder abgesperrte Areale in Niederösterreich und eben diese wurden gerne vom Bundesheer verwendet. Roux hatte einen raschen Schritt und Sarah konnte ihm nur mühevoll folgen. Immer wieder klebte das nasse Erdreich des Moores an ihren Schuhen und erschwerten ihr das Gehen. Trotzdem drangen sie relativ rasch tief in den Wald hinein.

Sarah schätzte, sie waren schon beinahe eine Stunde unterwegs, als das dichte Unterholz aufbrach und sie sich bei einer kleinen Lichtung befanden. Rechts von ihr war ein kleiner Tümpel, auf der linken Seite führte ein schmaler Pfad in nördliche Richtung wieder in den Wald hinein. Die junge Ermittlerin beschloss, dass es jetzt der beste Zeitpunkt war, um die Karten auf den Tisch zu legen. Der Chauffeur des Innenministers war zehn Schritte vor ihr und schlug gerade den Weg nach Norden ein. Sie zückte ihre Dienstwaffe, eine Glock 17 und visierte ihn an.

Das Geräusch einer aus dem Halfter gezogenen Waffe ließ Roux erstarren.

»Jetzt werden wir uns mal ausführlich unterhalten. Danach zeigen Sie mir, wo die beiden sind. Roux. Oder soll ich lieber Mathis Mertens sagen?«, begann Sarah.

Langsam drehte sich der Mann zu Sarah um, sein Gesicht spiegelte weder Überraschung noch Angst wider. Er zog eine Augenbraue hoch. »Wie meinen Sie denn das?«, fragte er und plötzlich sprach er in perfektem Hochdeutsch.

»Wir sollten die dummen Spiele lassen. Sie wollten ja unbedingt, dass ich mich an den Fall hänge. Beleidigen Sie also nicht meine Intelligenz. Ich weiß genau wer Sie sind.«

Zumindest wusste sie ungefähr, wer dieser Mertens war. Die Sache mit der belgischen Aussprache der Zahl Siebzig hatte Sarah keine Ruhe gelassen. Doch bei der Nachforschung zu der Vergangenheit von Roux fielen ihr Lücken auf. Also eigentlich war er plötzlich aus dem Nichts aufgetaucht. Die Mitarbeiter der Fremdenlegion waren nicht sonderlich hilfreich, also suchte sie nach jungen Männern in Belgien, deren Spuren plötzlich endeten. Dabei wurde sie auf Mathis aufmerksam. Eine Kindheit voller Gewalt und auch eine Jugendhaftstrafe. Und das spurlose Verschwinden von zwei Mädchen.

»Ach, denken Sie das? Da bin ich aber sehr gespannt. Wie soll es nun weitergehen?«

»Nach allem, was passiert ist, würde ich mal sagen, bei einer falschen Bewegung Ihres kleinen Fingers werde ich schießen.«

»Starke Worte. Soll ich etwa Angst haben? Sie haben keine Ahnung, was ich schon alles erlebt habe. Dann sollten wir auch einmal alle Risiken abwägen. Angenommen ich bin dieser Schurke, den alle Welt sucht. Wäre es dann nicht sehr dumm mich zu töten? Bevor man weiß wo die Geiseln sind?«

»Warum denn Mehrzahl? Bisher wissen wir mit Sicherheit nur von Amelia Brock«, gab Sarah zurück.

»Erwischt!« Er lachte auf. »Bleiben wir aber bei Roux. Mathis existiert nicht mehr. Jetzt legen Sie Ihre Waffe auf den Boden und ergeben sich. Sonst findet ihr die Leichen von der Schwuchtel und der kleinen Schlampe in zweihundert Jahren. Mit viel Glück«, seine Stimme war eisig geworden. Mit den dunklen Augen fixierte er Sarah.

»Wir finden sie.«

»Tatsächlich? Seit wann genau wird denn von Hunden, Hubschraubern und Menschen gesucht? Die Leichen habt ihr auch nur gefunden, weil ich es so wollte.«

Sarah wurde langsam unsicher. Ganz unrecht hatte Roux nicht. Obwohl hunderte Menschen unermüdlich suchten, wurde die Zeit bald knapp. Falls Roux dann auch nicht mehr zu den

Gefangenen kommen würde, konnte er sie auch nicht mit Lebensmitteln versorgen. Das Problem war die Größe und die Beschaffenheit des Geländes. Jeder noch so kleine Tümpel musste von Tauchern überprüft werden, jeder Stein umgedreht werden. Zögerlich senkte Sarah die Waffe.

»Braves Mädchen. Wir werden noch viel Spaß zusammen haben. Den kleinen Teich zu Ihrer Rechten sehen Sie ja. Wären Sie so freundlich und werfen Sie Ihr Handy dort hinein?«

Sarah legte ihre Waffe auf den Boden und warf ihr Handy ins Wasser. Aktuell sah sie keine andere Möglichkeit. Sie musste abwarten, was wohl als nächstes passieren würde.

»Das haben Sie fein gemacht. Gar nicht so eine Zicke, wie überall gemunkelt wird. Hier, in dieser Wasserflasche ist etwas, was Sie sehr schläfrig machen wird. Trinken Sie ein wenig.«

Damit warf er Sarah eine kleine Wasserflasche hin. Locker fing sie diese mit ihrer rechten Hand auf und blickte sie zögerlich an. Es konnte genauso gut ein starkes Gift enthalten. Wer trinkt auch freiwillig von diesem Mann etwas? Sie schluckte schwer, starrte die kleine PET-Flasche an, als enthielte sie pure Säure, und das erste Mal an diesem Tag erfasste sie die nackte Angst. Vielleicht warf er sie sofort in den kleinen Teich und sie würde ertrinken, noch bevor Amelia und Elian gerettet werden konnten. Ihre hypnotische Trance dauerte in der Realität nur wenige Augenblicke. Doch lange genug, damit Roux die paar Meter mit der erstaunlichen Geschwindigkeit einer Raubkatze zu ihr überwinden konnte. Seine Faust krachte hart auf ihre Schläfe. Noch bevor Sarah einen starken Schmerz empfinden konnte, raubte ihr der gezielte Schlag auch schon das Bewusstsein. Wie ein nasser Sack fiel sie in sich zusammen, doch der Fahrer des Innenministers fing sie noch rechtzeitig auf und warf sie über seine Schulter. Danach hob er ihre Waffe auf und steckte sie sich in den Hosenbund. Fröhlich pfeifend machte er sich auf den Weg in nördliche Richtung, immer den kleinen Pfad entlang.

Idolsberg

Ein Großaufgebot von Polizei, Spezialeinheit und selbst des Bundesheeres waren in halsbrecherischer Geschwindigkeit auf dem Weg zu einer kleinen Ortschaft im Waldviertel. Das Signal des Handys von Elian Dubois konnte nach wie vor geortet werden und hatte sich auch nicht vom Fleck gerührt. Dank des Internets konnte man sogar die genaue Adresse über die virtuelle Landkarte ausfindig machen. Einige Recherchen brachten ein pikantes Detail zu Tage: Das leer stehende Wohnhaus war vor vielen Jahren in einen spektakulären Mordfall verwickelt gewesen. Diese Dinge waren aber dem Staatsanwalt Handler ziemlich egal. Es war seit Wochen die erste echte Spur zu diesem Serienmörder. Die Medien machten sich seit geraumer Zeit über Handler und seine Arbeit lustig. Wenn man wenigstens deutlicher aufzeigen würde, mit welchen Dilettanten er sich herumschlagen musste. Die Zeit der Frau Spielmann war jedoch im Begriff abzulaufen. Sollte er nun die entscheidende Festnahme verantworten, dabei noch ein paar gute Fotos für die Presse herausschlagen, dann hätte er mit Sicherheit freie Hand bei der Aufstellung einer neuen Abteilung Ost. Er hatte auch stets einen guten Draht zu einigen Journalisten gehalten. Sofort hatte er ihnen diese brandheiße neue Entwicklung weitergegeben, so konnte auch die Presse rechtzeitig bei dem Zugriff anwesend sein. Das Schicksal spielte ihm gelungen in die Hände. Entgegen seiner deutlichen Anweisung war auch dieser Fred Heberstreit mit einem Fahrzeug mitgefahren. Da er kein Unmensch war und um dessen Lebensgefährten wusste, ließ er ihn walten. Mit eine der ersten

Handlungen nach der Festnahme und Beendigung dieses Alptraums, würde aber die Entlassung des einzig schwulen Ermittlers sein. Zwei Fliegen mit einer Klappe geschlagen, konnte man meinen. Natürlich war er selbst ein moderner Mann, doch wirklich wohl fühlte er sich doch nicht mit dieser ganzen Regenbogen-Sache. Mann und Frau sollten einfach noch immer ein Paar bilden, aber Heberstreit deswegen feuern wäre das Ende seiner eigenen Karriere gewesen. Spielmann selbst hätte niemals in die Abteilung kommen dürfen. Da hatte dieser Horvath seine Finger im Spiel gehabt, aber jetzt war die Gelegenheit gekommen, um diese Fehler auszubessern. Mit dieser Ermittlungsarbeit und einer medienwirksamen Verurteilung zu lebenslanger Haft würde er bei seinem politisch sehr erfolgreichen Freund aus Studienzeiten die besten Karten für ein Amt in der Politik haben. Große Karrieren mussten generalstabsmäßig geplant werden, pflegte sein Vater immer wieder zu sagen. Also hatte er dies auch gemacht, bis zum heutigen Tag. Ein wahnsinniger Serienmörder war natürlich nicht planbar, noch weniger die Entführung der Tochter des Innenministers. Da war ihm Fortuna hold gewesen, doch galt es jetzt die Fäden nicht mehr aus der Hand zu geben.

Den Männern der Spezialeinheit Cobra hatte er mit aller Deutlichkeit klargemacht, dass sie diesen irren Killer unbedingt lebendig fassen mussten. Ein Prozess würde ihm einfach noch mehr Prestige bringen, als es ein tödlicher Showdown in einem kleinen Dorf schaffen würde.

Auch wenn das Zielobjekt mehr als einhundert Kilometer von Wien entfernt lag, so kamen die Einsatzkräfte denkbar gut voran. Kaum Verkehr auf der Autobahn und die wenigen zivilen Autofahrer wichen artig auf die rechte Spur aus. Heute würde ein guter Tag werden, dachte Handler zufrieden. Vielleicht könnte er diesen Brock als Innenminister gleich mal ablösen. Der würde mit seiner Tochter sicher viel zu tun haben.

Schon bald hatten sie das Haus erreicht. Es lag in einer Kurve der Bundesstraße und dahinter war ein riesiger Wald gelegen.

Man konnte erkennen, dass schon lange niemand mehr in diesem Haus wohnte und sich darum kümmerte. Das Dach und auch die Fenster hatten schon bessere Zeiten gesehen, auch wenn sie noch intakt waren. In beide Fahrtrichtungen wurde die Straße großräumig abgesperrt und mehrere bewaffnete Trupps mit Helmen und schusssicheren Westen näherten sich vorsichtig dem Gebäude. Der Einsatzleiter bevorzugte einen schnellen Zugriff, so könne man die Geisel eher lebend aus der Situation befreien. Hierfür eigneten sich die speziell ausgebildeten Zugriffshunde. Mit ihnen war nicht gut Kirschen essen, Handler machte vorsichtshalber auch einen großen Bogen um sie. Diese Tiere wurden zuerst in eine Wohnung oder ein Haus geschickt, zielstrebig und furchtlos warfen sie sich dann auf den bewaffneten Geiselnehmer und zerrten ihn zu Boden. Damit verhinderte man eine Schussabgabe, während man die Eingangstüre einschlug und stürmte. Einer der Hunde sollte durch ein Seitenfenster geworfen werden, wenige Sekunden später sollte dann die Türe des Hauses mit einer schweren Ramme eingeschlagen werden. Der Plan war simpel, doch darum ging es auch. Zu komplizierte Vorgehensweisen neigten dazu, schnell zu eskalieren.

Eine gespenstische Stille hatte sich um den Einsatzort gelegt, man konnte die Spannung, die in der Luft lag, förmlich greifen. Die Gruppen näherten sich langsam und sehr leise von allen Seiten dem Gebäude. Die MP5s der Polizisten der Cobra waren entsichert und zeigten auf das Haus. Als sie etwa drei Meter von dem Fenster und der Eingangstüre entfernt waren, zerriss ein einzelner Schuss die Scheibe des Fensters an der Seite des Hauses. Er war offensichtlich nur halbherzig gezielt, denn die Kugel schlug irgendwo im Wald ein und stellte keine Gefährdung dar. Handler duckte sich trotzdem hinter seinem Wagen und hob nach einem kurzen Moment des Wartens vorsichtig seinen Kopf. Wieder eine unheimliche Stille, dieser einzige Schuss war vermutlich nur als eine Art Warnung gedacht. Die Polizisten näherten sich wieder dem Haus, einen Schritt nach dem anderen setzend erwarteten sie einen neuerlichen Angriff. Dieser kam aber nicht, was Handler zwar vor ein Rätsel stellte, ihn aber auch nicht weiter kümmerte. Es war höchst selten, dass ein Staatsanwalt bei einem solchen Zugriff dabei war, nur diesmal war alles anders. Für ihn vor allem. Als die Gruppe mit dem Zugriffshund das mittlerweile zerbrochene Fenster erreicht hatte und die Polizisten mit der Ramme an der Tür in Position waren, gab der Einsatzleiter den Zugriffsbefehl. Der Hund wurde vom Hundeführer durch das Fenster geworfen. Diese Variante war schon tausendmal geübt worden, für den Hund selbst stellte es kein neues Terrain dar. Sofort machte sich der Hund auf die Suche nach einem Bewaffneten oder einer verängstigten Geisel. Auch wenn das Haus nicht sonderlich groß war, so gab es doch genügend Platz für ein Versteck. Von irgendeiner Position hatte der Geiselnehmer aber auch auf die Beamten geschossen, es gab für Handler keinen Zweifel daran, dass sich hier jemand verschanzt hatte.

Er deutete dem Beamten der Cobra an, endlich das Gebäude zu stürmen. Den Namen des Mannes kannte er gar nicht, dieser verzog keine Miene und gab ein kurzes Kommando in sein Funkgerät. Daraufhin kam die Ramme zum Einsatz. Mit einem geübten und wuchtigen Hieb krachte das aus Stahl bestehende Gerät auf die Türe. Der Elitepolizist, der es bediente, zeigte in seiner flüssigen Bewegung ganz klar, dass er diese Aktion nicht zum ersten Mal machte. Die schon lädiert wirkende Holztüre wurde durch die Wucht des Aufpralls regelrecht zerschmettert.

Kaum war das geschehen, explodierte das gesamte Haus. Die Druckwelle fegte auch den Staatsanwalt Handler von den Beinen. Schutt, Holzsplitter und Glas regneten auf ihn, die Fotografen und auch die Sanitäter nieder, welche man ebenfalls hierher beordert hatte. Wer nicht zu Boden geschleudert wurde, suchte Hals über Kopf irgendwo Deckung. Staub war aufgewirbelt worden und in Handlers Ohren hatte sich ein heftiges Klingeln eingestellt. Kurz wurde es ganz schwarz um ihn, doch schon nach wenigen Momenten breitete sich ein stechender Schmerz von seinem Rücken über den ganzen Körper aus. Er musste husten, dabei spuckte er Blut aus. Langsam rappelte er sich auf und durch das Klingeln in seinen Ohren drangen allmählich Schreie von Verletzten und hektische Anweisungen. Der Mann von der Spezialeinheit hatte seinen Schock schneller überwunden als alle anderen und beeilte sich, sofort Rettungskräfte und auch die Feuerwehr zu aktivieren. Jeder Beamte, der sich sammeln konnte, mehr oder weniger leicht verletzt war, rannte zu den Polizisten bei dem zerstörten Haus. Viele von ihnen waren bewusstlos, hatten tiefe Wunden, aus denen das Blut nur so strömte. Handler richtete sich mühsam auf und wankte durch diese apokalyptisch wirkende Szenerie. In diesem Moment war er unfähig die Situation genau zu erfassen. Er wusste nur, dass seine Träume gerade eben auch zerstört worden waren.

In seinen Fängen

Die ersten Gefühle, die Sarah verspürte, waren eine unangenehme Kälte sowie der starke Kopfschmerz. Sie war noch völlig benommen, dachte zuerst an eine Migräneattacke und dass sie sich deswegen hingelegt hatte. Nur sehr langsam konnte sie sich orientieren, bemerkte, dass sie mit den Händen nach hinten gebunden auf dem Boden saß und an etwas gelehnt war. Ihr Kopf schien zu explodieren. Da kamen aber auch schon die ersten Bilder in ihr hoch. Roux, seine Faust und wie sie auf ihren Kopf zuflog. Danach war Dunkelheit um sie gekommen wie ein schwarzer Vorhang. Allmählich begann ihr Gehirn wieder wie gewohnt zu arbeiten, sie wusste nun ganz genau, wer sie in seinen Fängen hatte. Was aber gleichzeitig bedeutete, dass Elian Dubois und Amelia Brock nicht weit sein konnten. Ihre durch den Faustschlag bedingte Benommenheit wurde mit einem Kübel eiskaltem Wasser fortgespült. Der Schwall traf sie völlig unvorbereitet und Sarah keuchte und prustete. Sie tat sich schwer damit, wieder normal zu atmen, so kalt war das Wasser.

»Guten Morgen, Dornröschen.«

Die Stimme von Roux. Das Licht wurde aufgedreht, denn anscheinend war sie bisher in völliger Dunkelheit in diesem Raum gewesen. Er stand mit einem leeren Eimer vor ihr und grinste spöttisch. Dann sah sie Elian, er war nur wenige Schritte rechts von ihr auf einem Hocker. Um seinen Hals war eine Schlinge. Sein Körper zitterte. Er musste hier schon bald zwei Tage stehen. Eigentlich war es ein Wunder, dass er es so lange durchgehalten hatte. An der Rückseite, auf einer kleinen Pritsche und mit einem Metallring um ihren Hals, kauerte die nackte Amelia. Sie war verängstigt und zitterte am ganzen Körper. Ihre Haut war bleich, kaum eine Stelle an ihr war ohne Verletzungen. Den schmutzigen, blutbefleckten Verband konnte Sarah bis hierher sehen. Nun schlugen auch die Gerüche auf sie ein. Es stank fürchterlich nach Urin, Krankheit und auch Kot. Sarah würgte. Nur mit viel Mühe konnte sie die Magensäure dort behalten, wo sie hingehörte.

»Ach, da ist sie doch so zart besaitet. Armes Ding. Keine Angst, es wird nicht mehr lange dauern und alles ist vorbei. Also zumindest für euch. Irgendwie sehe ich nämliche keine Retter, die mich jetzt noch aufhalten könnten.«

»Die kommen schon noch. Denken Sie wirklich, ich würde einfach so in die Falle laufen?«, erwiderte Sarah.

»Ich muss zugeben, als du kleine Bullenschlampe mit deiner Knarre herumgefuchtelt hast, war ich ein kleines bisschen beeindruckt. Was hat mich verraten?«

»Es sind viele kleine Puzzleteile, aber Hochmut gehört sicher dazu. Und dass du, wenn wir schon dabei sind uns besser kennenzulernen, ein kleiner kranker Psychowichser bist.«

Die Antwort war eine Ohrfeige mit seiner flachen Hand. Sarah musste Blut ausspucken.

»Wie witzig. Von dir werde ich auch zur Abwechslung mal die Zunge essen.«

»Wie gesagt, es waren viele Gründe, die mich stutzig gemacht haben. Die Kollegen in der Schweiz haben sich nur wirklich lange Zeit gelassen. Aber deine Tatwaffe habe ich dadurch auch gefunden.«

Die Erwähnung der Schweiz zeigte eindeutig Überraschung in Rouxs Gesicht.

»Wie kommst du denn darauf?«

»Drei tote Prostituierte, nach einem Ritual getötet und ausgeweidet. So wie du es machst. Nur war danach kein weiterer Vorfall. Ein Indiz, dass ein Täter weitergefahren ist. Den Rest hat

Google erledigt. Eine Tagung der europäischen Innenminister. Thema war die Flüchtlingskrise. Die Todesopfer fielen genau auf diesen Zeitraum. Im Allgemeinen ist es auch so, dass Mörder gerne bei den Ermittlungen dabei sind, weil sie sich besser und klüger fühlen. Ich habe nie verstanden, warum ein Fahrer plötzlich die Leichensuche koordiniert und dann diesen Lichtblitz hat, nur damit wir die Gräber finden. Militärische Experten hätten wir genug, doch wer, wenn nicht der gute alte Freund des Innenministers, könnte sich in diese Position bringen?«

Er nickte nur, ging auf und ab. Amelia realisierte langsam, wer ihr Peiniger war. Ihre Augen wurden groß und Tränen stiegen darin auf. »DU?«

»Ja, ich. Du kleine, undankbare Göre«, schnauzte er das Mädchen an.

»Warum? Wieso? Wo ist Papa? Warum machst du das?«, stammelte sie.

Seine Antwort war ein Tuch, aus welchem er einen Knebel machte. Anscheinend hatte er nicht mehr die Nerven für diese Art der Unterhaltung. Sarah erkannte, dass die Situation zu kippen drohte. Sie musste seine Aufmerksamkeit wieder auf sich selbst lenken, Zeit gewinnen.

»Aber natürlich war das noch nicht alles. *Septante* für siebzig, so sagt man in Belgien, stimmt's? Doch uns wurde erzählt, du wärst ein Franzose. Da wurde ich dann noch misstrauischer. Also wir haben einen Täter, der im frankophonen Teil der Schweiz locker und leicht drei Prostituierte ermorden kann, ohne dass jemanden ein Fremder auffällt. Dann haben wir noch dein tolles Messer. Wetten wir, es ist aus der Schweiz, ein gerader Dolch mit drei in sich eingedrehten Klingen? Angeblich eine Waffe des österreichischen Jagdkommandos. Doch man kann sie nicht einfach so bestellen. Ich habe es versucht, aber sie blieb beim Zoll hängen. Österreich ist da wesentlich strenger, wenn es um Waffen geht. Wen würde man aber generell niemals kontrollieren?«

Er drehte sich zu ihr um, runzelte die Stirn. Es schien für ihn doch nicht so auf der Hand zu liegen wie für sie.

»Einen Diplomaten natürlich. Darum auch immer der Dienstwagen. Dumm nur, wenn der Freund meines Partners perfekt Französisch spricht und daher den Unterschied sofort erkannte. Daher habe ich dann ein bisschen Recherche betrieben. Das machen wir dummen Cops nämlich, darin sind wir so richtig gut. Aufwühlen, graben, alle Leichen im Keller finden. Dann machen wir, besser gesagt ich, ein Profil.«

Sarah hatte wieder seine volle Aufmerksamkeit, nur langsam war sie sich gar nicht mehr so sicher, ob es auch gut war.

»Was du nicht sagst. Na, was hat denn die Meisterprofilerin herausgefunden?«

»Ich bin Kriminalistin. Meine Vorkenntnisse zählen hier nicht so viel wie man vielleicht glauben möchte. Das aber nur am Rande.«

»Wie schade.« Sein Spott war nicht zu überhören.

Die Ermittlerin überging die Bemerkung.

»Tja, also habe ich mal nachgeforscht und siehe da, dieser Roux kam aus dem Nichts. Also so wirklich. Er war auf einmal in Österreich und hatte einem Studenten das Leben gerettet. Doch keine Kindheit, nichts. Wofür spricht so eine Akte? Richtig, die Fremdenlegion. Die waren auch nicht sonderlich auskunftsfreudig. Aber ein Mensch wie du, der ist auch schon in der Kindheit auffällig geworden. Da musste ich nur noch mehr stöbern.«

»Was hat die Frau Kommissar denn alles gefunden?«

»Abgesehen von dem verprügelten Jungen, einer Jugendhaft, zwei verschwundenen Mädchen, eine war übrigens rothaarig, und vielen toten Katzen?«

Jetzt applaudierte ihr Roux.

»Dieser Mathis war echt ein kleiner Sadist. Die Mädchen wurden nie gefunden und man konnte Mathis leider auch nichts nachweisen. Die Attacke auf den Jungen, was war denn da los?«

»Du bist doch so klug, hast doch ein Profil von mir gemacht.

Sag schon, was war mit mir los? Dem kleinen Mathis besser gesagt.« Seine Stimme klang lauernd.

Sarah durfte den Bogen jetzt nicht überspannen, gleichzeitig musste sie ihn aber auch aus der Reserve locken. Ein gewagtes Spiel. Schon alleine durch seine Größe war er Sarah überlegen. Doch bei der Fremdenlegion hatte er mit Sicherheit einige Nahkampftechniken gelernt, das Töten an unschuldigen Opfern perfektioniert. Vermutlich war er bei diversen Aktionen im Einsatz gewesen, die niemals offiziell zugegeben wurden. Da konnte man seinen sadistischen Gedanken schon mal freien Lauf lassen. Hinzu kam der Zeitpunkt. Heute überprüfte die Legion ihre Kandidaten wesentlich intensiver, auch bei geheimen Einsätzen wird nicht mehr weggesehen. Viel zu stark war man im Fokus der Öffentlichkeit. Ein Tribunal in Den Haag konnte sich niemand leisten. Damals war es aber sicherlich ein wenig einfacher für ihn gewesen

Dazu kam die Tatsache, dass er ihre Waffe nach wie vor in der Hose hatte. Es wäre ihm ein Leichtes gewesen, alle hier zu erschießen. Nur seine Zwänge hinderten ihn daran. Die Morde mussten auf eine gewisse Art und Weise ausgeführt werden, doch Amelia hatte diesmal eine spezielle Rolle. Schon als sie auf das verschwundene Mädchen gestoßen war, war ihr das klargewesen. Er war noch ein Junge gewesen, besessen von einem Trieb, aber ohne großartige Kontrolle über sich selbst. Die Tat, der erste Mord, war ein prägendes Erlebnis für jeden Mörder. Wahrscheinlich war er zu schnell gewesen, also wollte er an Amelia diesen ersten Mord wieder erleben. Ihre eigene Rolle war ihr aber noch immer sehr unklar. Er hatte sich alle Mühe gegeben, sie nicht nur zu isolieren, sondern auch ihre Wurzeln zu verspotten. Er war ein Eindringling in ihrem privaten Bereich. Wieso hatte er sich dahingehend so viel Mühe gegeben? Bei Elian war sie sich da schon sicher.

»Um es auf den Punkt zu bringen, deine Kindheit und auch deine Jugend waren wohl ein einziges Trauerspiel. Viele Menschen tragen etwas Dunkles in sich, doch nur wenige geben diesen Stimmen nach. Da braucht es schon etwas sehr Traumatisches in der Kindheit. Dem Hass auf Homosexuelle nach zu schließen, würde ich auf sexuellen Missbrauch tippen. Ein Klassiker, wenn du so willst. Wenn auch nicht sehr schön. Viele sadistische Mörder haben Missbrauch erfahren und auch ein großes Problem mit ihrer Mutter gehabt. Ich gehe also von dem Vater oder Freund der Mutter aus. Mama hat zugesehen, oder vielleicht sogar aktiv an deinem Missbrauch teilgenommen. Na, wie mache ich mich so?« Es klang überheblich. Sarah hob trotzig ihr Kinn und starrte Roux in die Augen.

Der Mann baute sich vor ihr auf. Sie konnte die rasende Wut in seinen Augen sehen, er war kurz davor die Beherrschung zu verlieren. Sarah dachte nach.

»Was weißt du schon von Missbrauch? Damit mein lieber Stiefvater einen hochkriegen konnte, musste ich erst mal Hand anlegen. Danach musste ich zusehen, wie er es meiner Mutter besorgte. Jeden verdammten Tag. Weißt du eigentlich, was in dem Haus in Idolsberg los ist?«, fragte er Sarah und holte ein kleines Funkgerät raus. Digitalfunk, wie ihn die Polizei verwendete. Er drehte es auf und Sarah, aber auch Elian und Amelia, konnten wilde Befehle vernehmen, hektische Gesprächsfetzen. Es wurde von Verletzten und Toten berichtet. Eine Explosion. Elian wimmerte.

»Ui, die liebe Sarah Spielmann wird sich wohl wieder einmal einen neuen Partner suchen müssen. Ob noch jemand mit dir arbeiten will? Du scheinst niemanden viel Glück zu bringen. Zu deiner Analyse. Ja, heute rechne ich ab. Um ehrlich zu sein, könntest du eine Kopie meiner Mutter sein, eine Schwuchtel habe ich auch hier und meine liebe Amelia. Was soll ich da sagen. Es ist perfekt.«

»Man muss schon ein wirklich kranker Scheißkerl sein, wenn man ein Kind praktisch auf seinem Weg begleitet, ihr beisteht, wenn die Mutter stirb. Alles nur, um sie dann möglichst abartig zu töten. Die Vergangenheit wird auch nicht ungeschehen werden, wenn du Elian und mich abschlachtest. Lass aber wenigstens Amelia gehen«, forderte Sarah ihn auf.

»So wie ich das sehe, bist du nicht in der Position, um Forderungen zu stellen.«

»Dann sind da noch die verschwundenen Mädchen, ihre Eltern suchen noch immer nach ihnen. Ich habe es bei meiner Recherche herausgefunden. Sie könnten doch endlich Frieden finden, wenn sie nur wüssten, wo die Leichen sind«, setzte Sarah nach und ignorierte seinen Einwand.

»Leider ist das Leben weder fair noch nett. Zu mir war niemals jemand nett. Aber nun habe eine unvorstellbare Macht. Ihr werdet dieses Gefühl niemals nachvollziehen können. Ja, die kleine Schlampe habe ich aufgezogen. Der feine Herr Brock hatte ja wichtige Dinge zu erledigen und keine Zeit für sie. Die liebe Mama wurde vom Krebs dahingerafft, ach wie traurig. Wenn du nur wüsstest, was mit meiner Mutter passiert ist. Hahaha!« Seine Stimme wurde schriller.

Irgendwie wirkte es auf Sarah so, als wäre er mit seinen Gedanken ganz woanders. Langsam näherte er sich. Sie wusste, dass sie nur diese eine Chance hatte und würde auch nicht scheitern. Bis zu dieser Gelegenheit musste sie ihn aber noch ein wenig weiter provozieren.

»Ach wie schlimm, wir haben aber alle unsere Probleme. Sieh mich an, denn deine Hausaufgaben hast du schließlich gemacht. Ich bin keine verkorkste Killerin geworden. Mörder werden von mir eingebuchtet, du bist nicht der erste größenwahnsinnige Serienkiller. Mit dir werde ich auch noch fertig, keine Sorge. So clever, wie du dachtest, bist du nämlich nicht. Der größte Fehler war es, mich in diese Sache hineinzuziehen. Amelia wird ebenso leben wie Elian, du wirst lebenslang hinter schwedischen Gardinen versauern und ich kriege auch noch raus, wo du die Leichen dieser Kinder versteckt hast«, fauchte Sarah ihn an und spuckte ihm dabei ins Gesicht. Er war mit einem Satz bei ihr und packte sie fest am Hals. Mit roher Gewalt zog er Sarah hoch und drückte ihr die Kehle zu.

»Ich frage mich, wer von uns beiden verrückt ist. Hierherzukommen, in Handschellen so mit mir zu reden. Was soll denn das bringen?«, fragte er und lockerte seinen Griff etwas.

Sarah würgte, Tränen liefen ihr über die Wangen.

»Wir hätten sie niemals gefunden. Um ehrlich zu sein, wusste ich auch, warum du mich und Elian brauchst. Psychologie und so. Nur so konnte ich herkommen. Was meine Handschellen betrifft, die hab ich aufgekriegt.«

Damit zog Sarah ein Gürtelmesser, wie es umgangssprachlich genannt wurde, hervor und bohrte es Roux in die Leiste. Dieses Messer hatte sie sich ebenfalls bestellt, als sie die eigentliche Tatwaffe gesucht hatte. Solche Waffen kann man perfekt unter seinem Gürtel tragen, weshalb sie oftmals verboten waren. Doch mit einer Klingenlänge von unter neun Zentimetern war dieses Exemplar legal. In der Leistengegend verlief aber eine Hauptschlagader, welche nicht sonderlich tief lag. Für diesen Zweck reichte die Klingenlänge völlig aus. Ein anderer Trick war ein nachgebauter Schlüssel für die Handschellen. Peter hatte ihr dies gezeigt, weil man schließlich nie wissen konnte, ob man in einen Hinterhalt geriet. Den Schlüssel hatte sie in einer kleinen, extra angenähten Innentasche beim Saum ihrer Hose. Selbst bei gründlichem Abtasten war es die eine Stelle, die gerne übersehen wurde.

Roux keuchte vor Schmerz und Überraschung auf, taumelte nach hinten und presste sich die Hand auf seine Leiste. Blut quoll hervor, doch den nächsten Zug hatte Sarah zu spät erkannt. Zum Ausgang humpelnd, riss er den Stuhl unter Elians Füßen weg. Das Seil wurde sofort straff gezogen und Elian gab Würgelaute von sich. Sein Körper zuckte wie wild. Die Ermittlerin hatte gar keine andere Wahl. Sie stemmte sich mit ihrem Kopf zwischen seine Beine und wuchtete sein Gewicht auf ihre Schultern. Nun lockerte sich die tödliche Umklammerung der Schlinge um seinen Hals und Sarah konnte ihn gierig nach Luft schnappen hören. Der Killer war aber durch die Tür und hatte diese zugeschmissen. Jetzt saßen sie also wieder in der Falle, wobei das Leben des Mannes auf ihren Schultern von ihrer Kraft abhing. Elian war durch die Strapazen schon völlig kraftlos, er ließ sich schwer auf ihre Schultern fallen. Sarah ächzte unter dieser Last auf, ihre Kopfschmerzen kamen wieder hoch.

»Nur ruhig, Elian. Wir kommen hier raus. Amelia, dein Vater liebt dich sehr, er hat gewusst, warum er mich beauftragt hat. Wir kommen alle hier raus. Lebendig!«, versuchte sie ihren Mitgefangenen Mut zu machen. Von außen wurde das Licht abgedreht. Sie waren in absolute Dunkelheit gehüllt. Das junge Mädchen wimmerte auf, schluchzte hemmungslos vor sich hin. Sie war kurz davor durchzudrehen. Panik könnte ihren Kreislauf endgültig zusammenbrechen lassen.

Sie schickte ein Stoßgebet in den Himmel. Allzu lange würde sie diese Last nicht tragen können, doch sie hatte Gewissheit, dass Hilfe kommen würde. Denn sie hatte noch ein Ass im Ärmel. Einen kleinen GPS-Sender. Fred wusste davon, er würde sie ganz leicht finden. Dann konnte er ihr Verstärkung schicken. Nur wusste sie nicht, wann diese eintreffen würde.

In totaler Finsternis tat man sich oft schon nach sehr kurzer Zeit schwer, die Zeit einzuschätzen. Leicht angeschlagen und mit einem praktisch bewegungsunfähigen Mann auf den Schultern wurde es natürlich nicht leichter. Sarah biss tapfer die Zähne zusammen, ihre Beine zitterten immer heftiger, doch wirklich bedenklich waren die Schmerzen in ihrem Rücken. Die Muskeln begannen sich zu verkrampfen und taten furchtbar weh. Auch wenn es ihr wie eine Ewigkeit vorkam, so war vermutlich nicht einmal eine Stunde vergangen. Es konnte nicht mehr lange dauern, bis die ersehnte Hilfe endlich da war. Elian atmete schwer, was wenigstens ein Zeichen des Lebens war. Da machte sie sich schon weit mehr Sorgen um Amelia. Die Geisel war schon viel länger in der Gewalt von Roux, womöglich hatte er sie immer wieder gefoltert. Mit Essensentzug, wenig Wasser oder körperlicher Züchtigung. Ihr Wimmern war in den letzten Minuten immer leiser und kläglicher geworden. Ihr lief die Zeit davon, dachte sich Sarah. Der Schmerz in ihrem Rücken war nun über das erträgliche Maß hinausgestiegen. In ihren Gedanken machte sie sich Vorwürfe, diese Option nicht bedacht zu haben. Roux hatte nichts zu verlieren, wusste aber um ihre Sorge für Elian und Fred. Damit hatte sie ihn praktisch eingeladen. Er war verwundet und Sarah war sich sicher, dass er sich niemals ergeben würde. Er suchte den Tod. Wie sie es sich schon immer dachte, er würde sich nicht ergeben. In ein Gefängnis zu gehen war für diesen Psychopathen keine Option. Eine Legende konnte er nur im Tode werden, am besten, wenn er noch einige Polizisten mitnahm. Roux oder eben auch Mathis war noch immer im Besitz ihrer Waffe, doch mit der Wunde an seiner Leiste würde er nicht sehr weit kommen. Wo sollte er also hinlaufen? Auf freiem Feld gab er eine perfekte Zielscheibe für jeden Scharfschützen ab. Wenn ein Mensch schwer verwundet war, sich auf der Flucht befand, so benahm er sich oft wie ein wildes Tier. Suchte Schutz in einer vertrauten Umgebung, wo er Deckung finden konnte. Ihr Handy lag in einem kleinen Teich, ob sie hier allerdings Empfang gehabt hätte, stand auch in den Sternen. In ihren Gedanken bemerkte Sarah zunächst die Geräusche von draußen gar nicht. Es war Elian, der sie durch wildes Ruckeln auf ihren Schultern darauf aufmerksam machte. Das Licht erstrahlte plötzlich, es war so grell und tat in ihren Augen weh, als ob eine Million glühende Nadeln hineingebohrt worden wären. Sarah schrie vor Überraschung und Schmerz kurz auf, kam aus dem Gleichgewicht und wäre beinahe hingefallen. Elian senkte sich bedrohlich nach unten, die Schlinge war kurz davor sich wieder zu spannen. Wäre sie umgefallen, so hätte Elian diesmal einen weiten Weg nach unten gehabt. Die Wucht des Fangstoßes wäre dann sein Todesurteil gewesen. Beim Erhängen mit nur ein wenig Schwung brach man sich nämlich das Genick. Er wäre praktisch sofort tot gewesen. Aber Sarah fing sich rasch und stemmte sein Gewicht wieder nach oben. Irritiert blickte sie zur Türe. Diese wurde nun geöffnet.

Mit einer großen Erleichterung erkannte sie Fred und Natalie Hold. Sie hatte also ihre Nachricht verstanden, Fred wiederum richtig reagiert. Seine Angst und die Wut über den Verlust von Elian runtergeschluckt, dafür begonnen logisch zu denken. Er war gar nicht erst in eines der Autos gestiegen, um nach Idolsberg zu fahren. Stattdessen hatte er Natalie angerufen und ihr die Lage erklärt. Auch seine Warnungen nach einer möglichen Falle blieben unerhört, also schnappte er sich seinen Laptop und machte sich mit seinem privaten Wagen auf den Weg. In Heidenreichstein traf er sich mit Natalie, die sofort Rettung, Feuerwehr und Polizei aktivierte. Durch den Großeinsatz waren aber kaum Polizisten zur Verfügung gestanden. Ihr schenkte man ebenfalls keinen Glauben. Staatsanwalt Handler hatte ganze Arbeit geleistet, weil er sich selbst ein Denkmal erschaffen wollte. Somit bestand die Kavallerie erstmals nur aus Natalie und Fred selbst. Was aber besser war als gar nichts. Fred verschwendete keine Worte, half sofort dabei Elian von der Schlinge um seinen Hals zu befreien. Sarah sank in die Knie und ihr Partner zog seinen Freund von ihren Schultern. Sofort befreite er ihn von den Fesseln und seinem Knebel, wie auch der Augenbinde. Sie fielen sich in die Arme und beide schluchzten laut auf.

»Ich wusste, dass du mich retten wirst«, hauchte Elian. Tränen bahnten sich ihren Weg über sein Gesicht. Er ließ seinen Gefühlen freien Lauf. Immer wieder küsste er Fred.

»Natürlich, ich hätte niemals aufgegeben. Niemals. Ich liebe dich.«

Sie hielten sich im Arm und weinten beide. Mehr vor Freude als vor Kummer. Natalie war in der Zwischenzeit zu Amelia geeilt und versucht die Kette um deren Hals loszuwerden. Das schwere Vorhängeschloss stellte sie aber vor eine Herausforderung.

»Natalie, hier muss irgendwo Werkzeug sein, oder auch ein

Schlüssel. Gib mir deine Waffe. Ich muss hinter diesem Mistkerl her«, sagte Sarah und hielt ihre Hand auf.

Natalie zögerte kurz. »Er ist sicher schon über alle Berge. Hier im Moor werden wir ihn so schnell nicht finden. Auch wenn Sommer ist, die Sonne wird schon bald untergehen. So hast du keine Chance. Er kennt sich hier viel zu gut aus. Fred hat herausgefunden, dass es sich hierbei um einen verlassenen Bunker handelt. Das Land ist im Besitz der Familie Brock. Im Übrigen ebenso das Haus in Idolsberg.«

»Lass den Kerl mal meine Sorge sein. Mit der Wunde, die ich ihm verpasst habe, kommt er nicht weit.«

Etwas widerwillig gab Natalie Sarah die Waffe. »Du solltest wirklich auf die Verstärkung warten«, meinte Natalie.

Fred blickte sorgenvoll zu seiner Partnerin. Er wusste es besser. »Schnapp ihn dir«, sagte er.

Sarah antwortete nicht, sie drehte sich um und machte sich auf die Suche nach Roux.

Blutmoor

Eigentlich hätte es ihr sofort klar sein müssen. Der Weg, den er gewählt hatte, war von Bedeutung für ihn. Es kam Sarah doch erst jetzt in den Sinn. Eine grausige Ahnung hatte sie beschlichen, Roux würde dort auf sie warten. Dieser Ort war von Anfang an dafür auserkoren. Der kleine Teich war einfach wichtig für Roux. Warum auch immer war erst mal egal. Sie musste ihn nur wiederfinden. Bevor er sie überwältigt hatte, hatte Sarah einen schmalen Trampelpfad erkannt. Langsam aber sicher war die Sonne im Begriff ihren Platz am Himmel dem Mond abzutreten. Es würde ihr Vorhaben in diesem Wald nicht einfacher machen. Das Firmament war in ein blutrotes Licht getaucht. Als sie den Bunker verlassen hatte, hörte sie nur die Rufe von Vögeln und das Schwirren der Insekten. Das Gefängnis war dicht mit Moos überwuchert, sogar kleine Bäume hatten begonnen auf dem Verlies zu wachsen. Von der Luft aus hätten sie bis in alle Ewigkeit suchen können, ohne Amelia zu finden. Die Gräber hatte er mehr oder weniger der Öffentlichkeit präsentiert. Als Verhöhnung konnte man meinen. Hier war es ganz anders. Den kleinen Pfad musste man wirklich kennen, oder mit viel Glück finden. Ein weiterer Weg drang durch den Wald, vielleicht waren Fred und Natalie von dieser Seite gekommen. Für eine Flucht sehr praktisch. Sarah wusste aber, wonach sie suchen musste. Am Boden entdeckte sie schon nach kurzer Suche Blutstropfen. Es waren aber deutlich weniger, als sie gedacht hätte. Bei dieser Verletzung sollte ein normaler Mensch relativ schnell einen heftigen Blutverlust erleiden. Sie ging nochmals zurück, fand eine

Taschenlampe und machte sich daran, den Spuren im Moos zu folgen. Immer wieder sah sie frische Fußabdrücke, die fast riesig erschienen. Hier war Roux eindeutig entlanggekommen. Noch spendete die Sonne genug Licht, um die Blutstropfen im Moos auszumachen. Nur sporadisch aktivierte sie ihre Taschenlampe, doch Sarah wollte sich nicht zu früh verraten. Daher kam sie auch nur langsam voran. Jedes unglückliche Geräusch konnte Roux sagen, wo sie war, und er war noch immer im Besitz ihrer Waffe. Dieser Mann hatte nun nichts mehr zu verlieren, er war bereit zu sterben. Sarah wollte nicht von ihm mit in den Tod gerissen werden. Immer wieder drifteten ihre Gedanken zu Christoph ab. Jetzt meldete sich vor allem ihre Wut auf den Mann, der ihren Freund beinahe getötet und ihn vielleicht für den Rest seines Lebens in den Rollstuhl befördert hatte. Der jetzt noch von seiner schlimmen Kindheit jammerte. Natürlich wollte Sarah diesen Missbrauch nicht abtun. Nur wurde nicht einfach aus jedem Menschen mit schlimmer Vergangenheit ein Serienmörder. So schlimm dieses Trauma selbstverständlich auch sein musste. Vorsichtig folgte sie dem schmalen Pfad, achtete auf die Spuren und blickte immer wieder auch hinter sich, denn natürlich konnte Roux ihr auch eine Falle stellen. Immerhin hatte er in der Fremdenlegion gedient, war ein ausgebildeter und erfahrener Soldat. Wäre nicht die Wunde, die Sarah ihm zugefügt hatte, alle Trümpfe wären in seiner Hand gewesen. Hier im Moor wurde es langsam immer kälter. Eine dieser Eigenheiten des Waldviertels. Es mochte noch so ein heißer Sommertag sein, die Nächte konnten oft sehr kalt werden. Aber noch war es nicht so weit. Bedächtig setzte Sarah einen Fuß vor den anderen.

Der schmale, kleine Weg endete an der Lichtung, die Sarah nur zu gut kannte. Hier hatte er sie niedergeschlagen. Da war auch der kleine Teich. Das Ufer ragte etwas weiter hinein, an der Spitze war ein Fels. Hier wechselte der Wald von Nadelbäumen in Birken. Verbunden mit dem Rot der Sonne ergab sich eine sehr gespenstische Stimmung. An den kleinen Felsen gelehnt, erkannte sie Roux. Er atmete schwer, Sarah ging näher zu ihm und richtete die Waffe auf ihn. Sein Gesicht war kreidebleich, Schweiß perlte ihm von der Stirn. Auch wenn er sie schon längst bemerkt hatte, so starrte er weiter in den Teich.

»Roux, leg die Waffe runter. Ganz langsam. Hier muss niemand sterben«, sagte Sarah.

»Denkst du? Da bin ich anderer Meinung. Ohne mein Medikit der Armee wäre ich schon längst verblutet. Dieses Quikclot ist eine tolle Sache. Eine Schnur, die man sich in die Wunde schiebt. Ganz tief und fest alles rein. Es stillt die stärkste Blutung für Stunden. Gott tut das weh. Solche Schmerzen hatte ich noch nie«, antwortete er schwer.

»So muss das nicht enden. Es gibt immer noch Familien, die ihre Angehörigen suchen. Hilf uns ihnen Frieden zu verschaffen.«

Er hatte die Pistole in seiner rechten Hand. Sie war blutverschmiert, was wohl an seiner Wundversorgung lag. Seine Hand zitterte. Sarah war sich nicht sicher, ob dieser Mann noch in der Lage war, einen gezielten Schuss abzugeben. Darauf würde sie es aber auch nicht ankommen lassen. Alles, was er Elian und Christoph angetan hatte, aber auch Amelia, Maximilian und den vielen anderen Menschen, ließ Sarahs Zorn hochkochen. Sie musste sich beherrschen und einen klaren Kopf behalten.

»Frieden. Was ist das schon? Nur die Toten kennen den Frieden, denn sie müssen sich nicht mehr mit dem Schmerz dieser Welt quälen«, gab er zurück. »Dieser Ort, er ist fast so wie der kleine Bach an dem Haus meiner Kindheit. Ich habe Birken immer geliebt. Sie haben so etwas Magisches. Als würden jeden Moment Elfen und Feen auftauchen und einen retten. Aber sie sind nie gekommen. So sehr ich auch gebetet und geweint habe.«

»Mathis, es tut …«

»SAG. DIESEN. NAMEN. NIE. WIEDER!«, schrie er sie an. »Er ist schon lange gestorben. War zu schwach. Roux konnte die Kontrolle behalten. Roux hat ihn und Mutter hierhergelockt.

Beide kamen, aber nur weil ich ihnen versprochen hatte, hier würde ein Haus auf sie warten. Wo sie leben konnten. Nach all den Dingen, die sie mir angetan hatten.«

Sarah schluckte, nickte zaghaft und behielt seine Bewegungen genau im Auge. Roux hypnotisierte die Wasseroberfläche.

»Es war ganz leicht sie zu überwältigen. Er war gar nicht mehr so groß, wie in meiner Erinnerung. Viel kleiner und erbärmlicher. Du hättest ihre Augen sehen sollen. Die Angst in ihnen, die Gewissheit, dass heute alles zu Ende sein würde.«

Er deutete auf den Teich, Sarah dämmerte nun, warum dieses Gewässer so wichtig für ihn war.

»Dein Stiefvater und deine Mutter sind hier unten?«, wollte sie eigentlich nur seine Bestätigung.

»Oh ja, sie haben sich gewunden wie ein Wurm an einem Angelhaken. Ich band eine Eisenkette um ihre Beine und wickelte sie mit Stacheldraht ein. Weißt du, warum man das macht?«

Sarah wusste es. Wenn Wasserleichen sich nach einiger Zeit aufblähen, durch die Verwesungsgase im Körper, dann schneidet der Draht in das Fleisch. Es ist zu diesem Zeitpunkt wesentlich weicher und mit einer Wachsschicht überzogen. Dann kann das Gas aus dem Körper dringen und die Leichen bleiben am Grund des Flusses oder des Sees.

»Tja, da sind sie also noch heute. Schauen mich an, können es vermutlich immer noch nicht fassen. Es wird Zeit die Familie wieder zusammenzubringen. Findest du nicht?«

Zum ersten Mal sah sie diesen Mann lächeln. Aber nicht aus Häme oder Spott. Dann hob er die Pistole und zielte auf Sarah.

Ein Schuss zerriss die Stille des Moors. Vögel stoben auf und Tiere im Unterholz suchten die Flucht. Es war nur ein einzelner Schuss. Sarah stand da, mit beiden Händen an der Pistole und hatte Roux im Visier. Sie war schon immer eine gute Schützin gewesen, was aber aus der Distanz von knapp vier Metern nicht wirklich wichtig gewesen wäre. Der Hüne vor ihr hustete. Dabei spuckte er Blut und er hatte Mühe Luft zu holen. Die Waffe fiel aus seiner Hand. Der Stand war nun wackelig geworden, aber Roux schaffte es noch auf den Felsen. Dann griff seine Hand in die Wunde an der Leiste und zog etwas Langes, von Blut Getränktes aus ihr heraus. Sein Gesicht war vor Schmerzen verzogen, kaum war dieses blutstillende Ding aber aus ihm, floss es nur so aus der Wunde.

Er blickte noch einmal zu Sarah, sah ihr in die Augen. Dann drehte er sich zum Wasser und fiel wie ein Stein hinein. Sein Körper ging unter, Sarah eilte hin und suchte nach ihm. Doch Roux war nicht mehr zu sehen. Hinter ihr ertönten schnelle Schritte. Sie vernahm Rufe. Fred kam angelaufen, hinter ihm waren mehrere Polizisten. Sarah deutete ihm an, dass es ihr gut ging, und mit einem Nicken Richtung Wasser gab sie ihm zu verstehen, was mit dem Killer passiert war.

Nach nicht einmal einer halben Stunde war es schon im Begriff Nacht zu werden. Es wimmelte in dem Moor nur so von Polizisten, Spurensicherung, Tauchern der Feuerwehr und auch Sanitätern. Amelia und Elian mussten ein gutes Stück getragen werden, bis sie zu zwei warteten Rettungshubschraubern kamen. Fred durfte mit seinem Freund mitfliegen, Amelia wurde von ihrem Vater erwartet. Er fiel ihr um den Hals und in diesem Moment war er nicht mehr der als harter Hund verschriene Minister. Er war ein Vater, der vor Glück weinte, weil er seine Tochter lebendig wiedersah. Mehrere Hunde und Hundeführer des Bundesheeres erreichten in diesem Moment den Bereitstellungsplatz, die Gegend sollte noch nach weiteren Opfern abgesucht werden.

Über Funk konnte Sarah hören, dass man den Leichnam von Roux gefunden hatte. In seinen Taschen waren Steine entdeckt worden. Vielleicht war er deswegen so schnell untergegangen. Sarah wies die Taucher darauf hin, dass vermutlich noch zwei weitere Leichen in dem Gewässer ihr nasses Grab gefunden hatten. Ob es wirklich notwendig war, in der Nacht nach ihnen zu tauchen, überließ Sarah jetzt anderen. Sie wollte nur noch zu Christoph. Simon Baumeister landete in diesem Moment mit einem Polizeihubschrauber. Nach kurzer Rücksprache stieg Sarah ein und wurde zum Unfallkrankenhaus geflogen. Allerdings nur gegen das Versprechen, sich auch untersuchen zu lassen. Sie sparte sich die Frage nach dem desaströsen Einsatz einige Kilometer weiter. Schon früh genug würde sie alle Informationen erhalten, ob sie denn nun wollte oder nicht.

Der Flug verging rasch. Mit so einem Helikopter war man wirklich extrem schnell unterwegs, eine äußerst praktische Angelegenheit. Wenn diese Dinger nicht so teuer gewesen wären, hätte Sarah schon um einen Dienstheli angesucht. Da der Pilot mit dem Krankenhaus gesprochen hatte, wartete ein Arzt an der Landezone auf sie. Er führte sie zu Christoph in das Krankenzimmer. Er war zwar schon wieder bei Bewusstsein, aber er hatte schon bessere Zeiten erlebt. Sie musste sich beherrschen, um ihm nicht um den Hals zu fallen. Langsam näherte sie sich seinem Bett. Er lächelte sie an und grüßte sie mit brüchiger Stimme.

»Hallo schöne Frau. Um einmal Tränen bei dir zu sehen, musste ich mich nur überfahren lassen. Wenn ich das nur schon früher gewusst hätte«, flüsterte er heiser.

Sie musste lächeln, ihre Tränen hatte sie gar nicht bemerkt. »Idiot. Du lässt dich ja nie wieder anfahren. Ich habe mir wirklich Sorgen um dich gemacht.«

Sie gab ihm einen Kuss. Er erwiderte ihn und strich ihr durchs Haar.

»Das mit dem Radfahren wird in der Zukunft eher schwierig«, sagte er und deutete auf seine Beine.

Sarah nickte, der Arzt hatte ihr ja schon gesagt, wie es um seine Wirbelsäule stand.

»Also noch wissen wir es nicht sicher. Denk positiv, wehe du bewegst die Dinger da nicht bald, dann kriegst du es mit mir zu tun«, versuchte sich Sarah in Galgenhumor.

»Wirst du dann meine persönliche Physiotherapeutin?«, fragte er und schmunzelte.

»Das kannst du aber mal annehmen. Ich bin sehr streng. In einem halben Jahr laufen wir einen Marathon.« Sie wischte sich die Tränen aus den Augen. »Du solltest jetzt schlafen gehen. Ich komme dich morgen besuchen und bringe dir was zu lesen mit. Sonst wirst du noch ganz stumpfsinnig bei diesem Fernsehprogramm heutzutage«, sagte sie und deutete auf den Bildschirm an der Wand gegenüber. Dort liefen gerade ein paar nackte C-Promis auf und ab.

»Gute Idee«, gab er müde zurück.

Sie küssten sich noch einmal und als Sarah das Zimmer verließ, schlief Christoph schon wieder. Sarah beschloss die kleine Sache mit der Erde an seinen Schuhen und der Untersuchung für sich zu behalten. Es tat nichts mehr zur Sache und würde ihre Beziehung nur unnötig belasten. In der nächsten Zeit würde es schwer genug werden.

***

Einige Tage später waren Sarah, Fred und Simon Baumeister damit beschäftigt, den Fall abzuschließen. Der Anruf und die damit verbundene Falle waren durch Roux getätigt worden. Danach hatte er sich auf den Weg zum Moor gemacht und Sarah angerufen. Im Haus in Idolsberg befand sich eine Selbstschussanlage mit einer Lichtschranke. Er war technisch sehr begabt gewesen. Wenn diese Waffe abgefeuert wurde, begann eine Zeitschaltuhr zu laufen. Sie endete in dem Moment, als die Polizisten die Tür aufgeschlagen hatten. Eine große Ladung Semtex wurde zur Explosion gebracht und neun Polizisten und der Zugriffshund starben dabei. Der Innenminister war eigentlich nur noch froh sein einziges Kind wieder bei sich zu haben und trat schon am nächsten Tag von seinem Posten zurück. Was vermutlich auch eine gute Idee war. Sarah wusste, dass Amelia mehr als nur einen Finger verloren hatte und es vermutlich viele Jahre einer intensiven Psychotherapie brauchen würde, bis sie wieder ein halbwegs normales Leben führen konnte.

Für Handler würde dieser Posten aber auch nicht frei werden. Seine Leistung bei der Hausstürmung war entsprechend bewertet worden, doch dank guter Kontakte konnte er sich im Amt halten. In den Tagen und Wochen nach diesem Fall würden sie sicher noch das eine oder andere Mal mit ihm zu tun haben, was Sarah aber egal war.

Fred und Elian versuchten die Schrecken dieser Zeit auf ihre Art zu verarbeiten. Er hatte sich schon Urlaub angemeldet und sie wollten irgendwo hin, wo es Sonne, Meer und Palmen gab.

Sarah beschloss, ihre Wohnung endgültig aufzugeben und mit Christoph zusammenzuziehen. Er hatte versprochen, alles was mehr Beine hatte als Sarah, aus der Wohnung zu schaffen. Seine Beine waren noch das größte Problem. Das Rückenmark hatte vermutlich Schäden davongetragen, doch Sarah versprühte immer wieder sehr viel Optimismus. Die Knochenbrüche würden heilen und auch die verletzten Bänder. Wenn die Schwellungen bei der Wirbelsäule abgeklungen waren, so würde sich herausstellen, wie stark die Verletzung dort war. Noch gab es die Hoffnung, dass er eines Tages wieder gehen konnte. Solange diese bestand, wollte Sarah ihren Freund auch in allen Bereichen unterstützen. Falls nicht, dann würden sie zusammen die neue Situation meistern. Sie wollte nun bei ihm sein und ihn bei seiner Therapie unterstützen.

In den Medien war Sarah immerhin zu einer neuen Heldin stilisiert worden. Sie hatte nach Angaben der Reporter dem Ripper von Wien mehr oder weniger im Alleingang das Handwerk gelegt. Von einem wilden Schusswechsel war die Rede und einer halsbrecherischen Verfolgungsjagd durch das Moorgebiet im Waldviertel. Diese Gegend und auch das beschauliche Idolsberg wurden nun von Sensationstouristen überrannt. Beim zerstörten Haus war das weniger produktiv, da noch immer Beweise gesichtet werden mussten. Im Naturpark Schrems freute man sich aber über den großen Andrang. Die eigentliche Stelle war so und so nicht zugänglich, daher führte man die Menschen einfach durch dieses Naturparadies. Die Kollegen der Rechtsmedizin hatten in diesem Fall Übermenschliches geleistet und so wurde das Abschiedsfest von Doktor Ende von allen Kollegen des Landeskriminalamtes Ost bezahlt. Sozusagen als kleines Dankeschön. Natürlich waren noch nicht alle Opfer identifiziert, aber nun zog man auch Experten von anderen Ländern hinzu und Vermisstenfälle aus ganz Europa wurden erneut überprüft.

Sarah machte es sich zur Aufgabe, die Kollegen in Belgien zu informieren. Bei dem alten Haus von Mathis Mertens sollten sie nach Birken suchen. Auch ein Bunker könnte dort sein, denn nicht ohne Grund hatte er auch im Moor einen Bunker als Versteck gewählt. Noch am selben Tag bekam Sarah die Nachricht, dass man skelettierte Leichen von zwei Kindern gefunden hatte. Nun wurden sie untersucht, damit man die Identität klären konnte. Schon einen Tag nach dem tödlichen Showdown konnten Taucher die Mutter und den Stiefvater von Roux im See ausfindig machen und bergen. Die Leichen wurden in die Rechtsmedizin gebracht. Da es aber auch keine lebenden Angehörigen gab, würden sie vermutlich wie auch Roux in einem Armengrab landen.

Sarah hoffte eigentlich nur, dass sie diesen Fall möglichst bald ad acta legen konnte. Ihr stand der Sinn auch nach Urlaub, der jedoch mit viel Physiotherapie für Christoph zu tun haben würde. In diesen letzten Tagen hatte Sarah auch gemerkt, wie sehr er ihr Herz erobert hatte. Wenn sie mit einem Menschen zusammenleben wollte, dann war es Christoph.

Danksagung

Als Autor stürzt man sich mit seinen Protagonisten immer wieder in neue Abenteuer. Doch für eben diese, muss man auch einige Dinge recherchieren. Zum Glück haben mir wieder viele Menschen geholfen. Der Kriminalist Dr. Manfred Lukaschewski war und ist eine unübertroffene Quelle, wenn es um Tatorte, Forensik und Ermittlungsarbeit geht. Rosemarie Benke-Bursian hat mir viele Fakten über Entomologie und die Flora und Fauna der Moore aufgezeigt. Dabei auch einen herzlichen Dank an Barbara Dolak vom UnterWasserReich Naturpark Hochmoor, euer Park ist einen Besuch wert. Dipl-HTL-Ing Bettina Bogner BA hat mir in einigen Gesprächen den Alltag einer Ermittlerin bei der Kriminalpolizei Wien nähergebracht. Vielen Dank für diese Hilfe. Vincenz Kriegs-Au, MA vom BKA konnte mir viel über die Beweismittelkette und Auswertung von Spuren erzählen. Natürlich will ich nicht auf Matthias Ernst vergessen, seine psychologischen Profile haben mir erst einen Zugang zu meinem Killer möglich gemacht.

Ich muss aber auch meine TestleserInnen erwähnen. Sie haben sich mit Eifer in mein Manuskript gestürzt und mir sehr wertvolle Informationen gegeben. Dafür kann ich mich bei Simona Müller, Andrea Schmidt, Manuel Ungersböck und Wine van Velzen gar nicht genug bedanken. Eure Unterstützung ist wundervoll!